KB078628

눈으로 보는 광고천재 3

킹묵 현대 판타지 소설

초판 1쇄 찍은 날 § 2020년 12월 24일
초판 1쇄 펴낸 날 § 2020년 12월 31일

지은이 § 킹묵
펴낸이 § 서경석

총괄팀장 § 노종아
편집책임 § 박현성
디자인 § 스튜디오 이너스

펴낸곳 § 도서출판 청어람
등록번호 § 제387-1999-000006호
등록일자 § 1999. 5. 31
어람번호 § 제1-3107호

주소 § 경기도 부천시 부일로 483번길 40 서경B/D 3F (우) 14640
전화 § 032-656-4452 팩스 § 032-656-4453
http://www.chungeoram.com
E-mail § chungeorambook@daum.net

ISBN 979-11-04-92293-0 04810
ISBN 979-11-04-92281-7 (세트)

킹묵 현대 판타지 소설

청어람
도서출판

눈으로 보는 광고천재

3

MODERN FANTASTIC STORY

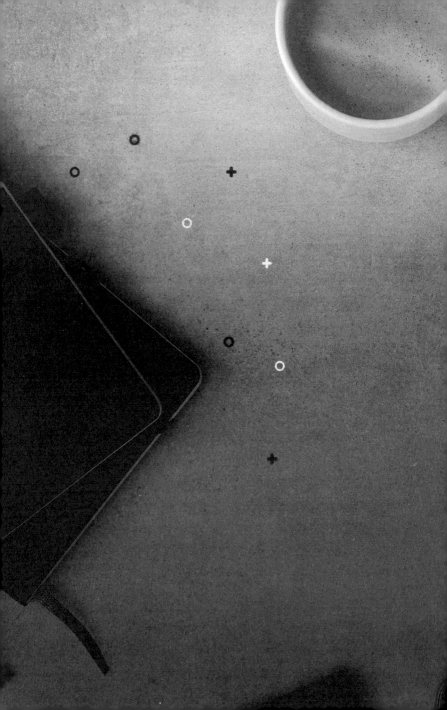

목차

제1장

분트 II

　다음 날. C AD 팀원들은 한겸을 힐끔거리는 중이었다. 어제 원주에서 했던 사진 촬영만 하더라도 방 PD가 지칠 정도로 많은 사진을 찍어 왔다. 그 모습을 보며 팀원들은 합성은 또 얼마나 오래 걸릴지 걱정했다. 하지만, 몇 번 작업하지도 않았는데 한겸의 입에서 그만하라는 말이 나왔다.

　"얼굴도 잘 안 보이는 거 같은데 정말 괜찮다고?"
　"어, 우리 박재진 쓰자. 수정아, 광고정보센터 들어가면 호감도 있을 거거든? 그것 좀 봐줘."
　"박재진 호감도 말하는 거지?"
　"어."

수정은 잠시 컴퓨터에 앉아 정보를 검색하더니 입을 열었다.

"박재진 모델 한 적이 한 번도 없어. 1위인데도 안 하나 보네.
잘하면 2,000에 할 수도 있을 거 같은데."
"회사는 어딘데?"
"최근 라온 엔터로 옮겼대. 가수 후 있는 곳."
"음, 회사는 유명한 곳이네. 모델료가 비쌀지 쌀지 감이 안 잡
히네."

한겸은 합성이 된 사진을 쳐다봤다. 수많은 사진 중 분트 정면
이 가장 제대로 나온 사진이었다. 주변에 큰 건물이 없는 덕분이
기도 했지만, 방 PD의 실력도 한몫했다.

분트 정문에 켜진 수많은 조명들이 마치 밤하늘의 별빛처럼
분위기를 살렸고, 그 앞에는 아주 조그맣게 박재진이 팔짱을 끼
고 있었다. 분트 원주점의 모습을 담으려다 보니 수정이 말한 대
로 박재진의 얼굴은 잘 보이지 않았다. 그럼에도 박재진만큼은
노랗게 보였다. 회색 배경에 회색 카피에 노란 모델. 임시로 만든
이미지임에도 박재진은 제대로 맞아떨어졌다.

단역 모델이 남아 있었지만, 현실적으로 그 부분까지 확인하
기는 힘들었다. 광고 마지막에 박재진이 노랗게 보이는 걸로 만
족해야 했다.

"단역 모델은 남녀 두 명 알아봐 줘. 박재진은 라온에 전화부
터 해봐야겠지?"

"야, 직접 가봐야지! 내가 간다! 아무도 말리지 마."
"그래야 되나?"

그때, 수정이 범찬을 보며 피식 웃은 뒤 한겸에게 말했다.

"어차피 가려고 했잖아. 주소 보냈어."
"홍대면 가깝네."
"당장 가자! 나 연예인 처음 봐!"

한겸은 고개를 젓고는 곧바로 자리에서 일어났다.

*   *   *

홍대에 위치한 라온 엔터에 도착한 한겸은 범찬을 보며 크게 웃었다.

"왜 웃냐. 가뜩이나 기분 나쁜데."
"하하하, 웃기잖아. 그러니까 일할 땐 일에 신경 써야지."
"아오, 뭔 기획사가 사무실이 두 개야! 이럴 거면 수원으로 부르지."

범찬은 연예인 대부분이 수원 사무실이나 청담동 연습실에 있다는 말을 들은 뒤부터 실망하고 있었다. 홍대에 있는 건 오로지 사무만 보는 회사였다. 그래서인지 보통 기획사들처럼 회사 앞에 연예인을 보러 모인 사람도 없었고, 회사 안으로 들어가는 데도 큰 제약이 없었다.

"어디로 가야 하지?"
"뭐 이래. 저기가 사무실인가?"

그때 뒤에서 어떤 사람이 건물로 들어왔다. 그러고는 한겸과 범찬을 잠시 쳐다보더니 입을 열었다.

"여기 기획사 아니에요. 저희는 사무 업무만 보는 곳이라고요. 문의할 거 있으시면 라온 홈페이지 이용하시고, 연예인들 보시려면 수원으로 가세요. 소속 연예인들 거기 있습니다."

얼마나 많은 사람이 찾아왔는지 매뉴얼로 만든 것 같은 말이 들렸다. 한겸은 일단 그 사람을 붙잡았다.

"잠시만요. 혹시 라온에서 일하는 분이신가요?"
"네, 그런데요. 기자신가요?"
"아! 안녕하세요. 저희는 기자는 아니고요. C AD라는 광고 회사입니다. 문의드릴 게 있어서 찾아왔는데 잠시 대화 좀 나눌 수 있을까요?"
"문의는 라온 홈페이지에 나온 주소로… 광고 회사요? 어, 일단 들어오시죠. 아니지, 저 따라 오세요."

남자는 갑자기 태도를 바꾸며 계단을 올라갔다. 그 뒤를 따르던 범찬은 한겸의 엉덩이를 찌르면서 입만 벙긋거렸다. 목소리는 들리지 않았지만, 어떤 말을 하는지 알 것 같았다.

'너 일부러 공모전 얘기 안 했지?'

한겸은 피식 웃고는 남자를 따라 올라갔다. 3층에 도착하자 남자가 음료까지 내온 후 자리에 앉았다.

"하도 많이 찾아와서 실례를 했군요. 전 이종락이라고 합니다."
"네, 전 C AD AE 김한겸이라고 하고요."
"전 C AD 전 대표이자 현 AE 최범찬입니다."
"아, 그러셨군요. 어떤 광고이고, 또 저희 소속 중에 어떤 분을 염두에 두고 오셨는지."
"박재진 씨를 뵙고 싶어서요."
"아! 그러셨군요! 그런데 광고는 어떤 회사 제품인지……."
"분트라는 회사고요. 저희는 공모전 때문에 왔습니다."
"분트! 분트… 그런데 공모전이라니요?"

종락이 고개를 갸웃거리며 물었다. 그러자 한겸은 있는 그대로 성심껏 설명했다. 그 얘기를 들은 종락은 이마를 부여잡고 한숨을 뱉었다.

"휴… 어쩐지 미팅하자는 말도 없이 찾아와서 이상하다 생각했더니만. 저기요, 이런 식으로 찾아오시면 안 됩니다. 장난하는 것도 아니고. 그런 일에는 참여 안 합니다."

"직접 만나서 얘기 한 번만 하게 해주세요."

"아, 좀, 됐어요. 안 뽑히면 헛수고잖아요. 나가주시죠."

"부탁드립니다. 저희 광고가 잘되면 친숙한 이미지인 박재진 씨의 호감도가 올라가 다른 광고……."

"잘되면이잖아요. 계속 이러시면 곤란하죠."

한겸이 다시 부탁을 하려 할 때, 범찬이 한겸의 팔을 잡았다. 그러더니 그만하라는 듯 고개를 좌우로 저었다. 들으려고도 하지 않는 사람을 설득하려 한다면 오히려 독이 될 수도 있다는 생각에 한겸도 그제야 입을 다물었다. 그러고는 쫓겨나듯 라온 엔터를 나왔다.

밖으로 나온 한겸은 어떤 식으로 다시 얘기를 꺼내야 할지 생각하며 라온 엔터의 건물을 쳐다봤다. 그러자 옆에 있던 범찬이 한겸의 어깨를 툭 치며 말했다.

"야, 걱정하지 마. 내가 합성해 줄 테니까 다른 사람 찾자."

"이제 곧 공모전 시작해서 시간 별로 없어. 아, 공모전을 나중에 얘기할 걸 그랬나."

"그건 사기지! 가만 보면 이거 위험한 놈이야."

한겸은 피식 웃은 뒤 손에 든 자료를 쳐다봤다. 라온 엔터에 C AD를 소개하기 위해 가져온 자료들이었다.

"휴, 내일 다시 와야겠다."

"내가 합성해 준다니까?"

"넌 그거 하고 난 여기 찾아오고. 그러면 되잖아."

한겸은 건물을 다시 훑어본 뒤 뒤를 돌았다.

*   *   *

며칠 뒤. 라온 엔터의 이종락은 휴대폰을 꺼내 시간을 확인했다.

"올 때 됐는데 좀 늦네."

"누구요, 동양기획이요? 거기 3시에 온다고 그랬는데."

"아니, 걔네 말고 며칠 전부터 여기 기웃거리는 애 있잖아. 맨날 자신 있습니다! 그러는 애."

"아하, C AD란 곳이요?"

"어. 아주 질겨. 질겨도 보통 질긴 게 아니야. 우리 회사에서 일 시키면 좋을 거 같단 말이야."

"하하, 고생밖에 더 하겠어요?"

"그러니까 사서 고생하는 친구인데 일 시키면 얼마나 잘하겠어."

"그럼 어떤 얘기 하나 들어나 보시고 재진이 형한테 한번 말해보시지 그래요. 오늘까지 오면 4일째잖아요."

"들어봤자 안 된다니까. 재진이 형도 사람 좋아서 거절하기 힘들어할 거 뻔한데 서로 미안한 상황 만들 필요 없잖아."

말이 끝남과 동시에 한겸이 들어왔고, 동시에 사무실에 전화가 울렸다. 종락은 직원에게 전화를 받으라는 시늉을 하고선 한겸에게 다가갔다.

"휴, 안 된다니까 또 왔어요?"

"오늘 C AD에 대한 소개만이라도 들어보신다면 생각이 바뀌실 겁니다."

"이미 찾아봤죠. 봤는데 우리도 입장이 있잖아요. 모델료도 없는데. 소속 연예인한테 무료로 일하라고 할 순 없잖아요."

"상금 타면 모델료 지급하겠습니다."

"그러니까요. 휴, 상금 타면이잖아요. 못 타면! 됐고, 이제 그만 좀 찾아와요."

종락은 이렇게 찾아오는 한겸이 대단해 보였다. 무엇보다 자신이 빠질 타이밍을 기가 막히게 알았다. 보통 조르기 시작하면 끝도 없이 졸라대는데 한겸은 적당히 조르다가 사라졌다. 그러고는 다음 날 처음부터 다시 시작이었다. 오늘도 자신의 얘기를 들어달라고 조르는 중이었다. 그때, 전화를 받던 직원이 급하게 일어나더니 밖으로 나갔다. 그러고는 잠시 뒤 문을 열더니 고개만 내밀고 종락을 불렀다.

"부장님, 동양기획에서 사람 왔는데 3층에서 기다리고 있을 게요."

종락은 잠깐 기다리라는 듯 손을 올리고선 한겸에게 말했다.

"봤죠? 좀 바빠요. 그러니까 이제 그만 와요. 나중에 정말 기업 광고를 맡으면 제가 책임지고 원하는 연예인 미팅 잡아드릴 테니 이제 그만 와요."

한겸은 대답 없이 미소를 지은 채 고개를 숙여 인사했다. 그 모습을 보던 종락은 헛웃음을 짓고는 한겸을 데리고 사무실을 나섰다. 그러자 복도에 직원과 함께 서 있는 동양기획 사람들이 보였다. 종락은 서둘러 한겸에게 인사를 하고 그 사람들에게 가려 했다. 그런데 동양기획에서 온 사람들 중 한 명이 갑자기 손가락을 내밀며 말을 했다.

"어? 김한겸 씨?"

동양기획의 직원은 자신의 실수를 깨닫고 곧바로 입을 다물었다. 그 모습을 본 종락은 한겸을 쳐다봤고, 한겸은 동양기획 직원에게 가볍게 인사만 하고선 라온을 나갔다.

＊　　　＊　　　＊

종락은 동양기획 사람들과 꽤 오랜 시간 미팅을 하고 있었다.

"휴, 도대체 그게 무슨 말이에요. 이벤트 당첨된 사람들하고만 사진을 찍어주면 다른 관객들은요. 우리는 뭐가 됩니까!"

"저희도 흔적이 있어야 하지 않겠습니까? 부탁드립니다. 그렇게 해주시면 합당한 보상을 해드리겠습니다. 저희 이벤트가 '추억을 담아 낭만을 남기다'인데 그 흔적을 남겨야 하지 않겠습니까?"

"아니, 그 사진 찍어서 뿌리면 관객들이 차별 느끼지 않겠어요? 그럼 그 여파가 어디로 돌아가겠어요. 동양기획? 동양전자? 아니죠! 전부 우리한테 돌아오죠."

종락은 미간을 찡그린 채 임 팀장 옆에서 입을 다물고 있는 사람을 쳐다봤다. 정 마에라고 자신을 소개한 사람은 동양기획에서 진행하는 이벤트 상품에 콘서트 티켓을 제공하고 싶다는 연락을 해왔다. 그는 이벤트 내용을 설명하면서 티켓을 제공해 주면 후원을 하겠다고 제안했다. 내용은 꽤 좋았다. 문화에 앞장선다는 이미지도 얻을 수 있었고, 무엇보다 스페이스의 전속 모델이며, 이벤트 모델은 라온 소속의 연예인으로 진행하겠다고 했다. 추가로 얻는 이익이 있다 보니 라온 측에서는 당연히 수락했다.

이벤트는 날이 갈수록 큰 호응을 얻고 있었다. 그런데 대중의 반응이 좋자 동양기획 쪽에선 자신들의 입장만 생각한 요구를 하는 중이었다. 어떤 말을 해도 들어줘서는 안 되는 요구였다.

그렇게 의미 없는 시간들을 보내던 종락은 점점 시간이 아깝다고 느꼈다. 이럴 시간에 아까 왔던 한겸의 설명이나 들을 걸 하는 생각마저 들었다. 그때, 임 팀장이라는 사람이 화장실을 간다며 자리를 비웠고, 그와 동시에 종락은 정 마에에게 물었다.

"이런 식으로 나오기 있습니까?"

"이 부장님도 아시잖아요. 저도 일개 직원인데 제가 어떡하겠어요."

"아, 빨리 임 팀장이라는 아저씨나 데리고 가요. 사람이 왜 저렇게 질겨. 아, 요즘 질긴 사람만 만나네."

종락은 말을 하다 아까 복도에서 한겸을 알은척하던 정 마에의 모습이 떠올랐다.

"맞다. 아까 본 친구, 아는 사람이에요?"

"아까 본 사람이면… 아, 김한겸 씨요?"

"네, 맞아요. 알아요?"

정 마에는 무언가를 말하려다 말았다. 그러고는 어색한 표정을 지으며 입을 열었다.

"음, 회사에서 외주 맡기려고 했는데 까였어요. 하하."

"C AD란 회사가 동양에서 일을 맡길 정도로 일을 잘해요?"

"자세히는 말씀드릴 수 없지만, 실력은 좋죠. 지금 당장은 안 온다고 해도 광고계에서 일하면 결국 종착지가 동양 아니겠습니까? 하하."

종락은 목을 긁적이며 한겸을 떠올렸다. 그렇게 능력 있는 친구가 매일 찾아오는 이유가 궁금해졌다.

'그렇게 실력이 있는 친구였어?'

제2장

박재진

    다음 날. 한겸은 오늘도 어김없이 라온 엔터에 갈 준비를 했다. 박재진을 섭외한 뒤 촬영 날짜만 정하면 모든 준비가 끝이었기에 서둘렀다.

    "오늘은 기필코 박재진하고 비슷한 이미지로 찾아낼 테니까 그냥 산책 다녀온다 생각하고 갔다 와."
    "하하, 알았어. 다들 너무 무리는 하지 말고. 배우님들한테 날짜 금방 알려준다고 해줘."
    "걱정 말고 다녀와. 알아서 잘할 테니까."

    모두의 응원을 받으며 동아리실을 나선 한겸은 서둘러 라온으로 향했다. 오늘마저 아무런 소득이 없으면 공모전 기간 안에 완성할 수 없었다. 그렇기에 박재진을 섭외하지 못한다면 대체할 모델을 구하거나 시나리오를 바꾸는 편이 나을 것 같았다. 어떤 식으로 수정을 해야 하는지 생각하다 보니 금세 홍대에 도착했다.

라온 건물에 도착한 한겸은 건물을 훑어보고선 숨을 깊게 들이마셨다. 건물 안으로 들어간 한겸은 얼굴에 미소를 새긴 뒤 사무실 문을 노크했다. 그러자 사무실 문이 급하게 열렸다.

"아, 참 나. 왜 이렇게 늦었어요. 한참 기다렸네."

갑자기 바뀐 대접에 한겸은 의아했다. 몇 번 봤다고 이렇게 반길 사이는 아니었다. 오늘은 설명을 할 수 있는 건가 생각하며 종락을 쳐다봤다. 그러자 종락이 씨익 웃더니 한겸의 등을 살며시 밀며 사무실 안으로 안내했다.

"들어가죠?"

사무실 안으로 들어가자 일을 하고 있는 사람들의 시선이 모두 집중됐다. 그리고 처음 보는 사람이 다가와 손을 내밀었다.

"라온 대표입니다. 분트 광고에 대해서 무슨 얘기 하실 게 있다고요?"

갑자기 대표에게까지 설명할 수 있는 기회가 생겼다. 한겸은 이 기회를 놓칠 수 없었기에 마음을 다잡고 입을 열었다.

"말로 전달하는 것보다 자료를 보여 드리면서 설명하겠습니다. 준비한 자료부터 나눠 드리겠습니다."

준비한 자료가 모든 인원수만큼은 아니었기에 대표와 그 외 몇 명에게 한 장씩 나눠 주었다. 그러고는 곧바로 설명에 들어갔다.

"안녕하십니까. 광고 회사 C AD의 광고 기획자 김한겸입니다. 먼저 설명드릴 내용은 C AD에서 박재진 씨를 필요로 하는 이유입니다. 가장 첫 장을 봐주시겠습니까? 거기에 서계신 분이 박재진 씨입니다."

라온의 대표는 한겸이 말한 사진을 보며 고개를 끄덕거렸다.

"종락아, 이거 분위기 있는 게 재진이 형 좋아하겠는데? 그런데 작아서 잘 안 보이네."
"아직 설명 안 끝났겠죠."

설명이 초반임에도 대표는 궁금한 게 있다는 듯 손을 살짝 들어 올렸다.

"여기 보면 '마트 하면 분트'라고 적혀 있는데 분트보다 캐리 올이 더 유명하지 않나요? 캐리 올은 공모전을 안 하나요?"
"광고로 인해 캐리 올이 소비자들에게 더 친숙하게 느껴질 뿐,

모든 평가에서는 분트가 압도적입니다. 매출, 고객 평가, 고객만족도를 비롯해 유통되는 제품들의 수까지 분트가 모두 우위에 있습니다. 그리고 대표님이 하신 질문에 박재진 씨를 필요로 하는 이유가 있습니다."

다시 모두를 주목시킨 뒤 한겸은 말을 이었다.

"다음 장을 보시면 올해를 제외한 최근 3년간 각종 음원차트의 7, 8월 인기곡들이 나와 있습니다. 예전과는 달리 여름이면 신나는 곡이라는 고정관념이 점차 사라지고 있죠. 처음에는 10곡 중 3곡이었는데 점점 늘더니 작년에는 반 정도가 잔잔한 음악이었습니다. 하지만 사람들은 자신들이 잔잔한 음악을 듣고 있으면서도 여름에는 신나는 음악이라는 것에 동의하고 있죠."

뮤지션들이 있는 기획사여서인지 다들 한겸의 말에 동의하듯 고개를 끄덕거렸다. 그 모습에 한겸은 만족해하며 말을 이었다.

"시나리오까지 완성된 상태이지만, 말씀을 드릴 수 없다는 점 양해해 주시기 바랍니다. 그래도 지금까지의 설명으로 어느 정도는 유추하실 수 있을 거라고 생각합니다. 사람들이 잘 모르던 사실을 알려줌으로써 '이게 이랬어?' 하고 생각하게 만들어 제대로 된 정보를 인식시키는 광고가 제작될 예정이고, 그래서 박재진 씨가 필요합니다."

"조금 곤란한데. 우리 애들 중 댄스 팀도 많거든요. 곧 있으면

컴백하는 애들도 댄스곡인데 '여름하면 발라드지'가 너무 떠버리면 조금 곤란한데."

한겸은 예상치 못한 말에 흠칫 놀랐다. 소속사의 다른 가수들까지 생각할 줄은 몰랐다. 한겸은 마음을 가다듬은 뒤 입을 열었다.

"광고가 나가게 된다면 빠르면 7월 말, 제대로 나간다면 8월입니다. 그럼 곧바로 가을이나 겨울 광고 준비를 해야 될 수도 있습니다. 공모전에 올린 광고가 대중들에게 호응을 얻는다면 곧바로 시리즈가 제작될 확률이 높거든요. 그때는 다른 비슷한 느낌의 다른 카피를 내세울 겁니다."

"듣던 대로 자신감 하나는 대단하시네요. 그런데 내용이 달라지면 모델도 바뀌는 거 아닙니까?"

"시리즈로 제작되는 광고는 연속성이 가장 중요합니다. 광고에서 큰 효과를 얻었는데 모델 교체는 멍청한 짓이라고 생각합니다. 자칫하면 아예 다른 느낌이 될 수가 있거든요."

"그럼 조건은 어떻게 됩니까?"

"저희가 1등을 하게 되면 2,000만 원과 분트 모델이 되실 수 있을 거라 생각합니다."

"확실하진 않고요?"

"네, 저희가 1등이 된다면 박재진 씨를 모델로 추천할 것입니다. 만약에 1등을 하지 못한다면 모델료로 500만 원 생각했습니다."

자신 있게 말을 했지만, 금액을 말할 때만큼은 민망했다. 한겸은 내색하지 않기 위해 목을 가다듬은 뒤 말을 뱉었다.

"그럼 저희 C AD에 대해서 설명하겠습니다."

한겸은 설명이 길어질까 중요한 점만 설명했다. 그럼에도 설명이 계속되자 대표가 시계를 확인하더니 멈추라는 손짓을 했다. 설명을 멈추자 대표가 잠시 한겸을 물끄러미 보더니 입을 열었다.

"회사는 그렇다 치고, 동양기획에서 외주 맡겼는데 거절했다면서요?"
"네. 외주보다는 직접 광고를 제작하고 싶었거든요. 그게 분트입니다."

대표는 재밌다는 듯 웃음을 보이더니 직원들에게 질문을 했다.

"재진이 형 하는 거 크레파스 하나지?"
"네, 활동도 안 하니까요."
"물어나 봐. 한다고 하면 계약하고."

대표는 자리에서 일어나더니 한겸에게 손을 내밀었다.

"만나서 반가웠어요. 얘기는 좋은데 본인이 싫다고 하면 우리도 강요 못 하는 건 알아두고요."
"감사합니다."

"그럼 나중에 좋은 얼굴로 다시 보죠."

한겸은 됐다 싶은 마음에 마음속으로 환호를 질렀다. 대표가 나가자 종락이 웃으며 한겸에게 말을 걸었다.

"이야, 이렇게 많이 준비했는데 그동안 안 들어본 게 엄청 미안하네. 미안해요."
"아니에요. 사실 무리한 부탁인 줄 알면서도 찾아온 건데요. 들어주셔서 감사하죠."
"하하, 잘됐으면 좋겠네요. 되도록 좋은 방향으로 진행될 수 있도록 얘기할게요. 이따가 전화나 메시지로 장소 같은 건 보내줄게요."

종락은 기분 좋은 듯 활짝 웃으며 한겸을 바라봤다. 그러고는 궁금한 게 있다는 듯 질문을 했다.

"정 마에하고 무슨 일 같이했었어요? 칭찬이 자자하던데."
"일은 한 적 없고요. 얼마 전에 계약한 게 다예요."

그때, 사무실 직원이 갑자기 종이를 들고 다가왔다. 그러고는 자신이 있음에도 개의치 않고 종락에게 말했다.

"동양에서 또 이상한 거 보내왔어요."
"손님도 있는데 급해?"

"뭔 자꾸 콘서트 때 파는 굿즈를 달래요. 아직 제작도 안 됐는데 미쳤나 봐요."

"하, 또 그러네. 내가 얘기할 테니 가서 일 봐."

종락은 종이를 내려놓고는 다시 한겸을 쳐다봤다. 그러고는 아무 일도 아니라는 얼굴로 입을 열었다.

"아, 우리 콘서트 하거든요. 아직 멀었는데 이곳저곳에서 참견하네요."

"동양기획에서 콘서트 맡았나 봐요."

"아니에요. 그 스페이스 이벤트 알아요?"

"낭만 이벤트요?"

"네, 거기 당첨된 사람 선물이 라온 합동 콘서트 티켓이거든요."

"아! 그게 라온 엔터였구나."

종락은 피식 웃고는 입을 열었다.

"관심 없어요? 다들 1등보다 우리 티켓 따겠다고 난린데."

"바빠서 잘 몰랐지 제가 만든 건데 당연히 관심 있죠."

종락은 고개를 갸웃거리더니 한겸을 쳐다봤다.

"뭘 만들어요? 이벤트?"

"이벤트를 만든 건 아니고요. 카피를 저희 회사가 만들었거든요. '추억을 담아 낭만을 남기다' 그 카피요."

　종락은 잠시 눈을 껌뻑이더니 이내 진짜냐는 얼굴로 한겸을
쳐다봤다.

　"자료에도 있긴 한데 아까 대표님이 멈추라고 하셔서 말을 못
했네요."
　"허, 그걸 김한겸 씨 회사에서 만들었다고요?"
　"네. 하하, 팔긴 팔았는데 이렇게까지 인기를 끌 줄은 몰랐어
요. 동양이 커서 그렇죠."

　종락은 놀랐다는 얼굴로 한겸을 쳐다봤다. 그 카피가 마음에
들어서 콘서트 티켓을 제공하자고 했던 사람이 자신이었다. 회
사에 대한 설명을 들을 때도 감탄했는데 이런 숨은 부분까지 있
을 줄은 몰랐다. 저 자신감이 어디에서 나오는 걸까 했는데 실력
에서 나오는 것이었다.
　한겸이 말한 것처럼 박재진이 분트의 모델이 될 것 같은 느낌
이 들었다. 오랫동안 기다리게 해서 미안하기도 했고, 한편으론
놓치지 않아 다행이라는 생각도 들었다.

＊　　　　＊　　　　＊

　다음 날. 한겸은 우범과 함께 종락이 보낸 장소로 이동 중이
었다. 우범은 그동안 회사에 나오진 않았지만, 계속 일에 대한

얘기를 전달받은 덕에 자세히 알고 있었다. 그런 우범이 한겸을 칭찬했다.

"용케 미팅을 잡았네. 네가 나보다 낫다."
"힘들게 잡았어요. 그런데 그동안 어디 계셨어요?"
"여기저기 돌아다녔지. 안 그래도 오늘 얘기하려고 온 거였어. 미팅 끝나면 돌아가서 말해줄게."

이상한 일을 하고 다닐 사람은 아니었기에 한겸은 알았다는 듯 고개를 끄덕였다. 대화를 하며 차로 이동하다 보니 생각보다 빨리 도착했다.

"라온 스튜디오면 여기네. 휴, 네 덕에 계획보다 빨리 왔네."
"네? 원래 오시려던 곳이었어요?"
"일단 들어가자."

한겸은 고개를 갸웃거리고는 안으로 들어갔다. 그러자 상당히 깔끔해 보이는 내부가 보였다. 그런데 그런 깔끔함과 전혀 어울리지 않는 파란색 포장마차 테이블이 있었고, 그곳에 두 사람이 앉아 있었다. 그중 한 명은 박재진이었다. 박재진은 한겸을 보더니 자리에서 일어났고, 같이 있던 사람은 자리를 피해주었다.

"안녕하십니까. 오늘 약속한 광고 회사 C AD 대표 성우범입니다. 이쪽은 저희 AE 김한겸 씨입니다."

"반가워요. 박재진이에요."

우범의 인사로 대화가 시작되었다. 역시 F.F에서의 오랜 경험 덕분인지 대화가 상당히 안정적이었다. 덕분에 한겸은 조금 편안한 마음으로 광고에 대한 설명을 했다. 한겸의 설명이 끝나자 다시 우범이 대화를 이어나갔다.

"광고 콘셉트가 친근함이다 보니 박재진 씨의 친근함이 꼭 필요했습니다. 계약에 세부적인 내용이 들어가겠지만, 절대 우스꽝스럽거나 괴기하거나 가면을 쓰거나 그런 일은 없습니다. 크레파스에서 보여주셨던 느낌이면 충분합니다."

"제가 데뷔해서 지금까지 광고가 처음이거든요. 하하, 뭐 그러다 보니 절 선택해 줘서 고맙긴 하더라고요. 우리 본부에서도 적극 추천하기도 하고요."

"그럼 저희와 함께하시겠습니까?"

"하죠. 아, 목요일은 녹화가 있어서 안 되니까 촬영 스케줄은 그거 고려해서 잡아주시고요."

"알겠습니다. 그럼 내일 계약서를 준비해서 이곳으로 와도 되겠습니까?"

우범의 대화는 상당히 고급스러웠다. 급하지도 않았고 사정을 하지도 않으면서 상대방을 기분 나쁘게 하지도 않았다. 한겸은 우범을 보며 마음속으로 박수를 보냈다. 그렇게 박재진과의 만남을 마치고 우범이 자리에서 일어났다.

"그럼 내일 뵙겠습니다."

한겸도 인사를 하고 우범을 따라 나가려는데 우범이 멈춰 서더니 아까 자리를 피해주었던 사람에게 다가가 인사를 건넸다.

"내일 뵙겠습니다."
"네? 아, 네. 안녕히 가세요."

우범은 정중하게 인사를 한 뒤 스튜디오를 나섰고, 한겸은 그런 우범을 보며 의아해했다.

*   *   *

동아리실에 모인 C AD 팀원들은 박재진과 계약을 약속했다는 소식을 듣고 무척이나 기뻐했다. 하지만 그것도 잠시, 우범의 설명에 모두 넋이 나간 표정이 되었다.

"그러니까 한겸이 삼촌분께서……."
"이제 대표라고 하면 되겠네요."
"아, 네… 그러니까 대표님이 일주일 넘게 안 오신 이유가 저거라고요?"
"그렇죠. 아무래도 각 분야 전문가들에게 권유를 하려면 직접 움직여야 하니까. 아직 멀었지만 자리가 잡힐 것 같아서 설명을 하는 겁니다."

범찬은 입을 벌린 채 한겸을 쳐다봤다. 한겸도 얼떨떨한 표정
으로 우범이 화이트보드에 적어놓은 것들을 쳐다봤다.

"그래서 라온 스튜디오도 영입하려는 거였어요?"
"영입은 아니고, 몇 번이나 권유라고 한 거 같은데."
"그러니까요. 30팀이 넘는 전문가들이 저희하고 그룹을 맺는
게 신기하네요."

한겸은 우범이 설명하며 화이트보드에 적었던 글을 쳐다봤다.
사람들을 만나서 한 말이라고 했다. '당신의 지식을 얻고 싶습니
다'. 처음에는 제대로 이해할 수가 없었지만, 지금은 조금 알 것
같았다.

"정말 고생하셨어요."
"하하, 아직 다들 모르는 눈치인데."
"마케팅 계획을 세울 때 전문가의 의견이 필요한 경우를 위해
서 사람들을 만난 거 아니에요?"
"물론 마케팅도 있고, 제작에 도움을 줄 수 있는 사람들과의
미팅이었지."

전혀 모르는 얼굴로 있던 범찬은 한겸에게 설명을 해보라는
듯 고개를 까딱거렸다. 한겸은 피식 웃고선 입을 열었다.

"미리 라인을 만들어 전문가를 찾을 수고를 줄인 거야."

"그래. 그건 알겠는데 뭔 돈으로? 아까 3만 원에서 10만 원이라며."

"돈은 당장 필요 없었을 거야. 일이 들어오면 그 사람들에게 정보를 얻는 식이지. 그 사람들은 가만히 앉아서 자신들이 알고 있는 지식을 몇 마디 말하고 부수입을 얻을 수 있으니까 수락했을 거고, 우리는 이미 만들어진 라인에서 정보를 얻을 수 있으니 수고를 줄일 수 있잖아. 무엇보다 정확하고 빠르게. 저번에 말씀하신 외부 자원을 끌어온다는 게 이걸 말씀하신 거 같은데. 그래서 직접 돌아다니면서 라인을 만드신 걸 거야."

범찬은 조금 이해가 됐는지 화이트보드를 보며 입을 열었다.

"그래서 우리 어플에 전문가들만 볼 수 있는 페이지 만든다고 그런 거야?"

"응. 현재 여유가 있는 사람과 없는 사람을 구분하고, 그럼 우리는 여유가 있는 사람들에게 도움을 청한 후 그에 맞는 보상을 하는 거고."

"의견에 따라 다르긴 해도 3만 원에서 10만 원까지 준다며. 그럼 돈 엄청 들겠는데?"

"일이 어려우면 여러 군데서 의견을 들을 수 있는 거고, 아니면 현재 가능한 사람 중에 우리가 선택할 수도 있는 거고."

"아… 파이온 지식인 같은 거네. 내공 대신 돈 주고. 대신 비

공개고."

"조금 다르긴 한데⋯ 비슷하네."

그 말을 들은 우범은 만족한 미소를 지었고, 설명을 마친 한 겸은 다시 우범을 쳐다봤다.

"아까 갔던 라온 스튜디오도 이런 식인 거예요?"

"전문가들도 계속 알아보면서 협업할 수 있는 회사도 알아놔야지. 하지만 거긴 협업할 수 있는 회사가 아니야."

"그럼 전문가예요? 어제 삼촌이 인사했던 그분요."

"그렇지. 재작년 한국은행에서 나온 광고 알지?"

"그럼요. 믿을 수 있는 곳 한국은행. 그 노래 때문에 모든 광고에서 훅 송 사용했잖아요. 그걸 라온 스튜디오에서 만들었어요?"

"만든 거야 작곡가가 만들었겠지만, 그곳에서 최종본이 나왔어. 그래서 그 사람과 연결 고리를 맺으려는 거지. 제작은 다른 곳에서 하더라도 최종 확인은 그 사람이 한다거나, 그 사람이 방향을 얘기하면 그런 식으로 제작을 하게 되겠지. 그러면 완성도가 올라가고."

"아, 그럼 최소의 비용으로 최대의 효과를 얻는구나."

"그게 회사의 기본이니까. 그리고 제작 팀들은 우리처럼 인원은 적지만 실력은 있는 곳 위주로 라인을 만들어놓게 될 거야."

모든 설명을 이해한 팀원들은 박수를 아낌없이 보냈다. 그러자 우범은 머쓱했는지 어깨를 으쓱거리며 말했다.

"나도 월급을 받아 가려면 열심히 해야죠. 그럼 나머지 일정부터 확인할까요?"

"단역배우는 날짜만 확정되면 바로 가능하다는 연락받았어요. 남자는 28살이고 여자는 31살이고요. 내일 제가 종훈이 오빠랑 사전 미팅 가기로 했어요."

"촬영은 Do It일 테고, 그럼 제작 준비는 Do It에서 하는 건가요?"

"세트장이 조금 문제인데. '여름 하면 발라드지' 장면을 바꾸는 게 어떨까 하는데. 촬영용 차까지 대여하려다 보니까 비용이 너무 커지더라고요. '어떤 노래를 듣지?' 이 장면을 차로 하지 말고 같은 세트장으로 하면 어떨까 싶은데."

수정은 한겸을 쳐다보며 의견을 물었다. 한겸도 비용이 들어가는 일이다 보니 고민이 됐다. 하지만 같은 장면이 계속 나오면 옴니버스처럼 보이려던 계획이 무너지게 되니, 무리를 하더라도 기존의 계획대로 나가는 편이 좋을 것 같았다. 한겸은 한참을 생각하더니 입을 열었다.

"그럼 두 번째 장면을 세트장 대신 우리 집에서 하자. 어차피 소파에 앉아서 하는 장면이니까 세트장을 빌리지 않아도 될 거 같은데."

"그래도 돼?"

"될 거야. 아버지는 바쁘시니까 엄마만 설득하면 될 거 같아. 한번 해볼게. 앞에 거 그대로 진행하자. 그럼 해결이지? 그럼 미팅 가면서 배우 사진 좀 많이 찍어 오고. 세트장 사진도 좀 찍어 와줘."

C AD 팀원들은 다른 설명이 없어도 한겸이 뭘 하려는지 아는 눈치였다.

*　　　　　*　　　　　*

다음 날. 라온 스튜디오에 자리한 한겸은 박재진과의 계약을 마쳤다. 그러고는 시나리오를 자세하게 설명했다.

"촬영 장소는 대부분 실내고요. 다음 주 월요일은 오전 11시부터 파주 세트장에서 진행될 거고, 화요일도 오전 11시에 한남동에서 진행될 거예요. 목요일은 원주에서 야외촬영 하게 될 건데 시간이 조금 늦어요. 밤 10시거든요. 그리고 마지막에 더빙이 있거든요. 그건 저희가 스케줄 잡아서 연락을 드릴게요."

계약차 함께 자리하던 이종락은 의아한 표정을 지었다.

"밤 촬영은 이해하는데 신기하네. 무슨 영화 촬영도 아니고 3번에 나눠서 해요?"
"세트장이 좀 멀기도 하고요. 찍으면서 확인할 것도 좀 있고 해서요. 불편하시면 실내 촬영은 하루에 몰아서 할 수도 있어요."
"형, 어때요?"

박재진은 아무렇지도 않은 얼굴로 입을 열었다.

"음악만 해도 며칠 녹음하는데 이건 뭐 당연한 거 같은데."

"우리 애들 광고 찍을 때는 하루 만에 찍던데. 해외 촬영도 아니고 신기하네."

"그만큼 공을 들이는 거겠지. 그런데 한겸 씨? 의상 같은 거는 직접 준비해야 되나요?"

이미 합성을 통해 확인해 본 결과 의상에 따른 변화는 없었다. 평소 박재진의 느낌이면 충분했다.

"크레파스 나오실 때처럼 입으시면 돼요. 저희가 의상은 따로 준비해 드리지 않아서요."

"알겠어요. 그럼 따로 연습해 갈 거 없죠?"

"네, '여름 하면 발라드지', 그리고 '마트 하면 분트' 대사는 이렇게뿐이고요. 평소 표정 자연스럽게 하시면 될 거 같아요."

"편하겠네요. 그럼 잘 부탁해요."

함께 온 우범도 악수를 마지막으로 인사를 끝냈다. 그러고는 두 사람에게 양해를 구하더니 구석에 앉아 헤드폰을 끼고 있는 사람에게 다가갔다.

"안녕하십니까."

남자는 헤드폰을 벗더니 우범과 마찬가지로 가볍게 고개를 숙여 인사했다.

  "혹시 이강유 씨 되십니까?"
  "네, 제가 이강유 맞는데 왜 그러시죠?"
  "CF 음악에 대해서 얘기를 하고 싶은데 잠시 시간이 있으시면 얘기를 나눌 수 있을까요?"

  강유는 우범이 아닌 이종락을 쳐다보며 어깨를 으쓱거렸다. 그러자 이종락이 강유의 옆으로 다가왔다.

  "CF 음악 의뢰는 따로 우리하고 얘기하셔야죠."
  "네, 압니다. 저는 라온에 음악을 의뢰하려는 게 아니라 이강유 씨 개인의 경험이 필요해서 말씀을 드린 겁니다. 일전에 몇 번 연락을 드렸었습니다."

  그러자 강유는 기억이 났는지 고개를 끄덕거렸다. 휴대폰도 아닌 메일로 만나자고 하는 내용이었기에 답장조차 보내지 않았다.

  "그런데 제 경험이라니요?"
  "광고를 제작하려다 보니 음악을 빼놓을 수가 없더군요. 그런데 이강유 씨가 가요는 물론이고 모든 음악에 방대한 지식을 가지고 계시다는 걸 알게 됐습니다. 그래서 저희가 제작한 음악이나 제작하려는 음악의 방향성을 잡아주실 수 있는지 부탁드리는 겁니다."

"그러니까 진짜 작업은 아니고 말로만 해달라는 겁니까?"

"네, 그렇습니다. 프리랜서라고 보시면 됩니다. 그에 따른 사례는 지불하겠습니다. 물론 소속된 회사 방침에 어긋나거나 마음에 들지 않으시다면 거절하셔도 됩니다."

"허 참, 이런 제안은 또 처음이라서. 차라리 평론가를 구하지 그러세요?"

"평론가보다는 직접 대중과 부딪히는 사람이 필요하죠."

강유는 옆에 있던 종락을 쳐다봤다. 그러자 종락도 이런 경우가 처음이었기에 어떻게 해야 될지 판단이 안 서는 얼굴이었다.

"소속된 회사에 폐를 끼치는 일은 없을 겁니다. 일에 대해서 의견을 물었을 때 이강유 씨와 안 맞거나 하기 싫으시면 그대로 말씀하시면 됩니다. 그럼 저희는 또 다른 분께 묻는 형식이기 때문에 부담 가지실 필요도 없고, 하시던 일에 피해가 갈 일도 없습니다."

우범의 설명을 한참이나 듣던 강유는 옆에 있던 종락을 쳐다봤다.

"나 해도 돼?"

"일에 지장 가지 않겠어요?"

"어차피 여기서 녹음하는 사람은 윤후뿐이니까 뭐 상관은 없을 거 같은데? 후도 뉴욕에 있어서 물어본 거야. 그리고 엄연히 따지면 여기 녹음실 내 녹음실이다?"

윤후라는 가수가 세계에서 엄청난 인기를 끌고 있었기에, 음악을 안 듣는 한겸도 그 사람만큼은 알고 있었다. 그렇다 보니 강유라는 사람이 새삼 대단해 보였다. 옆에 있던 종락은 잠시 고민을 하고선 우범을 보며 입을 열었다.

"해도 상관없을 거 같긴 한데. 그런데 정말 제작하는 거 아니죠?"
"만약에 CF 음악을 제작하게 되면 라온과 계약을 하는 게 순서죠."
"휴, 난 잘 모르겠다. 형이 대표님한테 물어보고 해요. 차라리 만들어달라는 거면 쉽겠는데 이건 업무도 아닌 거 같아서 내가 뭐라 판단 내리기가 어려운데요."

대화를 듣던 강유는 피식 웃더니 입을 열었다.

"그냥 말해주는 거라서 어렵지 않을 거 같은데. 뭐 어떻게 하면 돼요?"
"며칠 뒤 홈페이지와 어플이 완성되면 코드를 보내 드리겠습니다. 전문가 등록 카테고리에 코드 입력하시면 됩니다."
"따로 뭐 계약하고 그럴 필요 없죠?"
"네, 없습니다."

일이 순조롭게 풀리자 내심 긴장하고 있던 한겸이 조그맣게 안도의 숨을 뱉었다. 아직 음악 제작 팀을 구해야 했지만, 실력 있는 사람을 전문가로 둔 것만으로도 한 걸음 더 나아간 것 같았다. 차츰 완성이 되어가니 점점 기대가 되었다. 그때, 혼자서 시나리오를 보던 박재진이 연습하는 소리가 들려왔다.

"이런 식인가? 여름 하면 발라드지. 마트 하면 분트지. 분트가 잘 안 붙네."

한겸은 기쁨이 순식간에 날아가 버릴 만큼 무척 놀랐다. 잘못 들은 건가 싶어 고개를 천천히 돌렸다.

"마트 하면 분트."

이번에도 흠칫 놀랐다. 노래 부를 때는 자연스럽던 사람이 대사를 하자 로봇처럼 변해 버렸다. 한겸은 갑자기 머리까지 아파왔다. 노란색으로 보였던 사람이 저런 식으로 대사를 뱉을지는 상상도 못 했다. 저 대사를 듣는 순간 더빙을 해야 하는 건지, 묵음으로 처리하고 카피로 대처해야 하는 건지 머리가 복잡해졌다.

우범과 대화를 마친 종락도 박재진의 대사를 들었는지 고개를 저었다.

"아이 참, 재진이 형. 조금 이따가 연습해요."

"왜? 어차피 감독님이신데 보면 어때. 이거 느낌이 이상하네. 좀 중저음으로 멋있게 해볼까?"

몸을 부르르 떨던 한겸은 대사를 알려줘야 한다는 생각에 자신도 모르게 한 발짝 앞으로 나갔다. 그때 뒤에서 강유의 웃음소리가 들려왔다.

"푸하하. 25년 전 인생 타임 나왔을 때하고 똑같네."
"내가? 야, 내가 크레파스 진행이 몇 년인데 똑같은 게 말이 되냐?"
"하하, 좀 편하게 해. 그러니까 CF가 하나도 안 들어오지."
"그렇게 이상해?"

대화를 듣던 한겸은 보이지 않을 만큼만 고개를 끄덕거렸다. 저 대사를 과연 어떻게 해야 할까 고민할 때, 강유의 목소리가 들렸다.

"노래 부를 때는 칼박이면서 대사만 하면 저래. 뚱뚜둥뚱 쉬고 빰! 뚜둥뚱 빰! 오케이?"
"마트 하면 분트지! 좀 낫나?"
"하하, 더 연습하면 괜찮아지겠네."

약간 나아진 모습이긴 했지만, 여전히 조금 이상했다. 한겸은 강유의 말처럼 노래를 그렇게 잘 부르는 사람이 저 짧은 대사를 못하는 게 신기했다.

*   *   *

촬영 당일. 파주의 세트장에서는 모두가 분주히 움직이는 중이었다. 촬영을 위해 Do It 프로덕션의 모든 직원이 출동했음에도 손이 부족해 C AD의 다섯 명까지 거드는 중이었다.

준비가 거의 끝나자 한겸은 시나리오를 들고 이미 도착해 있던 배우들에게 향했고, 대사 확인만 한 뒤 돌아왔다. 그러자 범찬이 고개를 갸웃거리며 입을 열었다.

"무슨 일 있어?"

"아니? 왜?"

"그렇게 이 포즈, 저 포즈로 합성시키더니 포즈는 편한 대로 하라고 그래서. 마음에 안 들어?"

"아, 그거. 아니야, 그냥 편안하게 하는 게 나을 거 같아서."

사전에 촬영해 놓은 세트장 차 사진에 단역으로 출연하는 배우들을 넣어봤다. 그리고 카피까지 넣어 광고지처럼 만들어 확인했다. 그 이미지에서 두 배우의 뒤에 있는 박재진과, 그동안 많은 노력을 들여 수정한 카피는 노란색이었다. 하지만 단역배우들은 예상한 대로 회색이었다. 현재로서는 그 부분까지 해결할 여력이 없었다. 빨간색으로 보이지 않는 게 다행이었다. 그보다는 박재진의 연기가 걱정이었다. 때마침 세트장 밖에 차가 들어오는 소리가 들렸다.

잠시 뒤, 세트장으로 박재진이 들어왔다. 그러자 세트장에 있던 사람들은 연예인을 직접 보는 게 처음인지 박재진을 힐끔거렸다. 하지만 이미 만난 적도 있는 한겸은 신기함보다는 걱정이 앞섰다. 일단 스태프들에게 인사를 시켜주기 위해 한겸은 서둘러 걸음을 옮겼다.

"안녕하세요. 일찍 오셨네요."

"일찍 와야죠, 하하. 메이크업은 미리 하고 왔는데 괜찮죠? 평소처럼 하라고 해서 가볍게 했어요."

"네, 괜찮네요. 일단 오늘 촬영하시는 감독님부터 소개해 드릴게요."

방 PD를 비롯해 모두를 소개한 한겸은 조심스럽게 입을 뗐다.

"대사 한번 들어볼 수 있을까요?"

"아! 대사요. 연습 좀 했는데 괜찮아진 거 같더라고요. 다른 배우분들하고 한번 맞춰볼까요? 어디에 계시죠?"

연기가 이상할 뿐 사람은 참 괜찮았다. 박재진이 직접 찾아가니 배우들도 촬영처럼 최선을 다해 연기했다.

"어떤 노래를 듣지?"

"뒷좌석에서 제가 튀어나와서, '여름 하면 발라드지이이'. 뒤를 조금 끌어봤는데 이렇게 하면 편하더라고요. 연기도 좀 자연스러워지는 거 같고."

박재진은 씨익 웃으며 어떠냐고 묻는 표정으로 한겸을 쳐다봤고, 한겸은 생각보다 많이 나아진 모습에 웃으며 박수를 보냈다. 이 정도만 해도 문제없을 것 같았다.

"많이 괜찮아지셨어요. 연습 많이 하셨나 봐요."
"하하, 많이 했죠. 아! 그런데, 그 야외촬영 할 때 말이에요. 그때는 '마트 하면 분트지'가 아니라 '마트 하면 분트' 맞죠?"
"네, 맞아요."

순간 박재진이 고개를 갸웃거리며 난감하다는 표정을 지었다.

"꼭 '마트 하면 분트'로 해야 되죠?"
"그럼요. 꼭 그걸로 해야 돼요."

그 카피에서 노란색을 봤기 때문에 카피를 바꿔서는 안 됐다. 물론 다른 카피로도 노란색이 보일 수 있었지만, 시간이 부족했다. 그때, 박재진이 손을 저으며 입을 열었다.

"그게 아니라, 꼭 말로 해야 되나요?"
"네?"
"분트지이이 이렇게 하면 뒤를 끌어서 그런가 편한데, 딱 분트로 끝나 버리면 조금 어색해서요. 그래서 아! 저번에 봤죠? 강유. 강유가 음을 넣어서 노래 부르는 거처럼 해보라고 하더라고요. 그랬더니 좀 괜찮은 거 같아서."

"한번 들어볼 수 있을까요?"

"그럼요. 크흠, 마트 하면, 쿵 짝, 분트! 어때요? 첫 음에서 조금씩 떨어져서 대사 하는 것처럼 들리죠?"

광고 음악을 맡길 때 마지막 부분에 들어가는 '마트 하면 분트'도 음을 넣어 귀에 더 잘 들리도록 만들 계획이었다. 그런데 그럴 필요가 없을 것 같았다. '마트 하면'을 뱉은 뒤 발을 구르고 손뼉을 쳐 중간이 심심하지 않았고, 어렵지 않은 덕분에 귀에 잘 들렸다. 한겸은 속으로 따라 해본 뒤 입을 열었다.

"마트 하면, 쿵 짝, 분트! 이거 좋네요."

"그래요? 하하, 역시 강유가 난놈이에요. 그래서 다른 것도 준비했어요. 여름 하면 발라드지이이! 이것도 음을 넣어봤는데 어때요?"

"아… 그건 아까처럼 하죠. 그럼 준비하시면 바로 촬영 들어갈게요."

한겸은 곧바로 C AD 팀원들을 불러 모았다. 모두가 모이자 한겸은 박재진이 했던 음을 떠올리고는 그대로 따라 불렀다.

"마트 하면, 쿵 짝, 분트! 박재진 씨가 만들어 온 건데 어때?"

"어? 괜찮은 거 같은데? 마트 하면, 쿵 짝, 분트! 오, 재밌고 쉽네."

"난 찬성. 진짜 가수라서 다른가 보다."

"그럼 음악 맡길 때 '쿵 짝'을 대신할 소리만 찾아달라고 하면 되지?"

모두의 긍정적인 반응을 보였다. 한겸 역시도 무척이나 만족스러운 얼굴이었다.

'잘하면 영상에서도 색이 보이겠는데.'

모든 영상에서는 아닐지라도 박재진이 나오는 마지막 부분만큼은 색이 보일 것 같았다.

*　　　　*　　　　*

며칠 뒤. 라온 스튜디오에 있던 강유는 예능에 출연하는 소속 가수들을 위해 편곡을 하던 중이었다. 그때, 휴대폰에 메시지가 도착했다. 강유는 작업을 멈추고 메시지를 가만히 쳐다봤다. 그러자 스튜디오에서 빈둥대던 박재진이 입을 열었다.

"뭔데?"

"어? 이거 형 모델로 쓴 광고 회사에서 온 메시지. 이게 코드인가 보네. 회원가입도 해야 해? 이거 보이스 피싱 아니야?"

"성 대표 번호로 왔을 거 아니야."

"아닌데?"

"혹시 김한겸 씨 휴대폰인가?"

강유는 의아한 표정으로 박재진을 쳐다봤다.

"도대체 왜 그렇게 변했어? 갑자기 촬영 다녀오고서부터 진짜 분트 모델 될 거 같다고 그러질 않나, 학생처럼 보이는 애를 아주 칭찬 못 해 안달 난 사람처럼 그러질 않나. 뭐야?"

"뭐긴 뭐야. 실력이 좋아."

강유는 고개를 갸웃거리며 메시지에 적힌 주소로 들어가 회원가입을 했다.

"홈페이지 배경 엄청 예술적이네. 그런데 무슨 가입을 두 번씩 해야 돼. 일반 회원가입에다가 프리랜서 회원 등록까지 엄청 귀찮네."

가입을 마친 강유는 홈페이지 구석에 'Expert'라고 적힌 카테고리를 눌렀다. 그러자 코드를 입력하라는 칸이 나왔고, 그곳에 메시지로 받은 코드를 입력했다. 화면을 본 강유는 깜짝 놀랐다.

"와… 여기 뭐야?"

"왜 그래? 이게 뭔데? 저기 뮤직 부분에 너도 있네?"

"성 대표가 말했던 건데. 여기 장준오 이 사람 영화감독이지?"

"그런 거 같은데? 무슨 연구원도 있고 박사도 있네."

"나한테 말한 것처럼 이 사람들한테 물어보고 그러는 거야?"

그때, 강유의 휴대폰이 또다시 울렸다. 번호를 보니 좀 전에 메시지를 보낸 번호 같았다.

"여보세요?"

―안녕하세요. C AD 김한겸입니다.

"아, 그러셨구나. 네, 어떻게 연락 주셨어요?"

―저희 사이트에 Able이 떠 있어서 연락드렸습니다.

강유가 홈페이지를 가만히 쳐다보자 자신의 이름 옆에 초록색 글자로 Able이 적혀 있었다. 가입하자 자동으로 뜬 모양이었다.

"저 지금 가입해서 자동으로 떴나 보네요. 아무튼 뭐 때문에 연락 주셨어요?"

―박재진 씨가 촬영한 광고 편집이 끝났거든요. 그래서 어떤 느낌의 음악으로 하는 게 좋을지 의견을 여쭤보려고 연락드렸어요.

"아, 그래요? 그런데 뭐, 아무것도 본 게 없는데."

―지금 메일로 보내 드릴게요. 가입할 때 작성하셨던 메일로 보내 드리면 될까요?

"하하, 아니, 이거 막 아무한테나 보여줘도 돼요?"

―아, 그 약관 보시면 프리랜서는 유출하면 책임 묻는다는 내용이 있거든요.

약관을 읽어보지 않았던 강유는 머쓱한 표정을 지었다.

"알았어요. 일단 보고, 저번에 성 대표가 말한 것처럼 해도 되고, 안 해도 되죠?"

─네, 그러서도 됩니다. 그럼 바로 보내겠습니다.

강유는 통화를 마치더니 옆에 있던 박재진을 보며 말했다.

"형이 어떻게 연기했나 보려고 보내달라고 했어."

"하하, 죽인다니까. 첫날 찍고 다음 날 광고지 만들어 왔거든? 느낌이 좋아."

"찍었던 거로 광고지 만들어 왔어?"

"어. 촬영하면 다음 날 광고지 만들어 오는데 애들이 실력이 있어. 느낌이 진짜 좋더라고."

"그래?"

강유가 어떤 영상일까 궁금해할 때 영상을 전송했다는 메시지가 왔다. 강유가 곧바로 메일을 열자 두 개의 파일이 있었다. 그중 영상을 다운받은 뒤 곧바로 재생시켰다.

"오, 진짜 TV 광고 같은데? 이거 공모전이라고 하지 않았어?"

"조용히 하고 잘 봐. 소리가 없어서 그런지 조금 아쉽네."

그때, 박재진의 첫 대사가 나왔다.

"대사 하면서 음원차트들 옆에 주르륵 나오는 거 잘 만들었다."
"오, 멋있어."
"하하하, 스스로 멋있다고 그러는 거야?"
"또 나온다."
"아, 여기도 만족도 이런 거 나오는구나. 음악으로 치면 마치 코러스처럼 하이라이트 반복하는 그런 느낌이네."

영상이 끝나자 강유가 혀를 내밀었다. 음악만 없다뿐이지 그대로 내보내도 될 것 같은 완성도였다. 이대로 내보낸다면 정말 1위도 가능할 것처럼 보였다. 특히 마지막에 나온 장면이 굉장히 인상적이었다. 박재진이 나오던 화면이 줌아웃 되고, 밤 배경에 조명이 환하게 켜진 분트의 모습이 나왔다. 그러고는 '마트 하면 분트'라는 카피가 휘날리는 것처럼 보이는 글씨체로 적혀 있었다.

"와, 형 진짜 괜찮은… 왜 그래?"
"어? 이상해서. 분명히 내 거 좋다고 했는데."
"형 엄청 잘 나왔는데? 뭐가 잘렸어?"
"아니, 마지막에 내가 분명히 마트 하면, 쿵 짝, 분트! 그거 했거든. 현장에서 사람들 좋아하고 다 입에 달고 다녔는데. 왜 잘렸지?"

박재진의 의아한 표정을 짓더니 갑자기 전화를 꺼내 들었다.

"한결 씨, 영상을 봤는데 그 마지막에 마트 하면 분트! 있잖아
요. 그게 소리가 안 나오더라고요. 아, 그랬구나. 하하. 그것도
모르고, 혹시나 다른 걸 쓰는 건지 해서 연락했죠."

통화를 마친 박재진은 멋쩍게 웃으며 강유를 보며 말했다.

"더빙이래."
"그렇게 김칫국부터 마시다가 안 되면 어쩌려고 그래."
"너도 영상 봤잖아. 될 거 같지 않아?"
"잘 만들긴 했지."
"그렇지? 너도 음악 잘 골라서 보내줘. 그 친구들 진짜 열심히
하는 친구들이야."
"그러지 뭐."

강유는 피식 웃고는 메일에 도착한 나머지 파일을 다운받았
다. 거기에는 광고의 전체적인 분위기에 대한 설명과 함께, 이에
어울리는 음악을 추천해 주거나 제작을 하게 되면 어떤 식으로
제작하는 게 좋을지 의견을 묻는 글이 적혀 있었다. 그리고 마
지막에는 '마트 하면 분트'에 들어가는 효과음까지 물었다.

"발라드 카피가 들어가는 걸 고려해 달라. 밝고 경쾌하지만
너무 가볍지는 않은 분위기. 그렇다고 발라드처럼 축축 처지는
분위기는 안 되고. 미디엄 정도면 되겠네."

강유는 혼자 중얼거리며 영상을 다시 돌려보고는 어울릴 만한 음악들을 적기 시작했다. 그러고는 고개를 갸웃거리더니 한쪽에 놓아둔 기타를 가져와 적어두었던 음악을 직접 연주했다.

　"오, 이거 괜찮네. 베이스로 무게를 잡아주고 퍼커션으로 경쾌하게. 퍼커션은 뭐가 좋을까? 카혼이 괜찮겠는데."

　"어, 괜찮다. 느낌 있어."

　"그렇지? 이 두 개만 써도 괜찮겠어. 맨 마지막에도 베이스로 쿵 하고 카혼으로 짝 하면 되겠네. 이거 한번 확인하고 보내면 되겠다. 형, 이거 소리 확인하게 녹음만 눌러줘."

　강유는 녹음 부스로 들어가더니 카혼과 베이스 기타를 퉁기고는 바로 나왔다. 그러고는 녹음한 음을 확인했다.

　"둥 척. 괜찮은데? 앞에 노래만 잘 나오면 되겠네."

　"야, 이거 좋다. 둥 척에 베이스랑 카혼만 사용했는데도 분위기 뭔가 신나면서도 무겁네."

　"이 정도면, 라이브러리에서 잘 찾으면 10만 원 정도에 사겠어. 제작해도 악기가 두 개뿐이라서 금방 할 거고. 이대로 보내면 되겠다. 보내는 김에 이거 녹음한 것도 보내면 되겠다. 형 들어가 봐. 마트 하면 분트 씌워보게."

　박재진은 씨익 웃고는 녹음 부스로 들어갔다. 박재진까지 녹음을 마치자 강유는 아까 연주한 소리와 합친 뒤 한겸에게 보냈다. 그리고 잠시 뒤, 휴대폰에 온 메시지를 보고 피식 웃어버렸다.

"형, 나 10분에 10만 원 벌었다? 이거 쏠쏠하네."

*　　　　*　　　　*

강유가 보낸 메일을 확인한 한겸은 무척 만족한 표정이었다. 옆에서 함께 확인한 다른 팀원들도 모두가 만족해했다.

"겸쓰, 대표님 짱 아니냐?"
"그러게."
"와. 10분 만에 30만 원을 줄였어. 악기가 두 개라서 그런가? 악기 정해주고 방향성 정해주니까 70만 원 부르던 게 40만 원이래. 이 정도면 음원 라이브러리 찾느라 고생할 필요 없이 그냥 맡겨도 되겠지?"
"악기는 아닐 거야. 어차피 실제 연주 아닌 거 같더라고."
"아무튼 대단해. 맨날 밖에만 돌아다녀서 뭐 하나 싶었는데 이거 좋다. 우리 시간도 줄어들고 헤매지 않아도 되고."

범찬의 말에 모두가 동의한다는 듯 고개를 끄덕거렸다. 하지만 한겸은 약간 아쉬웠다. 강유의 조언대로 방향은 잡았지만, 그 음악이 광고와 맞다는 확신은 없었다. 게다가 단역배우들이 회색으로 보인 탓에, 음악이 아무리 좋아도 회색으로 보일 것이었다. 음악을 제대로 모르다 보니 광고에 완벽하게 어울리는 음악인지 확인할 방법이 없었다. 그래도 현재로서는 최선을 다했기에 아쉬움은 접어두어야 했다.

"작곡가한테 형이 연락했었죠?"
"응, 바로 작업해 달라고 할까?"
"네, 그래 주세요."

종훈은 곧바로 휴대폰을 꺼내 들어 전화를 걸었고, 짧은 대화를 끝으로 통화를 마쳤다.

"입금되면 바로 시작해서 내일모레까지 된대. 수정 1번은 무료로 해주고 그 뒤부터는 수정할 때마다 돈 내야 돼."
"휴, 시간은 적당하네요. 음원 보내면 바로 더빙하고 음악 넣고 공모전 보내면 끝이다."

한겸의 말에 다들 뿌듯해하는 얼굴로 미소를 지었다. 그때, 한겸이 시계를 보더니 입을 열었다.

"마침 시간 남아서 잘됐다."
"뭐 할 거 있어?"
"아니, 내일 기말고사잖아. 난 신경 안 써서 괜찮은데 수정이랑 종훈이 형은 공부해야 할 거 아니야. 너는 나하고 라온 스튜디오 갔다가 방 PD님한테 같이 가자."

"난? 난 왜 공부하라고 안 하냐? 같은 수업 듣는데?"

"넌 시험 못 봐도 되잖아. 다른 데 갈 거야?"

"그건 아니지."

대화를 듣던 수정은 못마땅한 표정으로 입을 열었다.

"나도 상관없을 거 같은데? 시험은 평소 실력으로 보는 거지."

"나도. 나도 수정이하고 같아."

두 사람의 말에 한겸은 가볍게 웃었다. 중간고사 때만 하더라도 성적을 신경 쓰던 수정도 심경에 변화가 생긴 모양이었다.

*　　　*　　　*

이틀 뒤. 작곡가에게서 음원이 도착했다. 확인해 본 결과 앞부분은 여전히 회색이었고, 음악이 없는 마지막 장면은 여전히 노란색이었다. 노란색으로 보이는 이유가 더빙이라고 생각한 한겸은 박재진과의 약속을 잡았고, 곧바로 라온 스튜디오에서 더빙까지 끝마쳤다. 이제 프로덕션에 가서 확인만 하면 되었기에, 한겸의 걸음은 무척이나 빨랐다. 함께 이동하던 범찬은 한겸을 살펴보더니 입을 열었다.

"겸쓰, 너 일부러 녹음실 멀리 잡은 거지?"

"아닌데?"

"에이, 맞는 거 같은데. 수정이가 알아본 데 중에 가까운 곳도 많았는데."

"전부 시설이 별로였잖아. 좀 제대로 된 곳에서 해야지."

"일부러 두 시간이나 걸리는 곳 잡아서 박재진 아저씨 입에서 '그냥 라온에서 하죠', 그 말이 나오길 노린 거 아니야? 네가 그렇게 계획이 없는 놈이 아닌데 영 수상해."

"하하, 그렇다고 쳐. 그래도 제대로 더빙했으니까 잘됐잖아."

"잘된 건 잘된 건데. 음, 웃음소리가 영 어색한데."

한겸은 범찬에게 보이지 않도록 고개를 돌린 채 혀를 살짝 내밀었다. 범찬의 말처럼 더빙을 라온에서 했으면 하는 생각에 계획한 것이었다. 음을 만든 장본인인 강유가 직접 확인해 준다면 완성도가 높을 테지만 강유를 섭외한다면 또다시 비용이 들어간다. 그동안 비용이 너무 많이 든 탓에 비용을 줄였으면 해서, 강유가 있는 라온 엔터에서 작업하도록 살짝 유도해 본 것이었다.

범찬과 대화를 하는 사이 Do It 프로덕션에 도착했다. 한겸이 문을 열자 방 PD가 기다렸다는 듯이 한겸을 반겼다.

"안녕하……."

"인사는 됐고! 더빙하면 바로 메일로 보내라니까 왜 들고 와. 빨리 줘봐. 나도 어떻게 나올지 궁금하다."

"여기요."

"오케이. 이강유 그 사람이 해줬어?"

"네. 멀리 가기 힘들다고 그냥 라온에서 해주셨어요."

"내가 소개해 준다니까. 여기 가까운 데 많아."

범찬은 역시 그럴 줄 알았다며 고개를 끄덕거렸고, 한겸은 민망함에 헛기침을 뱉었다. 방 PD는 파일을 받아 들자 곧바로 작업을 시작했다. 들어갈 부분에 정확히 맞춰 가지고 온 덕분에 작업은 오래 걸리지 않았다.

"이야, 잘 나왔어. 와. 이거 진짜 잘 나왔는데? 다들 와서 봐봐."

결과물이 잘 나왔다는 말에 한겸도 기대하며 방 PD 옆으로 자리를 옮겼다. 프로덕션 직원들까지 광고가 어떻게 나왔는지 궁금해하며 모여들었다. 모두 모이자 방 PD가 씨익 웃으며 영상을 재생했고, 모두가 조용히 화면만 바라봤다. 그리고 12초가 순식간에 지나갔다.

"이야, 확실히 더 느낌이 사네."
"이거 TV 광고로 내보내도 전혀 손색없겠는데?"
"그러게요. 마지막 부분도 중독성 있는 게 잘될 거 같은데요?"
"한겸 씨가 말했던 것처럼, 혹시 분트 광고 맡게 되면 우리가 계속 제작하는 거예요?"

완성된 광고를 본 Do It의 직원들은 미래가 그려지는 듯 약간 상기된 표정으로 한겸을 쳐다봤다. 한겸은 머쓱하게 웃으며 대답했다.

"당연히 같이하셔야죠."

"이야, 의리파! 함께하으리!"

한겸은 씨익 웃고선 고개를 돌렸다. 그러고는 방 PD 앞에 놓인
마우스에 손을 올리고는 끝부분으로 돌린 뒤 다시 재생시켰다.

'색이 보인다. 정말 보인다……'

음악이 재생 중일 때는 보이지 않았지만, 음악이 없는 마지막
2초가량에서 실제 색들이 총천연색으로 보였다. 배경과 '마트 하
면 분트'라는 박재진의 목소리, 그리고 카피가 제대로 어우러져
있었다. 한겸은 마지막에서 정지를 누른 뒤 미소를 지으며 바라
봤다. 2초이긴 해도 직접 제작한 광고에서 색이 보였다. 날고 기
는 광고 회사들이 만든 미디어 광고들도 색이 안 보이는 경우가
많은데, 자신이 만든 광고에서 색이 보였다. 그렇다 보니 한겸은
가슴이 벅차올랐다. 그때, 옆에 있던 방 PD가 한겸의 등을 토닥
거렸다.

"빠르게 잘 나왔네. 고생했어."

한겸은 가볍게 고개를 숙이고는 주위에 있던 사람들을 향해
말했다.

"모두 감사합니다. 1등 할 수 있을 거 같아요."

그 말을 들은 사람들은 모두가 기분 좋은 미소를 지으며 입을
열었다.

"그동안 수정한 걸 생각하면 무조건 1등 해야지!"
"아, 맞다. 수정 지옥을 잊고 있었네… 어우, 생각하니까 두통
온다. 우리 말고 다른 프로덕션도 좀 알아보는 게 어때요? 좀 나
눠서 하게."

장난스러운 말에도 한겸은 부척이나 기분 좋은 얼굴이었다.

*　　　　　*　　　　　*

경섭은 분트 코리아가 있는 분트 목동점 대표실에 자리해, 취
임하고 난 뒤 처음으로 지시한 내용을 확인 중이었다. 이용량
과 판매량 등 창고형 마트 중 모든 부분에서 1위임에도 사람들
의 인식에 분트는 1위가 아니었다. 홍보를 조금만 해도 브랜드인
지도가 확 올라갈 텐데 워낙 격차가 크다 보니 미국 본사에서는
현상 유지에 만족했다.
경섭은 취임 전 미팅에서 그 부분을 지적했다. 1위지만 매년
격차가 줄어들고 있고, 소비자들에게 제대로 어필이 안 되고 있
다는 점을 꼬집었다. 그와 함께 해결책까지 내놓았다. 분트를 이
용하는 자영업자들에게는 회원권 혜택을 늘리고, 일반 소비자들

에게는 홍보를 통해 브랜드인지도를 올리는 것이었다.

혜택은 기존의 협업 업체인 카드 회사와 조율을 하면 해결될
것이었다. 하지만 홍보가 문제였다. 현 상태에 만족하는 본사가
솔깃할 만한 것이라면 최소 비용으로 최고 효율을 뽑으면 될 터
였다. 여러 가지 방법 중, 경섭은 소비자들이 기대하고 그들과 소
통하는 이미지를 얻을 수 있는 공모전을 선택했고, 공모전 내용은
따로 분트에서 제작하지 않아도 되는 미디어 광고로 한정했다.

경섭이 확인하던 서류를 덮을 때 휴대폰이 울렸다. 번호를 확
인한 경섭은 씨익 웃으며 통화 버튼을 눌렀다.

"어, 성 대표! 일은 할 만해?"
ㅡ그냥 그렇습니다. 다름이 아니라 미리 말씀드려야 할 거 같
아서 연락드렸습니다.
"뭐, 한겸이가 분트 공모전 참여한 거?"
ㅡ알고 계셨습니까?
"어떻게 몰라. 내 집에서 촬영했는데. 그래도 광고는 아직 못
봤어."

경섭은 그날을 생각하며 피식 웃었다. 아내 선영이 전날부터
한겸과 손님들에게 줄 음식을 준비하는 통에 모를 수가 없었다.
그래도 한겸이가 정정당당히 하고 싶어 한다며 알려주지 않아
어떤 내용인지 알 수가 없었다.

"다음에 우리 집에서 촬영할 거면 발 씻고 오라고 해라. 발꼬랑내가 집에 뱄더라, 뱄어."

─전 안 갔습니다.

"하하, 농담이야. 그런데 뽑아달라고 전화한 거야?"

─아닙니다. 부탁한다고 들어주실 분도 아니지 않습니까. 공모전 참여해서 채택되면 대표님께 피해가 갈까 한겸이가 걱정해서 미리 말씀드리는 겁니다.

"봤지? 우리 한겸이가 그렇게 효자다. 잘 키웠어. 하하, 너도 결혼이나 해. 뭐 얼마나 자유롭게 살라고 결혼을 안 해."

─음, 제 결혼은 제가 알아서 하겠습니다. 그럼 신경 쓰지 않아도 되는 걸로 알고 이만 끊겠습니다.

"알았어. 술 한잔… 여보세요? 어쭈, 끊었어? 허 참."

경섭은 끊어진 휴대폰을 보고 씨익 웃었다. 아직 한겸이가 만든 광고를 보진 못했지만, 우범이 전화를 해 당선된 이후를 걱정하는 걸 보면 잘 만들었을 것이 분명했다. 그동안 봐온 우범은 허튼 말을 할 사람은 아니었다. 경섭은 기대된다는 얼굴을 하고선 자리에서 일어났다. 그리고 대표실을 나서자 비서가 일어섰다.

"그만 일어나요. 자꾸 일어나면 무릎 나가서 나이 먹고 고생합니다. 하하하, 됐으니까 일 봐요. 잠깐 순찰 돌러 가는 거니까."

"순찰이요……?"

"아! 산책. 하하, 나 신경 쓰지 말고 하던 거 해요."

"점심은 항상 드시던 항아리에서 주문할까요?"

"돌아다니다 먹을 테니까 안 실장도 알아서 먹어요."

경섭은 비서에게 손을 흔들고는 곧바로 밑층으로 이동했다. 취임한 지 얼마 되진 않았지만, 하도 돌아다닌 탓에 대부분 자신의 얼굴을 알고 있었다. 직원들과 인사를 하며 이동한 경섭은 마케팅 팀에 도착했다. 자신을 발견한 직원들이 모두 인사를 하려는 모습에 경섭은 손을 저으며 입을 열었다.

"나나 여러분이나 같은 월급 받는 사람인데 뭘 그렇게까지 인사를 해요. 됐어요. 그냥 글로벌 시대에 맞춰 하이로 합시다. 하이!"

직원들이 피식거리자 경섭은 만족한 듯 미소를 보이고선 팀장에게 다가갔다.

"공모전 참가는 어때요?"
"아무래도 미디어 광고로 진행하다 보니까 참여는 그렇게 많은 편은 아닙니다."
"대신 완성도는 높죠?"
"네. 확실히 공을 들인 작품들도 있었습니다."
"잘됐네요. 심사는 더 편할 거 아니에요. 교수들이랑 광고 협회 반응 어때요?"
"계속 보내는 중이라서 아직 답변은 없습니다. 저희가 먼저 말도 안 되는 작품들부터 선별한 뒤 곧바로 심사 위원분들께 보내 평가를 하고 있습니다. 1, 2차 심사가 끝나면 다시 심사 위원분들을 모서서 최종적으로 심사하게 됩니다."

"내가 말한 대로 블라인드 맞죠? 괜히 자기 아는 사람이라고 뽑아주고 그런 건 없겠죠?"

"없습니다. 그 부분에 대해서는 자신 있습니다."

"아쉽네."

"네?"

경섭은 혼자 껄껄대며 웃더니 다시 말을 이었다.

"결과 나오면 심사 위원들 몇 명 포함해서 채택된 팀하고 같이 인터뷰하는 건 어떤가요?"

"보도 자료가 아니라 인터뷰요?"

"그럼요. 내가 상금도 전달하면서 인터뷰도 같이하고. 우리 이렇게 투명하게 공모전 진행했다 알리는 게 좋지 않을까요?"

"네, 알겠습니다. 준비하겠습니다."

경섭은 팀장을 힐끔 쳐다보더니 다시 입을 열었다.

"인터뷰까지 하는데 좋은 광고가 뽑혀야 할 텐데요. 그냥 인터뷰를 안 하는 게 좋을까요? 투명하다는 걸 자랑하고 싶은데. 그리고 탈락자들은 왜 자신들이 떨어졌는지도 알면 더 좋을 거 같은데. 힘들겠죠?"

"아닙니다. 저희가 신경 써서 채택하겠습니다."

"하하, 하는 김에 보도 자료도 한번 돌립시다."

"공모전에 대한 거라면 이미 돌렸습니다."

"공모전 말고 대표인 나에 대해서 기사를 내보내 달라는 겁니다. 취임한 지 꽤 됐는데도 아주 투명하고 정직한 기업이 되도록 경영한다고, 그렇게. 하하."

팀장은 하마터면 헛웃음을 뱉을 뻔했다. 바쁘긴 해도, 공모전을 투명하게 진행한다는 것을 강조하고 회사 이미지도 제고하자는 취지라 팀장은 조용히 알겠다고 대답했다. 그러자 그제야 듣고 싶었던 대답을 들은 경섭은 씨익 웃으며 입을 열었다.

"좋아요! 기분이다. 점심 내가 쏠 테니 같이 먹죠. 항아리라고 이 근처에 생긴 반찬 가게 있는데 맛이 기가 막혀요. 다이어트하는 사람은 샐러드도 있으니까 걱정 말고요, 하하."

경섭은 활짝 웃더니 메뉴를 고르라며 자신의 휴대폰을 직원들에게 건넸다.

제3장

동인대학교

　동인대 김주찬 교수는 분트의 심사 위원과 학교에서 따로 부탁받은 일, 그리고 기말고사 기간이 겹쳐 몸이 열 개라도 부족할 지경이었다. 그나마 학교에서 부탁한 일은 학교가 사정을 봐주고, 기말고사는 조교들이 도와준 덕에 좀 나았다. 하지만 심사 위원으로 초대받은 분트의 일이 무척이나 고됐다. 아직 공모전이 끝나지도 않았는데 참여 작품들을 보냈고, 광고들마다 평가를 어찌나 자세하게 작성해 달라고 하는지 차라리 논문을 쓰는 편이 나을 것 같았다. 김 교수는 지금도 분트에서 보내온 영상을 보는 중이었다.

　"이건 창의성도 없고 그렇다고 실용적이지도 않고."

김 교수는 장면마다 평가를 적었다. 기존의 심사들과는 너무나 달랐다. 여타 공모전은 그저 내용이 부족하면 탈락시키면 그만이었는데, 탈락자들에게 부족한 점을 알려주려 한다니 그냥 넘길 수 없었다. 한참이나 광고를 보며 평가를 하다 보니, 오늘 보낸 자료 중 마지막 광고만 남았다. 김 교수는 조금 편안한 마음으로 광고를 재생시켰다.

"오… 호오."

지금까지 봤던 광고들과 수준이 달랐다. 물론 좋은 광고들도 있었지만, 그중에서도 가장 좋은 편에 속했다.

"창의성은 그냥 보통인데 소비자들에게 사실을 인지하게 하는 방법이 재미있네. 브랜드이미지광고로는 좋아 보여."

김 교수는 자세를 똑바로 잡고 다시 영상을 처음으로 돌렸다. 그렇게 몇 번이나 보고 난 김 교수는 놀랍다는 듯 휘파람을 불었다.

"5초씩 나눠 옴니버스 형식으로 제작해서 집중을 끊지 않게 만드는 게 예술이네."

그때, 교수실 문이 열리더니 옆방 교수가 들어왔다.

"김 교수님, 바쁘십니까?"

"들어오세요."

"다른 게 아니라, 저번에 교수님이 학회 세미나에서 발표하신 자료를 계절학기 때 자료로 사용하고 싶어서 들렀습니다. 학회 사이트에 안 올라와 있더라고요."

"아, 이 교수님도 이번에 계절학기 맡으셨죠? 잠시만 계세요."

"바쁘실 텐데 실례 좀 하겠습니다."

김 교수가 자리로 가 자료를 담는 동안 이 교수가 테이블에 올려놓은 노트북 화면을 봤다.

"분트 공모전 심사하신다더니 이것도 그건가 보군요."

"맞아요. 잘됐네요. 논문 담는 동안 그거 한번 봐보세요."

"괜찮은 작품이 많나요?"

"그냥 그렇죠. 그런데 저건 좀 달라요."

이 교수는 기대하며 자리에 앉아 영상을 재생시켰다.

─어떤 노래를 듣지? 여름 하면 발라드지이이.

"음."

"괜찮죠?"

"괜찮은데요. 잠시만요."

이 교수는 다시 처음부터 영상을 돌려봤다. 그러고는 화면을 정지하며 살펴보기 시작했다. 그사이 김 교수는 자료를 담은 USB를 들고 옆으로 다가왔다.

"4.89초에 스토리 하나. 5.18초 동안 스토리 하나. 그리고 결론."
"잘 짰죠? 하나의 광고 안에 두 개의 스토리들이 다른 내용을 말하는 것처럼 보이지만 앞의 내용이 뒤에 나올 내용을 뒷받침 해 주는 역할을 하더라고요. 그리고 저 내용이 사실이라는 점 도 좋고, 무엇보다 소비자들이 생각하도록 만드는 게 진짜 크죠. '여름에 정말 발라드가 강세야?' 이러면서 저절로 마트 중엔 분트 가 최고구나, 각인시키는 거예요."

이 교수도 동의한다는 듯 고개를 끄덕이며 말을 뱉었다.

"정말 괜찮네요. 이거 초도 맞춘 거 같습니다. 요즘 광고들 스 킵하느라 바쁜데 이건 스킵이 가능하기 전에 하나의 스토리를 끝 내고 다른 스토리를 내놓아서 흥미를 유발하네요. 이거 기획 단 계부터 초까지 염두에 두고 만든 거 같아요. 굉장히 치밀해요."
"그렇죠? 특히 마지막에 대사가 귀에 꽂히는 게 괜찮았어요."
"어디 회사 광고예요?"
"그건 공정한 심사라면서 안 알려주더라고요. 연예인 섭외까 지 한 거 보면 그래도 이름 좀 있는 회사 아닐까요?"

두 명의 교수는 다시 몇 번이나 영상을 돌려보며 칭찬을 아끼 지 않았다.

"우리 학생들한테도 보여주고 싶네요."

"하하, 곧 나올 거 같은데 다음 학기 때 보여주시면 되겠네요."

김 교수는 문득 C AD 팀원들이 떠올랐다. 창업 동아리를 만들 때부터 지도교수로 자신의 이름만 빌린 것이라고 하지만, 정말 이름만 올려놓았을 뿐 아무런 도움을 주지 못했다. 전문경영인을 영입했다는 말에 다행이라고 생각되어 마음이 조금 편안해진 한편, 신경 써주지 못해 미안한 마음도 있었다.

"교수님 덕분에 좋은 작품도 보고 자료도 얻었습니다. 바쁘실 텐데 이만 가보겠습니다."

"아닙니다. 나중에 술 한잔하시죠."

이 교수가 돌아가고 난 후, 김 교수는 곧바로 나갈 채비를 했다. C AD 팀원들에게 광고를 보여주지 못하더라도, 이런 방법으로 광고를 제작할 수 있다는 조언을 해주고 싶었다.

*　　　　*　　　　*

마지막 수업의 기말고사를 마친 C AD 팀원들은 밝은 얼굴로 동아리실에 자리했다. 시험을 끝내는 순간 방학이었기에 다들 마음이 편안한 듯 보였다. 한겸 역시 이제야 조금 신경 쓰이던 부분마저 해결되어 마음이 편안해졌다.

"다들 졸업 이수 학점 채웠어?"
"당연하지. 이제 학교 끝이다!"

옆에 있던 수정은 범찬을 보며 피식 웃었다.

"넌 아직 졸업한 거 아니잖아. 나랑 종훈 오빠처럼 진짜 졸업해야지 끝이지."
"어… 부럽다. 겸쓰, 너도 조기졸업은 아니지? 너도 나처럼 한 학기 쉬었잖아."

한겸은 피식 웃으며 고개를 저었다. 일정 학점이 넘어야 조기졸업이 가능한데 색이 중요한 디자인이나 그래픽 수업들 때문에 평균 학점이 좋은 편은 아니었다. 그래도 졸업 이수 학점은 채워서 학교에 나오지 않아도 되니 졸업이나 마찬가지라고 생각했다. 한겸은 홀가분한 얼굴로 입을 열었다.

"그럼 이제 학교하고도 끝이니까 좀 더 제대로 해보자."
"오케이. 그런데 대표님은 진짜 엄청 돌아다니나 봐. 우리 홈페이지에 등록한 사람 80명 넘었어!"
"100명 채운다고 했잖아."

홈페이지 'Expert'에 인원이 점점 늘어나는 것만 봐도, 우범이 얼마나 고생하고 있는지 알 수 있었다. 보이지 않는 곳에서 고생하고 있을 우범을 생각하니 한겸도 의욕이 생기기 시작했다.

"공모전 발표 7월 20일이지?"
"어. 7월 7일 마감인 거에 비하면 발표가 조금 빠른 편이야."
"그 전까지 놀고 있을 수 없으니까 다른 공모전에 참여하든가
상가나 기업을 찾아가든 하자."

다들 의욕적인 모습을 보이며 찬성할 때였다. 동아리실의 문
이 열리며 김 교수가 들어왔다.

"하하, 좋은 일 있나 봐? 보기 좋네."
"안녕하세요, 교수님. 들어오세요."
"그냥 지나가다 들렀어. 하고 있는 일 있으면 조언 좀 해줄까 해
서. 그런데 대표님이란 분은 안 계서? 지금까지 한 번을 못 봤네."
"음… 외근 나가셨어요. 인사드려야 했는데 저희가 좀 바빠서
정신이 없었어요."
"됐어. 강의실에서 봤잖아. 맨날 다른 생각 하고 있었지만. 하하."

김 교수는 피식 웃고는 말을 이었다.

"마지막으로 본 게 항아리였는데 그동안 뭐 하느라고 바빴어?"
"공모전에 참여했어요."
"잘했네. 공모전부터 시작하는 사람 많지. 그래서 어디 공모전
했어?"

"분트라는 마트에서 하는 공모전이요."

"어? 분트?"

김 교수는 흠칫 놀랐다. 설마 자신이 심사 위원을 맡은 분트 공모전에 참가했을 줄은 몰랐다. 김 교수는 잠시 고민했지만, 심사 위원임을 밝히지 않기로 했다. C AD에서 내놓은 광고가 자신이 평가한 작품 중 하나일 수도 있었다. 나쁜 평가를 내렸을 수도 있고, 좋은 평가를 내렸을 수도 있었다. 그리고 아직 못 본 광고라면 공정성에 문제가 될 수도 있기에 광고에 대해서도 묻고 싶은 생각을 접어두었다. 그때, 옆에 있던 범찬이 입을 열었다.

"저희가 만든 광고 한번 보실래요? 정말 잘 만들었어요."

"하하, 괜찮아. 내가 좀 바빠서 가봐야겠다. 혹시 궁금하거나 필요한 거 있으면 언제든지 연락하고."

"정말 좋은데. 마트 하면, 쿵 짝, 분트!"

"어?"

김 교수는 너무 놀라 입을 쩍 벌린 채 굳어버렸다.

"교수님? 교수님, 왜 그러세요?"

"아… 너희가… 아니다, 아니야. 이만 가야겠다."

"괜찮으세요?"

김 교수는 여전히 입을 벌린 채 동아리실을 나섰다. 그러고는 천천히 고개를 돌려 C AD를 쳐다봤다. 광고를 보며 분명히 제대로 된 광고 회사에서 만들었을 거라고 생각했다. 자신뿐만 아니라 다른 교수 역시 같은 의견이었다. 그런데 그 광고가 자신이 가르쳤던 학생들의 손에서 나온 광고였다.

순간 너무 놀라 너희들이 만든 거냐고 소리칠 뻔했다. 하지만 그렇게 되는 순간 공정성을 잃을 수 있고, 차후에 문제가 생길 수도 있었다. 1등 될 것 같은 광고에 문제를 만들 순 없었기에 놀란 사실을 내색하지 않으려 애썼다.

"후아……."

김 교수는 가슴을 진정시키려고 심호흡을 한 뒤 걸음을 옮겼다. 그리고 가만히 생각하던 김 교수는 이마를 부여잡았다. 자신이 가르치는 학생의 수준이 이 정도라는 것도 모르고 그동안 못했던 조언을 해준답시고 동아리실에 간 스스로가 생각하면 할수록 부끄러웠다. 창업지원센터를 나오면서도 다시 고개를 들어 C AD의 창문을 쳐다보고선 헛웃음을 뱉었다.

"이 정도면 나 대신 해도 되겠는데……."

교수는 다시 헛웃음을 뱉고는 동인대 본관으로 걸음을 옮겼다.

*   *   *

다음 날. 동아리실 책상 위에 홍보지가 수두룩하게 널려 있었다. 공모전 결과를 마냥 기다리고만 있을 수 없었기에, C AD 팀원들이 광고가 필요하다고 느낀 기업을 각자 찾아 온 것이었다. 그중 수정이 먼저 입을 열었다.

　"주형 유통은 다이오드? 그런 거 중국에서 무역해 오는 곳인데 우리한테 문의한 적도 있어."
　"다이오드가 뭔데?"
　"찾아보니까 반도체소자라고 하던데. 대표님이 모신 전문가도 있으니까 괜찮을 거 같아서 뽑아봤어."
　"그건 안 되겠다. 전문가한테 조언을 받아도 너무 생소해. 기계를 만져봤어야지 알지."
　"발표까지 보름 넘게 남았는데 그동안 뭘 해야 하지 않을까?"
　"하더라도 조금 가벼운 게 어떨까? 공모전 1등 하면 프레젠테이션도 해야 하고 시리즈로 쓸 수 있게 어필할 준비도 해야 되잖아."
　"그렇긴 하네. 광고효과 보고 회의하고 하면 한 달은 더 걸리겠지?"
　"그럴 거 같아. 그러니까 지금은 가벼운 거로 하는 게 좋을 거 같고."

　마치 심사를 하듯 할 수 있을 만한 광고를 따로 분류했다. 서로 의견을 나누며 분류하던 도중, 문을 두드리는 소리가 들리더니 처음 보는 사람이 동아리실에 들어왔다.

"안녕하세요."

"네, 안녕하세요. 어떻게 오셨나요?"

"저 학교 홍보실 실장이에요."

팀원 모두가 홍보실장이 이곳에 온 이유가 궁금하다는 표정으로 쳐다봤다.

"김주찬 교수님한테 수업 듣는 분들 맞죠?"

"네, 맞아요."

"교수님께 수시모집 포스터 부탁했었는데 어제 갑자기 못 하겠다고 하시더니 여기 추천하시더라고요."

"저희를요?"

"네, 적극 추천하셔서 찾아보니까 괜찮으셔서요. 창업지원센터 장님도 칭찬하시고. 시간이 얼마 없는데 가능한가요? 우리 홍보일정이 7월 30일부터 시작이라 적어도 15일까지는 해줘야 되는데."

실장의 말에 C AD 팀원들은 서로의 얼굴을 보며 눈을 맞췄다. 그때, 실장과 대화를 나누던 한겸이 입을 열었다.

"예산은 얼마를 생각하고 계신가요?"

"아, 예산. 우리 학교는 이름이 좀 있어서 홍보비가 많지 않아요. 저희가 준비한 순수 제작비 예산은 200만 원입니다."

"다른 마케팅 필요 없이 홍보물로 쓸 포스터만 제작하면 되는 건가요?"

"그럼요. 학교 이미지가 잘 보이도록 제작해 주시면 됩니다. 가격은 적당하죠?"

홍보지만이라면 크게 문제 될 것 같지 않았다. 한겸은 고개를 돌려 팀원들을 바라봤다. 한겸과 눈을 마주친 팀원들도 괜찮을 것 같다며 고개를 끄덕거렸다.

"그럼 저희가 맡아보겠습니다. 저희가 필요한 자료는 홍보실로 가서 얻어도 될까요?"
"언제든지 오세요."
"그럼 빠르게 계약 준비해서 홍보실로 갈게요."

홍보실장은 고개를 끄덕이고는 자리에서 일어났다. 그러고는 창업지원센터를 나와서 곧바로 전화를 걸었다.

"김주찬 교수님, 박광호입니다. 교수님 말씀대로 일 맡기고 나오는 길입니다."
─그 친구들 정말 괜찮을 겁니다.
"하하, 싹싹해 보이긴 하더군요. 어제 말씀하신 거 잊으시면 안 됩니다."
─그럼요. 그럴 일도 없겠지만 만약에 말도 안 되는 걸 제작하면 제가 교수님들을 초빙해서라도 홍보지 만들어 드리겠습니다.

확답을 들은 홍보실장은 그제야 편안한 얼굴을 하고선 걸음을 옮겼다.

                    *   *   *

　다음 날, 김 교수에게 추천해 줘서 감사하다는 이야기를 전한
C AD 팀원들은 홍보실을 찾아가 계약마저 끝냈다. 그 후 홍보실
에서 받아 온 자료를 보며 회의를 진행했다. 기획을 어떤 방향으
로 잡을지 대화를 나누던 중 범찬이 자료를 덮었다.

　"홍보실에서 준 자료들은 정말 쓸모없네. 형, 겸쓰가 이거 빨
리 될 거 같다고 그랬죠?"
　"그러긴 했어. 홍보실에서 준 자료보다 학교 사이트에서 보는
게 나아. 한겸이도 학교 사이트 보고 있잖아."
　"아까는 다른 학교 사이트 보고 있었어요."

　한겸은 다른 학교의 사이트를 뒤져본 뒤 지금은 동인대 홈페
이지를 구석구석 살피던 중이었다. 그런 한겸이 무언가를 발견했
는지 고개를 들었다.

　"신기하다. 우리 학교 교훈은 잘 만든 거 같아."
　"대학교에 교훈도 있어?"
　"어. 다른 학교는 전부 진리부터 들어가서 성실, 봉사, 사랑 이
런 건 기본인데 우리 학교는 엄청 쿨하네."
　"뭔데?"

"비상. 다른 거 아무것도 없이 그냥 딱 비상이야."

"그냥 귀찮았던 거 아니야?"

한결은 피식 웃었다. 그러고는 홍보실에서 받아 온 자료 중 지난 10년간 수시모집에 사용했던 홍보지를 주욱 펼치더니 그중 두 장을 뽑아 앞으로 내밀었다.

"2012년도에 나온 거하고 2017년도에 나온 거에 '비상'이란 단어가 들어가잖아."

"이거 구린 거 같은데. '동인대여, 비상하라!' 느낌이 그동안 못 날았던 거 같잖아. 우리 학교가 톱은 아니더라도 상위권인데 이 느낌은 아니지."

"하하, 전체는 이상한데 비상이란 말은 괜찮은 거 같지 않아? 12년도 홍보지가 조금 이상했지 17년도에 나온 카피는 진짜 좋아."

"비상! 날개를 준비하라. 동인대학교. 심플해서 괜찮은 거 같기도 하고."

"모델이 우리 학교 학생이었던 거 같은데. 모델이 전혀 안 어울리는 거 빼고는 카피는 그대로 사용해도 될 것 같아. 비상에 어울리는 이미지만 찾으면 될 거 같은데. 어때?"

한결은 2017년 수시모집 홍보지에 나온 카피가 노란색이란 것을 발견했다. 노란색으로 보인 이유를 찾으니, 학교 사이트에 교훈은 물론이고 이념까지 비상이란 단어가 들어가 있었다. 물론 다른 대학교들과 마찬가지로 인재 양성이나 창의적 사고를 앞세운 소개도 있었다. 하지만 비상이란 단어 하나로 모두를 아우를 수 있었다. 동인대라는 둥지. 그곳에서 배움으로써 날아오를 준비를 하라는 것이었다.

한겸은 무척이나 만족해하며 17년도 홍보지를 쳐다봤다. 그때, 잠시 생각하던 수정이 궁금한 표정으로 질문했다.

"그런데 이미 한 번 한 카피를 그대로 써도 돼?"

"내가 그래서 다른 학교도 봤는데, 같은 카피를 사용하는 학교도 많더라고."

"그거 찾느라고 다른 학교 사이트 보고 있었던 거야?"

"응, 아무리 봐도 좋은 거 같은데 해도 되나 해서."

"그럼 괜찮은 거 같긴 한데. 그럼 비상에 맞춰서 방향을 잡아야겠네."

"잡을 것도 없어. 카피 그대로 나갈 거고, 가장 밑에는 수시모집 정보 나오고. 그게 끝이야. 우리가 해야 할 건 비상에 어울리는 이미지를 구상하는 거야."

대화를 듣던 범찬은 헛웃음을 뱉었다.

"그게 가장 중요한 일이잖아."

"아예 처음부터 하는 거보다 낫잖아. 카피 덕분에 방향도 잡았으니까 확실히 빨리 끝날 거 같지 않아?"

"그런가? 그럼 이미지는 뭐로 하려고. 비상 하면 새? 우리 학교 상징도 매잖아."

"해보긴 할 건데 좀 식상하지 않을까?"

"그런가? 그럼 뭐 슈퍼맨이나 비행기 이런 거?"

"일단은 비상이 날아오른다는 뜻이잖아. 날개를 준비하라는 우리 학교가 둥지라는 뜻이고. 그럼 우리 학교가 둥지 같은 느낌을 줘야 할 거 같아. 그러려면 이미지에 조금이라도 나오는 게 좋을 거 같거든."

"그럼 비행기는 패스네. 학교가 나오려면 본관이나 도서관이 좋겠고."

한겸은 고개를 끄덕거렸다. 다른 사람들도 방향이 잡히자 의견을 뱉기 시작했다. 그렇게 한참이나 회의가 이어질 때 한겸만은 의견을 내지 않고 컴퓨터를 만지고 있었다.

"겸쓰! 회의하다 말고 뭐 하나?"

"카피 그대로 따오는 건데? 카피랑 모집 요강 적어보고 있는 거야."

"이미지 합성할 작업 미리 하는 거냐?"

"당연하지. 일단 보고 판단하게. 지금 메일로 보냈으니까 각자 의견 낸 거 합성해 보라고."

모두들 예상했다는 듯 피식 웃고는 회의를 이어나갔다. 모두가 열심히 의견을 내고 있었지만, 좀처럼 마땅한 이미지는 떠오르지 않았다.

"새 같은 게 뭐가 있을까?"

"비상 하면 임재범인데. 임재범 섭외할래? 박재진도 섭외해 봤으니까 너라면 할 수 있을 거 같은데."

"장난하지 말고. 학교가 조금 보이면서 비상을 부각시킬 수 있는 게 뭐가 있을까."

"슈퍼맨도 아니면 배트맨? 오! 건물에 조명으로 비상을 새기는 건 어때?"

"그건 이미지를 쏘는 거라서 비상이란 뜻을 담기에는 부족하지 않을까?"

한참 의견을 내놓으며 회의가 이어질 때, 범찬의 휴대폰이 울렸다.

"승기네. 잠깐 전화 좀 받고 하자."

범찬이 편하게 대해줘서인지 승기는 주로 범찬에게 연락을 했다. 범찬은 곧바로 통화 버튼을 누르고는 승기와 통화했다. 무슨 할 말이 그렇게 많은지 통화는 꽤 오래 이어졌다. 그리고 한참 뒤, 통화를 마친 범찬이 입을 열었다.

"이야, 승기 쩐다. 스페이스 행사에 참여하잖아. 그 행사에 사용하는 스페이스 11 준다고 그랬대. 그거 때문에 고맙다고 전화했다네."

"잘됐네. 안 그래도 터질 것 같았잖아."

"그런데 행사 30일이라더니 왜 벌써 갔대?"

"오늘 만나서 부스 위치랑 시간 같은 거 확인했다더라. 아! 승기가 진행 순서 봤는데 고은우도 온대! 이야, 가보고 싶다."

"가서 뭐 하려고."

"그냥 행사 엄청나다니까 궁금하잖아. 행사 진행도 오로지 스페이스로만 촬영해서 화면에 보여준다던데. 드론에 스페이스 달아서 막 날리고 그런다더라고."

"승기가 그걸 어떻게 알아. 네 생각 아니야?"

"아니거든? 먼저 간 사람들이 한 얘기 듣고 자기는 별거 아니라고 승기가 걱정하면서 한 얘기야."

한겸은 웃어넘겼다. 가고 싶다고 갈 수도 없거니와 가고 싶은 마음도 없었다. 그때, 옆에 있던 종훈이 갑자기 손가락을 튕겼다.

"드론! 우리 드론으로 하는 거 어때?"

종훈의 말에 한겸은 머릿속으로 드론이 들어간 이미지를 상상했다. 그러고는 다시 학교 사이트에 들어가더니 한참을 뒤적거렸다. 모두가 한겸을 지켜볼 때, 한겸이 고개를 들더니 입을 열었다.

"괜찮은 거 같아요. 우리 학교 공대에 무인기공학과도 있거든요. 시대에도 맞는 거 같고. 다들 어때?"

한결의 말을 들은 팀원들은 저마다 상상을 해보는지 아무런 말도 없었다. 그중 수정이 가장 먼저 입을 열었다.

"드론으로 비상을 새기려면 제작비가 많이 들 거 같아. 촬영도 오래 걸릴 거 같은데."

"내 생각은 드론으로 비상 글자 대형을 만들면 상당히 조잡해 보일 거 같아. 많은 드론이 필요할 테니까. 그래서 하나만 촬영해서 포토샵으로 붙이려고 하거든. 그럼 제작비는 거의 안 들 거 같은데. 우리 수고비만 제외하고."

"똑같은 글자를 만드는데 포토샵으로 해도 조잡해 보이지 않을까?"

"글자 획의 끝마다, 그러니까 꼭짓점마다 드론을 위치시키고, 드론에 조명 같은 거 달 수 있잖아. 그렇게 드론 불빛이 획이 돼서 이어져 보이도록 번지게 하면 괜찮을 거 같거든. 그리고 윗부분을 아랫부분보다 크게 만들면 하늘로 솟구치는 느낌도 들 거 같고."

"아, 그럼 확실히 많이 줄어들겠다. 그렇게 하려면 조명 달린 드론의 정면이 필요하니까 포토샵으로 작업해야 되고. 맞아?"

"응, 내 생각은 그래. 드론 촬영 동아리도 있고, 무인기공학과도 있으니까 홍보실에 부탁하면 알아서 섭외해 줄 거 같아. 컨펌도 같이 진행하면 되겠네."

"촬영은 아빠한테 맡겨서 따로 돈 쓰지 말고 내가 해도 될 거 같아. 몇 번 찍어봤으니까 잘할 수 있어."

가만히 듣고 있던 범찬은 종훈의 옆으로 다가가더니 입을 열었다.

"형, 제 말에서 힌트 얻었죠?"

"하하, 그렇긴 하지. 네 말 듣고 드론으로 하면 어떨까 해서 말해본 거지, 한겸이처럼 저런 생각은 못 했지."

"원래 영감을 주는 게 중요한 거예요. 역시 난 영감의 왕이었어. 내 입에서 나온 거니까 다들 나한테 감사해하도록."

한겸은 피식 웃고선 입을 열었다.

"범찬이가 영감 주고 종훈이 형이 의견 내고 수정이가 감독인 의견에 반대하는 사람."

"반대하면 역적 될 거 같은데. 그런데 넌 뭐 총감독이냐?"

"난 AE인데? 기획은 끝났잖아. 하하, 내 말처럼 생각보다 빨리 끝날 거 같지?"

생각보다 빠른 진행에 모두의 고개가 끄덕였고, 한겸은 그 모습을 보며 씨익 웃었다. 경험이 쌓인 만큼 가야 할 방향이 조금 더 빠르게 보이는 것 같았다.

*　　　　*　　　　*

이틀 뒤. 한겸의 예상대로 홍보실에서 학교에 남아 있던 교수에게 부탁해 드론을 섭외해 주었다. 이후 수정이 촬영까지 일사천리로 끝냈고, 지금은 한겸이 말한 의견대로 작업을 하고 있었다.

"카피는 이 위치와 이 글씨체 고정이고, 배경은 보름달이 뜬 밤처럼 약간 밝은 듯한 밤."

"시 쓰냐? 밝은 듯한 밤이 뭐야."

"하하, 너무 어두우면 공포영화 포스터나 SF 포스터 같잖아. 그리고 불빛은 내가 먼저 비웁만 해봤거든. 이렇게."

"야, 꼭짓점마다 연결하니까 너무 많은데? 그렇게 하지 말고 그냥 가로획은 점처럼 해놓으면 되잖아. 양쪽 막대기만 위아래 해놓고 가로는 점처럼 하는 게 더 나을 거 같은데. 기다려 봐, 내가 해볼게."

범찬은 순식간에 작업을 하더니 한겸에게 보여주었다. 그러자 옆에 있던 다른 팀원들도 감탄한 얼굴로 범찬을 칭찬했다.

"오, 최범찬. 포토샵 전문가!"

"앞으로 포토샵은 네가 다 하면 되겠다."

"하하, 내가 좀 하지. 나도 전문가니까 홈페이지에 등록할까?"

"넌 진짜 미친 거 같아."

범찬의 의견대로 하자 이미지가 확실히 살았다. 한겸도 환하게 웃으며 적극 동의했다. 그러자 종훈이 피식 웃으면서 한겸의 옆으로 다가왔다.

"그렇게 마음에 들어? 너무 웃는다."

"하하, 그냥 다들 잘하는 거 같아서 좋아서 그렇죠."

"우리가? 너만큼은 아니지. 너, 갈수록 실력 늘잖아."

"제가 보기에는 형이랑 범찬이, 수정이 모두 처음하고 많이 달라요."

한겸의 말이 기분이 좋은지 종훈은 씨익 웃으며 자리로 돌아갔다. 그 뒤로도 한참이나 작업이 이어졌고, 범찬이 작업을 완성한 뒤 소리쳤다.

"겸쓰! 다 했다. 어때? 죽이지?"

한겸은 피식 웃고는 모니터를 쳐다봤다.

"음, 본관 위치를 조금 옮겨보는 게 어때? 정가운데라서 그런지 너무 도드라져 보이는데."

"어쭈? 포토샵 전문가의 작업에 이의를 달아?"

"하하, 그냥 조금만 옮겨봐."

범찬이 조금씩 움직이기 시작하자, 본관 이미지에 이어 드론까지 조금씩 이동했다. 범찬은 한겸의 요구대로 계속 위치를 변경했고, 한겸은 혹시라도 색을 놓칠까 봐 모니터를 뚫어져라 쳐다봤다. 카피는 여전히 노란색이었지만, 배경은 여전히 회색이었다. 그럼에도 이미지가 상당히 인상적으로 느껴져서 조금만 변화를 준다면 색이 보일 것만 같았다. 그렇게 범찬이 건물을 왼쪽 하단 끝으로 옮겼을 때, 한겸이 소리쳤다.

"스톱! 멈춰. 이거로 하자."
"이거? 삼분의 일은 잘렸는데 괜찮아?"
"어, 괜찮아. 끝! 수고했어! 인쇄물 한번 뽑아서 색이 잘 먹는지 확인해 보면 끝나겠다."

한겸은 씨익 웃으며 팀원들을 둘러봤고, 팀원들은 너무 빨리 끝난 탓에 얼떨떨해하는 표정들이었다.

＊   ＊   ＊

홍보실장 박광호는 C AD가 주고 간 홍보지를 보며 적잖이 놀랐다. 처음 완성이 됐다며 최종 확인 하러 찾아왔을 때는 사실 언짢았다. 최대한의 도움을 줬음에도 일을 맡긴 지 불과 이틀 만에 완성했다는 말에 성의 없이 완성했다고 생각했다.

하지만 결과물을 본 순간 그 생각이 완전히 사라져 버렸다. 홍보지를 이렇게 기획하게 된 이유까지 듣고 나니 더 이상 좋은 홍보물은 나오지 않을 것 같았다. 그 때문에 바로 승인을 하니, C AD에서는 곧바로 결과물을 보내왔다. 그런데 막상 결과물을 받자 조금 아쉬운 부분이 보였다.

"비상 대신 동인대로 하면 더 좋았을 거 같은데. 안 그런가?"

"동인대도 카피로 들어가 있어서 이것도 괜찮은 거 같은데요."
"비상도 카피에 들어가 있잖아. 흠."

홍보실장은 한참을 보더니 생각을 정했다는 듯 홍보지를 내려 놓았다.

*   *   *

동아리실에 자리한 C AD 팀원들은 긴장한 얼굴로 한겸을 쳐 다봤다. 홍보실장과 대화 중인 한겸의 표정이 굉장히 낯설게 느 껴졌다.

"전화 주셨을 때 비상에서 동인대로 바꿔봤습니다. 하지만 바꾸 는 순간 지금 이 느낌이 없어집니다. 컨펌할 때 만족하셨잖아요."
"그래도 우리 동인대 광고인데 동인대 이름이 강조되어야 하 는 게 당연하잖아요."
"비상도 동인대 교훈이고 이념입니다."

홍보실장은 자신의 요구를 들어달라며 끝없이 같은 말을 반복 했다. 몇 번이나 같은 말을 하면서도 친절함을 잃지 않던 한겸이 지금은 인상을 찡그리고 있었다. 한겸이 매사 진지하긴 해도 저 렇게 까칠하진 않았다. 그 모습을 보던 세 사람이 자신들도 모르 게 허가 나올 정도로, 한겸의 말투는 굉장히 날이 서 있었다. 계 속 같은 말이 이어지자 홍보실장도 목소리를 높이며 말했다.

"아 참, 그게 뭐가 어렵다고 그래요. 이봐요, 학생. 엄연히 따지면 내가 광고주예요. 알아요?"

"압니다."

"그럼 광고주가 원하는 대로 해줘야지 이렇게 해서 회사 꾸려나갈 수 있겠어요?"

"좋은 광고를 망치라는 요구를 들어줄 순 없을 것 같습니다."

"하, 어이가 없네. 바꿔요. 안 바꾸면 환불해 주든가! 내가 학교에 다 말합니다?"

한겸은 홍보실장을 가만히 쳐다봤다. 그러고는 다시 뒤에 있던 팀원들을 천천히 돌아봤다. 그러고는 미안한 표정으로 입을 열었다.

"미안한데 없던 일로 하자."

"어……? 어, 그래."

"네가 수락한 거니까 알아서 해."

"나도 괜찮아."

팀원들의 의견을 듣자마자 한겸은 곧바로 홍보실장에게 말했다.

"돈 돌려 드리겠습니다."

"아이 참, 진짜 사람이 융통성이 없어! 이봐요! 학생!"

"학생이 아니라 C AD AE로 자리하고 있는 겁니다. 돈은 바로 돌려 드리겠습니다. 대신 저희가 만든 건 주고 가셨으면 합니다."

"하아, 참 진짜. 이게 이 정도까지 할 일입니까? 그냥 비상만 동인대로 바꾸면 되는 일인데?"

처음 전화를 받았을 때만 해도 큰 거부감은 없었다. 한 가지 만 색이 보이는 건 아니었다. 모델만 해도 두 명이나 노란색으로 보인 적이 있으니, 제대로 어울리기만 한다면 색이 보일 거라고 생각했다. 하지만 드론으로 동인대를 만드는 순간 배경이 빨갛게 변해 버렸다. 망해 버린 광고가 되었다.

동인대로 변경한 이미지를 본 팀원들도 모두가 같은 반응이었다. 드론이 늘어나니 조잡했고, 시야가 분산되어 홍보지가 제대로 들어오지 않았다. 충분히 설명을 했음에도 홍보실장은 자신의 고집만 부리는 중이었다.

"정말 안 되죠?"

"안 됩니다."

"알겠습니다. 환불은 바로 해주시죠."

"저희가 만든 건 주셔야죠."

"허 참, 어이가 없어서."

홍보실장은 들고 왔던 USB를 내려놓았다. 그러고는 화를 참 는다는 듯 심호흡을 하고선 동아리실을 나섰다. 홍보실장이 떠 나자 팀원들은 곧바로 한겸에게 다가왔다.

"한겸아, 왜 그랬어. 그냥 바꿔주지."

"그렇게 바꾸면 이미지 확 바뀌잖아요. 알면서도 그런 걸 만들 순 없잖아요."

"하긴. 우리 커리어에 흠집 날 수도 있는데."

"열심히 의견 내고 그랬는데 다들 미안해. 형, 미안해요."

"뭘 그런 거로 미안해하고 그래. 분트 1등 하면 우리 엄청 바빠질 텐데. 그나저나 김주찬 교수님한테 조금 미안하다."

대화를 듣고 있던 수정은 한겸을 보며 피식 웃었다.

"우리가 분트 1등 할 거 같아서 홍보실장한테 우리 언급하지 말라고 한 거야?"

"응. 그런 것도 있고, 바꾸는 순간 우리가 만든 게 아닌데 괜히 C AD 이름에 스크래치 생길 수도 있을 거 같아서 그랬어."

"자신감은 대단하네. 하긴 우리가 광고 정말 잘 만들었으니까. 나도 1등 할 거 같긴 해. 홍보실장 배 아프게 만들기 위해서라도 1등 해야겠다."

다들 한겸의 기분을 풀어주려 말을 꺼냈다. 그런데 대화를 나누면서도 다들 뭔가 허전함을 느꼈다. 평소라면 가장 먼저 나섰을 범찬이 조용했다. 무슨 생각을 하는지 혼자 감탄하는 얼굴을 하더니 고개까지 끄덕거렸다.

"이야, 진짜 신기하지 않냐? 교수님들한테 배운 그대로야."

"무슨 말이야? 뭐가 나왔었어?"

"아니, 모든 교수님들이 항상 같은 말 했잖아. 좋은 광고는 좋은 광고주로부터 나온다. 쯧쯧, 조기졸업이니 뭐니 하더니 나만 들었나 보네. 나 같은 사람이 조기졸업을 해야 되는 건데."

범찬의 말에 모두가 고개를 끄덕거렸다. 그동안 좋은 광고주만 만난 덕분에 좋은 광고가 나올 수 있었다.

"그나저나 200만 원으로 체험했으면 엄청 싸네. 그런데 겸쓰."

"응?"

"너 혹시 막 몇억짜리 광고 같은 거 할 때도 이럴 거야?"

범찬의 질문에 모두가 궁금하다는 얼굴로 쳐다봤다.

"하하, 그 정도면 그 사람도 보는 눈이 있지 않을까?"

"오, 그렇겠지? 그런데 만약에 그때도 그러면 지금처럼 할 거지?"

무척이나 진지하게 질문하는 범찬을 보며 한겸은 솔직하게 대답했다.

"그럴 수도 있겠지. 아마 그럴 확률이 높을 거 같아. 물론 그런 일이 생기지 않게 잘 만드는 게 우선이고."

"오케이. 혹시나 다음번에 이런 일 있으면 내가 한다."

"응……?"

"넌 협박을 너무 못해. 인상만 쓴다고 되는 게 아니거든. 내가 했으면 아무 말 못 했을 건데. 자퇴한다고 그러면 게임 끝이거든! 자기 때문에 잘나가는 우리가 학교 그만둬 봐. 진짜 분트 1등이라도 해서 분트 광고 맡지? 그럼 뭐 센터장만 가만있겠어? 총장부터 이사장까지 난리 치겠지."

한겸은 진지하게 받아들인 스스로가 한심했다. 함께 범찬의 얘기를 듣던 두 사람도 어이가 없는 표정으로 입을 열었다.

"저 정도면 자퇴하고 싶어서 안달 난 거 같은데 그냥 자퇴하는 게 맞는 기 아니야?"
"최범찬은 진짜 미친 거 같아."

한겸은 허탈한 표정으로 웃음을 뱉었다. 그래도 범찬의 농담 덕분에 마음은 한결 가벼워졌다. 한겸은 마음을 추스르고는 팀원들을 향해 입을 열었다.

"지금 분트 발표까지 보름 정도 남았거든. 프레젠테이션 준비하면서 이번에 했던 것처럼 가벼운 걸로 알아보자. 이번에 한 거 보니까 우리 잘할 수 있을 거 같거든."
"그래. 발표 나면 엄청 바빠질 테니까 마케팅 없는 홍보지로 알아보자."
"난 찬성. 범찬이 넌?"
"전문가가 없이 되겠어요?"

비록 이틀간의 노력이 헛수고가 되었지만, 덕분에 팀 분위기가 좀 더 단단해진 기분이었다.

한편, 동아리실을 나온 홍보실장은 화를 삭이며 전화를 꺼내 들었다.

"김주찬 교수님, 이거 학생들 너무 막무가내 아닙니까?"

─무슨 일 있으세요?

"아니, 수정을 요구했더니 수정 못 해준다고 하면서 일 못 하겠다고 합니다. 이게 말이 됩니까?"

─제가 알기로는 그런 친구들이 아닌데. 홍보지가 이상하게 나왔습니까?

"홍보지는 괜찮았죠. 그런데 더 좋은 방법이 있어서 그렇게 수정을 해달라고 하니까 길길이 날뛰는 겁니다! 어린놈의 자식이."

─좀 진정하시고요. 저한테 먼저 보내주시죠. 잘못된 부분이 있으면 제가 수정해 드리겠습니다.

"후, 지네가 만든 거 놓고 가랍니다! 그래도 프린트한 거 있으니까 그거라도 보내겠습니다. 제가 교수님 얼굴 생각해서 얼마나 참았던지. 휴."

─네, 감사합니다. 자료부터 보내주시면 곧바로 연락드리겠습니다.

홍보실장은 그제야 화가 풀리는지 숨을 크게 뱉었다.

　　　　　*　　　　　*　　　　　*

　홍보실장의 전화를 받은 김 교수는 메일이 도착하길 기다렸다. 도대체 어떤 광고를 만들었길래 저런 반응을 보이는지 무척 궁금하기도 했고, 한편으로는 자신이 괜한 일을 추천한 건 아닌지 걱정도 됐다. 그때, 홍보실장으로부터 메일을 보냈다는 메시지가 도착했다. 김 교수는 서둘러 메일에 담긴 파일을 다운받았다.

　"허……."

　파일을 보자마자 익숙한 카피가 눈에 들어왔다.

　[비상! 날개를 준비하라. 동인대학교]

　예전에 학교 부탁으로 만들었던 광고에 들어간 카피였다. 하지만 카피만 같을 뿐 모든 게 달랐다. 자신이 만든 광고에서는 학생을 모델로 써 하늘을 가리키는 모습을 이미지로 썼는데, C AD가 만든 광고는 학생이 모델이 아니었다. 여러 개의 드론으로 만든 비상이라는 글자가 마치 별빛처럼 보였다.

　"드론을 사용해서 별빛처럼 보이게 한다라. 아! 비상하여 하늘 위의 별이 되어라? 하… 죽이네."

만든 의도를 파악하며 광고를 살폈다. 아무리 봐도 너무 잘 만든 홍보지였다. 다른 사람도 이 짧은 시간에 이 정도로 만들 수 있을까 생각해 봤지만, 불가능할 것 같았다.

"도대체 뭐가 잘못됐다는 거야? 이렇게 잘 나온 걸."

김 교수는 의아한 표정을 한 채 홍보실장에게 전화를 걸었다. 통화를 통해 이유를 안 김 교수는 홍보지를 가만히 바라본 뒤 홍보실장이 원하는 대로 변경했다.

"글자만 바꿨는데도 느낌이 확 죽네. 애들이 진짜 잘 만들었네."

교수는 C AD 팀원들이 만든 광고를 뚫어져라 쳐다봤다. 만족 스러워도 너무 만족스러웠다. 홍보실장의 말대로 동인대라는 글 자를 넣으면 이미지가 주는 비상의 느낌이 확 죽었다.

"동인대는 윗부분이 뭉툭해서 느낌이 안 사는구나. 비상, 동인 대. 치밀하네."

혼자 의미를 찾으며 감탄하던 김 교수는 곧바로 홍보실장에게 전화를 걸었다.

"실장님, 그냥 이대로 하시는 게 낫겠는데요."
─네? 그게 무슨 소리예요. 동인대로 하는 게 더 낫지 않습니까?

"이거 그대로 하시는 게 좋을 거예요. 제가 만들어도 이보다 잘 만들 순 없을 것 같아요."

—…….

"분명히 학교에 도움 될 겁니다."

—그렇게 좋습니까?

김 교수는 느낀 그대로, 자신이 이해한 그대로 설명을 했다. 그러자 전화 너머로 홍보실장이 한숨을 뱉었다. 그 한숨 소리에 김 교수는 피식 웃었다. 분명히 괜찮은 회사라고 소개했음에도 학생이라는 신분 때문에 무시했던 모양이었다.

"학생들한테 무슨 심한 말 하셨어요?"

—그건 아닙니다… 그냥 바꿔달라고 조른 것밖에 없죠.

"그럼 사과 한번 하시고 이대로 진행하시죠. 이거 정말 좋은 광고예요. 이대로 출품해도 될 것 같은 광고인데 묵히기에는 아쉽잖아요. 가뜩이나 이름 좀 있다고 홍보 잘 안 하는데, 한번 할 때 제대로 해야죠."

—휴… 일단 알겠습니다.

김 교수는 피식 웃고선 다시 홍보지를 쳐다봤다.

"잘 만들었단 말이야."

*　　　　*　　　　*

다음 날. 우범이 오랜만에 동아리실로 출근했고, 모두가 모여 회의를 진행했다.

"이제 각 분야 전문가들은 천천히 구해도 될 것 같고, 지금 있는 사람들을 유지하는 게 더 중요해. 분기별로 상품권이라든지 혜택을 줘야 하고."

모두가 침묵한 채 우범의 설명을 들었다.

"그러기 위해서 가장 중요한 건 분트의 광고를 입찰받아야 한다는 거다. 입찰받지 못하면 그만한 기업의 광고를 입찰받아야지 유지할 수 있지."

"네. 프레젠테이션 준비 잘하고 있어요. 그런데 다른 협업 업체들은 어떻게 됐어요?"

"재작년 분트에서 TV, 온라인 등 매체 광고로만 매달 6억 정도씩 사용했으니까 광고만 입찰해 오면 사람 구하는 건 일도 아니야. 아직은 못 따 온 상태라 미디어 마케터를 구하고 싶어서 이리저리 알아봤는데 아직까지는 소득이 없어."

"못 구하면 안전하게 미디어렙사 끼고 해도 될 거 같아요."

"그래서 렙사들도 알아보고 있다."

모두가 고개를 끄덕이던 사이 혼자 종이에 계산하던 범찬이 고개를 번쩍 들었다.

"매달 6억이면 1년에 72억! 통상적으로만 계산해도 TV, 온라인 포함 모든 매체에 퍼붓는 돈이 50억! 우리 대행료 15%로 잡았지? 그럼 7억 5천! 와! 200만 원은 개나 줘버려! 우리 진짜 열심히 하자!"

"그냥 수치상이잖아. 예산이 적을 수도 있는데 김칫국부터 마시지 말고."

"최범찬이 돈 계산은 엄청 빨라."

그때, 대화를 듣던 우범이 고개를 갸웃거리며 물었다.

"200만 원은 무슨 말이야?"

"아, 학교 홍보지 만든다고만 연락드리고 취소됐다는 연락은 못 했네요. 죄송해요."

"괜찮아. 그게 무슨 말인지나 알려줘."

한겸은 있는 그대로 설명했고, 우범은 설명을 들으며 고개를 끄덕거렸다. 그러고는 팀원들이 만든 광고지까지 보더니 입을 열었다.

"소신 있네. 좋은 광고가 아니라 좋은 광고만 만든다고? 힘들겠지만 그 생각 오래갔으면 한다."

그때, 갑자기 동아리실을 노크하는 소리가 들려왔다.

                        *   *   *

　동아리실을 다시 찾아온 홍보실장은 대표라는 사람과 마주했
다. 김 교수의 설명과 칭찬 덕분인지 C AD가 만든 홍보지가 괜
찮게 느껴졌지만, 김 교수 말처럼 사과하고 싶은 마음은 없었다.
광고주나 다름없는데 이 정도 요구는 당연하다고 생각한 홍보실
장은 대표라는 사람에게 그동안 있었던 일을 설명했다. 대표라
는 사람이 사회생활을 해서인지 이해한다는 표정을 보였다.

　그 때문에 동아리실에 오로지 홍보실장의 목소리만 울리고
있었다. 다들 아무런 말도 하지 않고 홍보실장 앞에 앉아 있는
우범을 보고 있었다. 마침 홍보실장의 말이 끝나자 우범이 입을
열었다.

　"그런 일이 있었군요."
　"계약을 했으면 광고주가 원하는 대로 해줘야 하는 거 아닙니
까? 후, 정말 큰마음 먹고 양보하기로 했습니다."
　"죄송합니다."
　"역시 대표님이 있으니까 말이 통하는군요."

　조금 전까지만 해도 잘했다고 하던 사람이 사과를 하자 팀원
들은 모두 당황한 표정으로 우범을 쳐다봤다. 그때 우범이 화가
난 얼굴로 팀원들을 보며 입을 열었다.

　"고객님이 원하는 대로 수정본 드려."

"네?"

홍보실장이 급하게 말을 열려 할 때, 우범이 큰 목소리로 말을 뱉었다.

"수정본 뭔지 몰라? 동인대로 바꾼 거 드리라고. 계약을 했으면 당연히 그에 따라야지. 고객이 원하는 대로 해줘야 하는 건 당연한 거다."

"하하, 너무 질책하지 마시죠. 뭐, 제가 양보한다고 했으니까."

"아닙니다. 뭐 하고 있어. 빨리 수정본 드리라니까."

한겸은 인상을 찡그리고 우범을 쳐다보고만 있었다. 그러자 종훈이 쭈뼛대더니 USB에 수정본을 담아 와 우범에게 건넸다. 그러자 우범은 곧바로 홍보실장에게 내밀었다.

"잠시 실수가 있었던 모양입니다. 너그러이 양해해 주시길 바랍니다. 제작비는 다시 입금해 주시면 감사하겠습니다. 계약서에 나온 대로 최종 컨펌 후 수정은 수정비가 들어가니 그 부분까지 부탁드립니다."

"아니, 제작비는 물론 드리는데. 수정본을 주실 필요는 없고요. 제가 양보해서 처음 걸로 하겠습니다, 하하."

"아닙니다. 원하시는 대로 해드려야죠."

홍보실장은 활짝 웃으며 손까지 저었다.

"괜찮습니다. 하하, 아직 사회생활을 안 해봐서 잘 몰랐던 거겠죠. 한 학교 아래에서 가족처럼 지내고 있는데 제가 양보해야죠."

"아닙니다. 수정본 가져가셔야죠."

계속 수정본을 내미는 통에 홍보실장은 애써 난감한 표정을 숨기고는 어떻게 해야 할지 생각했다.

"아닙니다. 학생들 사기도 있는데 제가 한번 양보해야죠. 그냥 처음 거로 하죠."

우범은 고개를 끄덕이더니 다시 고개를 돌려 팀원들을 쳐다봤다.

"원본은 없지? 그래, 어쩔 수 없지."

팀원들은 우범이 도대체 무슨 말을 하는 건지 몰라서 어리둥절한 표정을 짓고 있었다. 그때, 우범이 입을 열었다.

"어제 환불하면서 원본을 전부 지웠네요. 원본이 없어서 다시 제작해야 되는 상황이지만 같은 학교이니 저희가 특별히 수정하는 가격만 받겠습니다. 그럼 수정 비용 1, 2차까지 주시면 되겠군요."

"네?"

"200만 원에 수정 비용이 10만 원씩 2번이니 총 220만 보내시면 됩니다. 컨펌할 필요 없으니 입금 확인되는 대로 바로 작업에 들어가겠습니다."

"20만 원이야 뭐……."

홍보실장은 자신이 뱉은 말을 철회하고 싶지 않았기에 우범의 제안을 받아들였다. 사과를 하지 않아도 된다는 생각에 만족하며 자리에서 일어났다.

"그럼… 잘 부탁합니다."

"감사합니다."

홍보실장이 돌아가자 우범의 행동을 이해한 팀원들은 피식거렸다. 그중 크게 웃던 범찬이 입을 열었다.

"바꿔달라고 또 찾아온 줄 알았는데 아니었네. 대표님은 어떻게 아셨어요?"

"자기 입으로 말하잖아. 너희들은 직접 당한 뒤라서 안 보였겠지만 나는 아니잖아. 쉬지 않고 양보해서 처음으로 한다고 같은 말만 반복하는데 모르면 이상하지. 전형적인 꼰대의 억지는 많이 봤지."

"어디서요?"

"F.F에서. 본사에 이상한 클레임들 엄청 들어오니까 별의별 상황을 다 들을 수밖에 없지. 기분을 상하게 만들지 않으면서 우리는 이득을 취해야 하고. 홍보실장 같은 사람은 언제든지 우리한테 의뢰를 할 수가 있으니 자존심을 지킬 수 있는 구멍은 만들어 줘야지. 그래야 분트 공모전 결과 나오면 알아서 홍보해 줄 거다."

중간부터 눈치를 챈 한겸도 감탄하며 고개를 끄덕거렸다. 그러자 우범이 한겸을 보며 피식 웃더니 입을 열었다.

"비록 우리가 돈을 받는 입장이지만 좋은 결과물을 내놓으면 우리가 갑이 될 수도 있다. 그러니까 좋은 거 많이 만들어."
"고생하셨어요."
"고생은 무슨. 너무 일찍 주지 말고 한 3, 4일 뒤에 줘. 그래야 진짜 지웠나 긴가민가하니까."
"하하."

*　　　　*　　　　*

며칠 뒤. 분트의 마케팅 팀 직원들은 심사 위원들을 맞이하느라 정신이 없었다.

"박 실장님, 어서 오세요."
"휴, 공모전 심사를 이렇게까지 자세하게 해보기는 처음입니다."
"하하, 참가자들의 발전을 위한다고 생각해 주시죠."
"그럼요. 그래서 하긴 했죠. 아무튼 힘들었어요."
"하하, 감사합니다. 다른 분들 오실 때까지 잠시만 기다려 주십쇼."

모든 공모전이 그렇듯이, 마감이 다가오면서 작품들이 물밀듯이 들어왔다. 1차부터 심사평을 작성해 달라는 의뢰 때문에 심사 위원 모두가 힘들어했다. 그나마 1차는 간략했지만, 2차부터는 좀 더 자세한 심사평을 부탁받았다. 최종 심사까지 하다 보니 1, 2차에 이어 최종까지 참가하는 심사 위원들은 죽는소리를 했다.

잠시 뒤, 최종적으로 심사를 맡은 9명이 모두 참석했다. 그러고는 심사가 시작되었다. 최종 심사에 뽑힌 작품도 꽤 되었기에 3일에 걸쳐 진행되었고, 심사 위원들은 기운을 빼지 않으려는 듯 말을 아꼈다. 하지만 말을 아낄 수가 없었다.

투명한 심사를 한다면서 심사가 진행되는 기간을 전부 영상으로 남긴다는 것이었다. 공모전에 탈락한 팀들 중 이유가 궁금한 팀에 한해서 영상을 편집해 준다고 했다. 게다가 이곳에 분트의 대표까지 자리했다. 심사에 참여하고 있지는 않지만 광고 하나하나를 뚫어지게 보는 통에 말을 아낄 수가 없었다. 그때, 심사 위원의 의견을 종합하던 팀장이 조금 전에 본 영상에 대해 입을 열었다.

"노래가 귀에 들어오는 게 캐리 올처럼 중독성 있는 노래라서 1차 심사를 통과시켰는데, 최종에서는 보류가 됐군요."

"그래서 보류라는 거죠. 영상 구도도 괜찮고 전체적인 기획도 좋지만, 사용한 음악이 문제입니다. 통계적으로는 신선한 아이디어를 따라 해도 효과를 보기는 합니다. 다만 지속 기간이 짧습니다."

"우 교수님 말씀에 조금 보태자면, 브랜드이미지광고에 캐리 올을 따라 하면 안 됩니다. 제가 저번에 심사하면서 본 광고를 보고 알아봤는데, 모든 부분에서 분트가 1위더군요. 그런데 캐리 올 광고 음악을 따라 하게 되면 자칫 캐리 올을 쫓아가려는 걸로 보여질 수 있습니다. 무의식적으로 캐리 올을 위로 올려놓게 되겠죠."

한 심사 위원의 말을 들은 다른 심사 위원들도 어떤 광고를 말하는지 단번에 알아차렸다. 그러고는 저마다 그 광고에 대해 말을 꺼내놓았다.

"마트 하면 분트, 그 광고 말씀하시는 거죠?"

"맞습니다. 어디서 만든 건지는 모르겠는데 정말 잘 만들었더 군요."

"굉장히 치밀하더군요. 마지막까지 집중할 수 있게 만드는 것이 쉬운 일이 아닌데, 마지막까지 보게 되더군요. 부족한 부분도 보이긴 하는데 제가 본 것 중에서는 가장 나았어요."

"다른 작품들도 봐야겠지만, 저도 그만한 광고는 없을 거 같 았습니다. 흔해 보일 수도 있지만, 그만큼 눈에 익어 거부감 없이 받아들일 수도 있다고 생각합니다. 브랜드이미지광고면서도 상업성은 상업성대로 있고 실용성까지 갖추기는 어렵죠. 어디 회사인지 궁금해서 물어봤는데 안 가르쳐 주더군요. 하하."

모두가 칭찬을 늘어놓았다. 자리에 있던 팀장은 가볍게 웃었 다. 지금 이 자리에 참석한 심사 위원들만이 아니라 광고를 본 거의 모든 교수가 그 광고를 만든 곳이 어디냐고 물어왔다. 대답할 수 없다고 하면 자신들이 알고 있는 회사들을 말하면서 맞는지 물어보기도 했다. 그때, 경섭이 궁금하다는 듯 팀장에게 조용히 속삭였다.

"어떤 광고를 말하는 겁니까?"
"아직 안 나온 광고입니다. 현재까지는 최고 평점을 받은 작품입니다. 보면 바로 느끼실 겁니다."

경섭은 최종 심사에만 자리하고 있었기에 심사 위원들이 말하는 광고가 어떤 것인지 알지 못했다. 그저 광고만 뚫어지게 쳐다볼 뿐이었다.

'한겸이가 만든 광고 말하는 건가? 아, 좀 물어볼걸 그랬어. 어떻게 만든 건지 모르고 보니까 죄다 한겸이가 만든 거 같잖아. 분명히 집에서 찍었다고 했는데.'

한겸에게 물어도 봤지만, 도통 얘기를 해주지 않았다. 게다가 투명한 심사를 위해 C AD에서 만든 광고가 어떤 거냐고 물어볼 수도 없었다. 딱히 혜택을 주려는 건 아니었다. 그저 아들이 만든 것이 어떤 건지 너무나 궁금했다. 그래서 심사에까지 자리하고 있는 중이었다.

아직 남아 있는 작품 수가 많다 보니 심사 위원들의 대화는 그걸로 끝이었다. 그리고 계속해서 심사가 이어졌다. 경섭은 몇 시간째 집중하며 화면을 봐서인지 눈이 피로했다. 자신뿐만 아니라 모든 심사 위원의 얼굴이 피곤해 보였다. 그때, 그런 심사 위원들이 자세를 고쳐 앉았다. 경섭도 궁금해하며 화면을 봤다.

'이게 칭찬한 그 광고인가. 여름 하면 발라드? 음…….'

경섭은 광고에서 특별함을 찾으며 영상을 뚫어져라 쳐다봤다. 순간 영상이 바뀌면서 익숙한 배경이 눈에 보였다.

'우리 집인데? 이게 우리 한겸이가 만든 광고야? 심사 위원들이 전부 칭찬하던 그 광고를?'

경섭은 칭찬받은 광고가 한겸이 만든 것이라는 걸 알자 광고가 눈에 들어오지 않았다. 심사 위원들의 반응만 보게 되었다. 전부 만족해하며 고개를 끄덕이고 있었다. 광고가 끝나자 하나같이 칭찬이란 칭찬은 모두 늘어놓았다. 경섭은 웃음이 나오는 걸 꾹 참았다. 자랑을 하고 싶었지만, 당장은 일렀다. 자신의 입김이 들어가지 않은 상태에서 최종 심사 결과가 나와야 했다. 그 뒤에 공개하는 것이 모두를 위한 방법이었다. 그때, 심사 위원들 모두가 경섭을 쳐다봤다.

"역시 대표님도 느끼셨군요. 정말 좋은 광고입니다."
"하하, 역시 좋은 광고는 단번에 느껴지는 법이죠."
"어떻게 보셨습니까? 하하."

경섭은 애써 미소를 지운 뒤 입을 열었다.

"심사 위원분들이 있는데 제가 평가해선 안 될 거 같군요. 전 그저 지켜보러 온 것이니 모든 광고를 공정하게 심사해 주시길 바랍니다."

존중받는 느낌을 받은 심사 위원들은 환하게 웃으며 고개를 끄덕거렸다. 옆에 있는 팀장 또한 경섭을 보며 가볍게 고개를 숙였다. 경섭을 본 기간은 짧았지만, 항상 농담을 하며 자유로운 행동 때문에 조금 가벼운 사람인가 생각했다. 하지만 지금의 모습은 전혀 아니었다. 진중한 모습이 너무 자연스러웠다. 지금까지 자신들을 편하게 해주기 위해서 농담을 건넸던 것은 아닐까 하는 생각과, 사원을 아끼는 대표라는 느낌마저 들었다.

*   *   *

며칠간 C AD는 분트 PPT를 준비하며 전단지 작업을 맡아서 진행했다. 의뢰한 곳이 없다 보니 직접 찾아다니며 영업을 해야 했다. 범찬이 겨우 한 곳을 따 오긴 했지만, 하면 할수록 수지 타산이 맞지 않는다는 생각이 들었다. 동인대 포스터 비용으로 220만 원을 받긴 했지만, 자영업자들에게 그렇게 받을 순 없었다. 기존 인쇄소에서도 인쇄는 물론이고 디자인도 해주고, 가격도 몇만 원이면 가능했다. 그러다 보니 일을 구해 오기가 힘들었다.

그렇다고 모두가 공을 들이는데 몇만 원을 받고 끝낼 수가 없었다. 하루 GYM처럼 마케팅을 할까도 고민했지만, 모두의 의견은 당분간은 PPT에 신경 쓰자는 것이었다. 어차피 발표도 며칠 남지 않았기에 모두가 동의했다. 덕분에 한겸은 오랜만에 일찍 집에 와서 휴식을 하던 중이었다.

그런데 전혀 쉬는 느낌이 아니었다. 어째서인지 집에 온 아버지가 이상했다.

"빵 먹어."
"밥 먹었는데요."
"그래도 먹어. 과일도 먹고."

'먹을래?'도 아닌 '먹어'는 상당히 오랜만이었다.

제4장

시상식

　7월 20일. 분트의 공모전 발표 날이었다. C AD 팀원들은 아침부터 모여 각자 컴퓨터 앞에 자리하고 있었다. 연신 새로고침을 누르던 범찬이 짜증 난 목소리로 입을 열었다.

　"도대체 몇 시에 나오는 거지? 발표도 코리안 타임이야? 겸쓰, 아빠한테 발표 언제 나오냐고 물어봐."
　"난 어제 12시부터 봤어."
　"도대체 발표일은 있는데 시간은 왜 없는 거야. 20일이라고 했으면 20일에 딱 맞춰서 올려야지."

　함께 자리한 우범도 범찬의 말에 동의하며 웃었다.

"보통 낮 12시쯤 올라올 거니까 너무 조바심 내지 말고 있어. 5분 정도밖에 안 남았으니까."

"대표님 노트북도 F5 숫자 지워질 거 같은데……."

"내가 보니까 너희들은 쉬고 있으라고."

한겸은 우범의 노트북을 보고 웃었다. 그때, 한겸의 휴대폰이 울렸다. 번호를 본 한겸은 고개를 갸웃거리며 통화 버튼을 눌렀다.

"네, 광고 회사 C AD입니다."

─안녕하세요. 분트 마케팅 팀 박영훈이라고 합니다. 다름이 아니라 공모전 때문에 연락을 드렸어요.

"안 그래도 발표 기다리고 있는데, 무슨 문제가 있나요?"

─그건 아니고, 홈페이지에는 12시에 공개될 겁니다. 그전에 대상부터 우수상까지 프레젠테이션을 하셔야 하거든요. 그래서 미리 연락드렸습니다.

"저희 뽑힌 건가요?"

─네. 그래서 연락드린 겁니다. 결과는 조금 이따가 확인하시고 일정 조율 때문에 먼저 연락드렸어요. 24일 3시부터인데 가능하신가요?

"가능합니다."

─그날 시상식도 진행되니까 2시까지는 와주셔야 해요. 진행표는 내일 보내 드릴게요.

"알겠습니다."

한겸이 통화를 마치자 기다리고 있던 다른 팀원들 모두가 아무런 말 없이 한겸만 처다봤다. 한겸은 가볍게 웃고는 입을 열었다.

"아, 나도 놀래주고 싶었는데 표정이 안 숨겨진다. 우리 붙었대."
"나이스! 아자! 대박! 정말? 진짜 우리 붙었대?"
"최범찬 좀 조용해 봐. 몇 등이래?"

한겸은 머쓱하게 웃으며 대답했다.

"아직 그건 몰라. 그냥 붙었다고 하더라고. 24일에 시상식도 하면서 프레젠테이션도 한다너라."

그때, 혼자 노트북을 보고 있던 우범이 의자가 넘어지도록 자리에서 벌떡 일어섰다. 우당탕거리는 소리에 모두가 우범을 처다봤다. 그러자 우범이 검지에 입을 맞추더니 하늘로 올렸다.

"됐다!"
"골 넣은 줄."
"됐다고!"

팀원 모두가 우범의 노트북 화면으로 몰려들었다.

[대상 — C AD (마트 하면 분트)]
[최우수상 — 기봉기획]

[우수상 — 제우스 프로덕션]
……(중략)……

"……."
"……."

결과를 확인한 팀원들은 아무런 말도 뱉지 않고 화면만 처다 봤다. 그때 범찬이 얼굴을 쓰다듬으며 입을 열었다.

"나 머리 다 섰어. 보여?"
"난 소름이 너무 돋아서 춥다……."
"오빠나 최범찬이나 하여튼 담이 그렇게 없어서 어쩔래?"
"너, 지금 입술 엄청 떨고 있는데? 우니?"

어떻게 기뻐해야 할지 모를 정도였다. 세 사람의 모습처럼 한 겹도 얼떨떨했다. 1등 하고 싶다는 생각을 하긴 했지만, 막상 대 상을 타자 가슴이 두근거렸다. 그때, 가장 먼저 입을 열었던 우 범이 엄청 큰 목소리로 입을 열었다.

"대상 기념으로 첫 회식은 소고기다!"
"와! 대박! 소고기 먹는다니까 실감 난다!"
"하하, 나도. 별거 아닌데도 진짜 실감 나네."
"진짜 바보들 같아."

별거 아닌 일에도 웃음이 끊이질 않았다. 서로 마주 보기만 해도 소리 내어 웃었다. 한겸도 마찬가지로 웃음을 짓고 있을 때, 갑자기 전화가 왔다.

"네, 교수님."
—야, 너희들 분트 공모전 대상 탄 거 축하한다!
"신경 써주셔서 감사합니다."
—신경은 무슨. 내가 사실 2차까지 심사 위원이었거든. 그래서 모르는 척하느라 힘들었어. 정말 잘 만들었더라. 고생했어. 제자들이 이렇게 잘하는데 스승으로서 맛있는 음식 좀 사주고 싶으니까 언제 한번 연락해.

한겸은 김 교수가 왜 아무런 말도 해주지 않았는지 이제야 알 것 같았다. 김 교수의 진심이 담긴 축하 전화까지 받자 조금 더 실감이 났다. 곧바로 C AD의 홈페이지에 대상을 탔다고 알렸다. 그러자 같은 과의 동기와 후배들을 비롯해, 박재진은 물론이고 C AD가 맡았던 항아리와 파우스트에서까지 축하 전화가 왔다.

*   *   *

다음 날. 동인대 홍보실장은 창업센터장에게서 온 연락을 받고 기절하는 줄 알았다. 직접 확인까지 해본 결과 사실이었다.

"정말 분트 공모전에서 대상이라고?"

"네. 와, 이 친구들 대단하네요? 여기 꽤 이름 있는 광고 회사들도 있는데 전부 제치고 우리 학교 학생들이 대상이에요. 창업지원센터장님 말대로 플래카드 제작해요?"

"해야지. 알아봐."

김 교수가 실력이 좋다고는 했지만, 대형마트 공모전에 당선될 줄은 꿈에도 몰랐다. 홍보실장은 고개를 돌려 벽에 붙인 포스터를 쳐다봤다. 그 얘기를 들어서인지 C AD가 제작해 준 수시모집 포스터가 더욱 빛나 보이는 느낌이었다. 홍보실 직원도 포스터를 보더니 입을 열었다.

"진짜 역대급으로 잘 만든 거 같죠? 인쇄소에서도 잘 만들었다고 칭찬하더라고요."

"그랬어?"

"네. 이 정도면 우리 홍보실도 한 건 한 거 아니에요? 그 친구들이 유명해질수록 우리도 힘 실리는 거 아니에요?"

그 얘기를 듣던 홍보실장은 고개를 끄덕거리더니 이내 크게 웃었다.

"봐! 내가 선견지명이 있잖아. 암, 내가 보는 눈이 있지. 호연 씨."

"네?"

"입간판도 준비하지."

"이미 있는데요?"

"이 사람아, 그거 말고 말이야. 저거로 수시 설명회 할 때 입구에 세워두라고. 우리 학교 출신 C AD가 제작했다고 팸플릿에도 적어두고."

"그건 너무 나간 거 아닐까요?"

"아니지! 설명회 온 사람들도 우리 학교에 저런 창업 동아리가 있다는 걸 알아야지. 사람이 생각이 짧아서. 쯧쯧."

홍보실장은 매우 만족한 얼굴로 좀 전에 플래카드 제작을 묻던 직원을 향해 입을 열었다.

"제작할 때 3개 정도 붙여. 사회과학 앞에 하나 달고, 창업센터 앞에 하나 달고, 본관 근처에 하나 달고."

"그럼 예산 낭비라고 태클 들어올 거 같은데……."

"낭비가 아니지! 다들 알아야 할 거 아니야. 우리 홍보실 일이 그런 거잖아."

홍보실장은 다시 크게 웃으며 포스터를 바라봤다. C AD가 유명해질수록 C AD를 선택한 자신의 능력도 돋보일 것 같았다.

*　　　　　*　　　　　*

시상식 당일. C AD 팀원들은 함께 모여 이동하기 위해 학교에서부터 출발했다. 우범의 차를 타고 이동 중에도, 아직까지 모두가 들떠 있었다.

"겸쓰, 학교에 우리 이름 붙은 거 봤어? 광고홍보학과 C AD. 그 밑에 내 이름 있는데 기분이 너무 이상하더라. 나 사진도 찍어놨잖아."

"봤어."

"센터장님이 그러는데 그거 홍보실에서 다 해준 거래."

한겸은 피식 웃고는 우범을 쳐다봤다. 몇 마디 말로 적으로 느꼈던 사람을 아군으로 만들었다. 예전에 DH에서 팀장이라는 사람이 말 한마디로 주도권을 가져갔던 기억이 떠올랐다. 그때도 대단하다고 생각했는데 우범은 더 대단한 것처럼 느껴졌다.

한겸의 시선을 느낀 우범은 가볍게 웃으며 입을 열었다.

"뭘 그렇게 봐? 연습 잘 했어? 힘들면 말해. PPT는 나도 다 외웠으니까 내가 대신 해줄 수 있어."

"아니에요. 제가 할게요. 광고에 대해 질문도 받고 하려면 제가 하는 게 맞는 거 같아요."

"후후, 대단하네."

"삼촌… 아니, 대표님이 더 대단하세요."

우범은 피식 웃어넘겼다. 그 뒤로 오늘 있을 시상식에 대한 얘기들이 오갔다. 대화를 나누다 보니 어느새 분트 본사가 있는 목동에 도착했다.

"시상식 맞아? 왜 이렇게 조용해? 겸쓰, 오늘 맞지?"

"하하, 무슨 레드카펫이라도 깔아줄 줄 알았어? 저기 안내판에 시상식 3층으로 가라고 쓰여 있네."

"그거까진 아니더라도 안내하는 사람도 나와 있고 해야지. 오늘 인터뷰까지 진행한다고 했잖아. 그래서 정장까지 입고 왔는데!"

"멋지면 됐지."

"누가 보면 정장 입고 마트 가는 줄 알잖아!"

"하하, 어차피 건물도 바로 옆인데 뭐. 가자."

범찬의 말대로 한산하긴 했다. 크게 신경 쓰이진 않았기에 한겸은 서둘러 엘리베이터에 올라탔다. 그리고 3층에 도착하자 사람들이 보이기 시작했다.

"너 원하는 대로 사람 많다."

"어우, 뭐야. 왜 저렇게 많아."

"입상한 열 팀까지 시상식에 온다고 했잖아."

"살짝 긴장되네."

자신과 비슷한 또래들도 있었고, 회사에서 나온 듯 보이는 사람들도 보였다. 신기하게도 또래들은 대부분 자신들과 비슷한 인원이 함께였고, 회사에서 나온 사람들은 대부분 혼자였다. 한겸은 그 사람들을 지나쳐 강당 안으로 들어갔다. 강당에도 자리하고 있는 사람들이 꽤 있었다. 한겸은 그 사람들을 지나쳐 가장 맨 앞으로 이동했다. 그러고는 의자 등에 C AD의 이름표를 확인한 뒤 자리에 앉았다. 다들 의자에 앉았고, 한 칸 떨어져 있던 종훈이 몸을 기울여서까지 속삭였다.

"우리 엄청 쳐다보는 거 맞지?"
"그러게요."
"우수상까지 전부 회사들이라서 그런가, 엄청 쳐다본다."
"우리도 회사잖아요."
"그래도 뒤통수가 따가운 거 같아."

한겸은 피식 웃고는 고개를 돌렸다. 그러자 정말 많은 사람들이 이쪽을 주시하고 있었다. 어떤 회사인지 궁금해하는 얼굴도 있었고, 학생들로 보이는 사람들은 대부분 부러워하는 얼굴이었다. 그때, 뒤에 있던 누군가가 급하게 앞으로 다가오는 것이 보였다. 한겸은 그 사람과 눈이 마주쳤고, 동시에 가벼운 목례로 인사를 대신했다. 남자가 다가오더니 입을 열었다.

"안녕하세요, 성 대표님."
"아! 안녕하세요."
"대상인 거 확인하고 얼마나 놀랐는지 모릅니다."

매우 친근한 태도에 C AD 팀원들은 의아한 표정으로 우범을 봤다. 그러자 우범이 웃으며 입을 열었다.

"협업 업체 권유했던 주일기획 대표님이셔. 이쪽은 저희 회사

AE들입니다."

그제야 우범과 어떤 인연인지 안 팀원들은 인사를 한 뒤 대화를 들었다.

"주일기획도 시상식에 오신 겁니까? 제가 확인했을 때는 못 봤었는데요."
"그냥 입상한 정도죠. 그리고 이름도 주일기획으로 하려다가 조금 더 눈에 띄고 싶어서 제 성하고 와이프 성으로 했죠. 모지인데 조금 귀엽게 모찌라고. 하하, 아무튼 너무 축하드립니다."

주일기획 대표가 인사를 하고 가자 한겸은 곧바로 질문을 했다.

"어떤 회사예요?"
"포스터 전문 업체인데 회사는 작아. 부부 둘이 하는 회사더라고."
"다른 직원도 없고요?"
"없더라. 그냥 포스터 디자인하고 인쇄소 연계해서 작업해 주는 일 해."
"그런데 삼촌이 같이 일하자고 권유하신 거 보면 잘하시나 봐요."
"인상적이더라. 사진작가 출신이라 그런지 실제 사진을 바탕으로 포스터를 만들더라고. 그래서 기본적으로 요금이 조금 비싼 편이지. 어떻게 보면 우리하고 비슷한 회사야."
"같이한대요?"

"거절은 안 했지만, 확답을 주지도 않았어. 반응도 시큰둥했고, 인원이 너무 적어서 나도 보류한 상태다. 우리가 대상인 거 알고 알은척하는 거 같다."

한겸은 주일기획이 어떤 포스터를 만들었을지 궁금했다. 하지만 시상식을 시작할 준비를 하고 있었기에 지금은 확인할 수가 없었다.

한 명, 두 명씩 강당을 채우고 있었다. 수상자들만 참석해서인지 그리 크지 않은 강당임에도 빈자리가 많았다. 그때, 시상식을 준비하던 직원들이 갑자기 손을 올렸다.

"하이!"
"헬로우!"

시상식 안에 있던 사람들의 고개가 모두 돌아갔고, 한겸도 직원들이 보는 방향으로 고개를 돌렸다. 그러자 집에서만 보던 아버지가 환하게 웃으면서 손을 흔들며 내려오고 있었다. 한겸은 아버지답다는 생각을 하며 미소를 지었다. 그때, 아버지와 눈이 마주쳤다. 한겸은 반가움에 웃으려 했지만, 아버지가 고개를 돌리며 다른 곳에 인사하는 모습이 보였다.

'집에서는 그렇게 좋아하시더니 회사라서 그런가 보네.'

한겸은 이해한다며 씨익 웃고는 고개를 돌렸다.

                    *   *   *

  C AD의 발표는 가장 나중 순서였기에, 한겸은 다른 팀들의
수상과 참가한 작품을 보고 있었다. 심사 위원들이 선택해서인
지 빨갛게 보이는 광고는 없었다. 대부분 회색으로 보이는 광고
들이었지만 잘 만든 광고도 상당했다. 그런 작품들 속에서 대상
을 탔다고 생각하니 어깨에 조금 힘이 들어갔다.

  입상 팀이 너무 많았기에 다섯 팀씩 나눠서 올라갔고, 시상을
하고 난 뒤 출품작을 보여주였다. 마지막으로 주일기획 대표도
딘상에 올라갔나. 우범이 협업을 권유했다고 하니 어떤 작품을
만들었을지 궁금해졌다. 시상이 끝나자 곧바로 출품작들을 공
개했다.

  처음 다섯 팀과 마찬가지로 대부분이 회색이었고, 중간에 빨
간색으로 보이는 팀도 한 팀 있었다. 이제 마지막 주일기획만 남
았다.

  "참가명 모찌 팀의 '가장 좋은 것만'입니다."

  화면에 영상이 나오기 시작했다. 그런데 모찌의 출품작은 다
른 작품들과 상당히 달랐다. 직접 촬영한 것처럼 보이는 사진을
프레임마다 조금씩 이동해 움직이는 것처럼 보이게 만든 작품이
었다.

'스톱모션이네.'

한겸은 재밌다는 표정으로 고개를 내밀었다. 화면에는 시골
밭에서 농부가 배추를 수확하는 장면이 나왔다. 순간 포커스가
바뀌며 수확해 놓은 배추들이 나왔고, 배추에 애니메이션처럼
눈과 입, 그리고 팔다리가 생겼다. 그러다 한 배추가 최상급이라
고 적힌 머리띠를 착용하더니, 혼자 이동하기 시작했다. 스톱모
션 특유의 끊겨 보이는 느낌은 있었지만, 화면 전환이 어색하진
않았다. 그때, 옆에 있던 범찬이 조용하게 속삭였다.

"스톱모션이 노가다 중에 상 노가다인데 저거 만드느라 피똥
쌌겠다. 노력상 따로 받아야겠는데?"

한겸도 동의하기에 고개를 끄덕거리고는 화면을 바라봤다. 화
면 속 배추는 기차도 타고, 버스도 타고 이동했다. 화면 전환이
상당히 자연스러웠다. 그러고는 김치 공장 앞에 멈춰서 씨익 웃
는 장면이 나왔다. 그때, 한겸은 깜짝 놀랐다.

"어?"
"뭐야, 왜 그래?"
"어? 아닌가?"

매우 짧은 순간 배추가 노란색으로 보였다. 사람을 모델로 써
도 노란색을 보기 힘든데 배추가 노란색으로 보인 탓에 한겸은

더욱 집중했다. 김치 공장으로 들어간 배추는 잠시 뒤 포장되어 나왔고, 이제는 포장된 상태로 이동하기 시작했다. 그렇게 도착한 곳은 분트였고, 이미 도착해 있는 김치들이 환영하는 장면으로 끝나며 모찌 팀의 작품명인 '가장 좋은 것만'이란 카피가 나왔다. 광고가 끝나자 사람들이 박수를 보냈다. 그때, 종훈과 범찬의 대화가 들렸다.

"저렇게 잘 만들었는데 입상이야?"
"우리가 그만큼 엄청 잘 만들었다는 거예요."
"그런가? 하하, 카피 정말 괜찮은 거 같다."

한겸은 모찌 팀이 왜 입상을 했는지 알 것 같았다. 광고 길이가 80초가 넘었다. 분트가 공산품들을 주로 판매하니 과정을 보여주려고 하는 건 알겠는데, 길어도 너무 길었다. 분트가 나오기까지 과정이 긴 것도 문제였다. 게다가 마지막도 김치들이 주가 되어버리는 바람에 어떤 광고를 하려는 건지 명확하지가 않았다. 음악까지 잔잔한 탓에 지루한 느낌이었다. 본상을 타지 못한 이유는 알겠는데, 중간에 왜 배추가 노란색으로 보였는지 알 순 없었다.

입상 팀들이 내려가고, 이제부터는 본상 시상식이 시작되었다. 우수상부터는 사회자의 설명 대신 본인들이 직접 광고에 대한 설명을 했다. 모두가 광고 회사였고, PPT에 익숙한지 매끄럽게 설명을 이어나갔다. 잘 만든 광고들이었지만, 특별히 감탄할 만한 부분은 없었다.

최우수상의 발표가 끝나고 이제 자신의 차례였다. 잠시 뒤, 사회자의 소개가 들렸다. 시상부터 이루어지기에 모두가 자리에서 일어나 단상으로 올라갔다. 상은 대표인 우범이 받기로 했기에 팀원들은 한 발자국 뒤에서 그 모습을 지켜봤다. 시상은 분트의 대표인 아버지 경섭이 진행했고, 미소만 짓고 있을 뿐 여전히 별다른 말은 없었다.

시상이 끝나고 이제 남은 건 발표뿐이었다. 우범부터 한 명씩 한겸을 응원하며 자리로 돌아갔다.

"긴장하지 말고 해라."
"우리 겸쓰, 멋지다! 잘생겼다!"

응원을 받은 한겸은 단상 앞에 섰다. 그러고는 앞에 있는 사람들을 바라봤다. 모두가 어떤 광고를 만들었길래 대상을 탔는지 궁금해하는 눈빛이었다. 한겸은 그 눈빛들과 눈을 맞추고 가볍게 고개를 숙여 인사를 했다.

"일단 광고부터 보시고 설명하겠습니다."

광고가 나오는 동안 한겸은 다른 사람들의 반응을 살폈다. 다들 소리를 내진 않았다. 대신 약간 놀랐다는 듯 얼굴을 씰룩거리는 사람들이 있었고, 고개를 끄덕거리는 사람도 있었다. 나쁘지 않은 반응에 한겸은 만족했다. 그사이 광고가 끝나고, 한겸이 설명을 시작했다.

"저희가 이런 광고를 제작하게 된 이유는 강점을 내세워 약점을 보완해 기회로 삼기 위해서입니다. 한국에 진출한 창고형 마트 중 가장 높은 매출과 고객만족도를 유지하고 있음에도 불구하고, 대중들에게 떠오르는 마트를 묻는다면 분트가 아닌 다른 마트의 이름이 나옵니다. 이건 약점인 동시에 위협이 될 수 있습니다. 그렇기에 가장 먼저 해야 할 일은, 고객들이 지루하지 않으면서 제대로 된 정보를 주는 일이라고 판단했습니다."

한겸은 준비한 대로 막힘없이 설명을 이어나갔고, 그렇게 준비한 내용을 모두 말하고는 발표를 마쳤다. 다들 궁금한 게 많은 얼굴이었지만, 시상식이었기에 질문을 받는 시간은 없었다. 모든 순서가 끝나자 사회자의 마무리로 시상식이 막을 내렸다. 다들 돌아가기 시작했지만, C AD 팀은 자리를 지켰다. 마침 직원이 다가왔다.

"지금 심사 위원분들부터 인터뷰하거든요. 금방 끝나니까 아주 조금만 기다려 주세요. 죄송합니다."

대상을 탄 직후였기에 서로 시상식에 대한 얘기를 꺼내느라 기다림은 전혀 지루하지 않았다. 게다가 아직 준비한 프레젠테이션을 하지 못한 상태였다. 잠시 뒤, 직원과 함께 딱 봐도 기자처럼 보이는 사람이 다가왔다. 그 모습을 본 범찬은 무척 실망하며 속삭였다.

"고작 기자 한 명이야?"

"너무 기대하지 말라고 했잖아. 그동안 해봐서 알잖아."

"대상이라 조금 다를 줄 알았지. 이번에도 엑스트라네."

그사이 직원과 기자가 그들 앞까지 다가왔다. 기자라던 사람은 소속도 밝히지 않고 곧바로 인터뷰를 시작했다. 인터뷰 중 특별한 내용은 없었다. 아까 발표했던 얘기를 또 하는 정도였다. 흔한 카메라도 없이, 스마트폰으로 인터뷰를 녹음하며 진행되었다. 기자도 큰 관심은 없는 듯 시큰둥한 표정이었다.

인터뷰가 거의 끝나갈 때쯤, 갑자기 앞에 있던 직원이 고개를 숙이려다 말고 손을 흔드는 것이 보였다. 한겸은 의아해하며 고개를 돌렸다.

"어? 아, 아니, 대표님!"

"대표님 같은 소리 하네. 네가 홍길동이야? 아버지를 아버지라 부르지 못하게?"

"아니, 그게 아니라요. 왜 오셨어요?"

"밥 사주려고 왔지. 끝나면 밥 사줄 테니까 인터뷰나 마저 해."

한겸은 내내 모른 척하던 아버지가 기자까지 있는 이곳에 온 이유를 몰랐다. 아무리 생각해도 감이 안 잡혔다. 한겸이 일단 인터뷰를 마치기 위해 고개를 돌리자 앞에 있던 기자와 직원이 놀라고 있는 모습이 보였다. 그러던 중 기자가 조금 전과 완전 다른 적극적인 태세로 수첩까지 꺼내며 입을 열었다.

"그러니까 대상 수상자가 분트 대표님 아들이세요?"
"그렇긴 합니다."

한겸은 예전에 혹시 아버지한테 피해가 갈까 걱정하던 것이 다시 떠올랐다. 그때, 옆에 있던 우범이 낮은 한숨을 뱉더니 고개를 저었다.

"기자님, 다시 심사 위원분들한테 가셔야겠네요."
"네?"
"공모전 참가자 중 분트 대표의 자식이 있는 걸 알고 심사했는지 확인하셔야죠."
"그래야죠. 그건 나중에 하고요. 일단 이 얘기부터 하죠."

순식간에 인터뷰 내용이 변했다. 지루하기만 했는데 지금은 말 한마디 한마디를 생각하며 뱉어야 했다.

"아버님이 계신 분트에서 공모전을 한다는 걸 알고 참가하신 겁니까?"
"네, 알고 있었습니다."
"그럼 대표님의 도움을 받았을 수도 있다고 생각이 드는데, 혹시 도움을 받은 적이 있나요?"
"아니요. 전혀 없습니다."
"C AD 팀이 대상을 받게 되기까지 대표님의 입김이 전혀 없었다는 말씀이십니까?"

"없었습니다."

아버지가 그럴 분이 아니라는 건 알고 있었다. 하지만 그동안
했던 걱정 때문인지 대답을 하면서도 확신은 없었다. 예전에 걱
정했던 것처럼, 문제가 일어나고 있는 것만 같았다. 그때, 우범이
입을 열었다.

"심사 위원분들 인터뷰하고 오셨으면 객관적으로 평가했다는
걸 아실 텐데요."

"네, 알죠. 그래도 외압이 있었을 수도 있는 상황 같아서요."

"그러니까 심사 위원분들부터 확인하시고 인터뷰하는 게 순
서 같습니다. 언제든지 인터뷰해 드리겠습니다."

분트 직원마저 우범을 돕고 나섰다.

"전혀 말씀을 안 하셔서 저희도 지금 안 사실입니다. 어느 공
모전보다 투명하게 진행됐다고 자신합니다."

한겸은 아버지도 걱정이지만, C AD 팀원들도 걱정이었다. 모
두 열심히 했는데 자신 때문에 없던 일이 될 수도 있을 거라는
생각이 들었다. 한겸은 고개를 돌려 아버지를 봤다. 정작 당사자
인 아버지는 관람이라도 하는 듯 고개를 끄덕거리며 상황을 지
켜보고 있었다.

한겸은 이 상황을 해결하기 위해 곰곰이 생각했다. 아버지라면 분명히 생각 없이 일을 저지르진 않을 것이고 저렇게 태평할 리도 없었다. 한참이나 생각에 잠겼던 한겸은 갑자기 뒤를 돌아봤다.

가만히 생각해 보니 이상한 점이 한두 가지가 아니었다. 인터뷰를 하더라도 공모전을 보고 기사를 내보내는 것이 보통이고, 개인 인터뷰를 하진 않았다. 게다가 심사 위원들까지 인터뷰를 하는 경우는 들어보지도 못했다. 하더라도 공모전의 꽃은 심사 위원이 아닌 당선자들임에도 심사 위원부터 인터뷰를 하는 것도 이상했다. 그런 생각들을 종합해 보자 직원의 말처럼 투명하게 진행됐다는 걸 자랑하고 싶어 하는 것 같았다. 그리고 아버지라면 자랑을 하기 위해 뭔가를 남겨뒀을 것이다. 그런 생각에 한겸은 경섭에게 손을 내밀었다.

"증거 같은 거 있으세요? 심사 위원들이 전혀 모르고 있었다는 그런 증거나, 투명하게 진행됐다는 그런 증거요."

경섭은 약간 놀랐다는 듯한 표정을 짓더니 이내 피식 웃었다. 그러고는 자리에서 일어났다.

"웃차! 김 팀장님, 그만해요."

경섭은 기자에게로 향했고, 기자는 잘됐다는 식으로 질문을 하려 했다. 그때, 경섭이 갑자기 기자에게 팔짱을 끼더니 기자의 주머니에 손을 넣었다. 그러고는 주머니까지 톡톡 두드린 뒤 입을 열었다.

"아이고, 고생하십니다."

그러자 기자가 눈을 희번덕거리며 경섭을 밀어냈다.

"어어? 이거 입막음하시려는 겁니까? 뇌물 맞죠?"
"입막음이라니요. 하하, 기사 쓰시면서 도움 됐으면 해서 드리
는 겁니다. 특별히 기자님께만 드리는 겁니다. 하하."
"어어?"

이 자리에 있는 사람 대부분이 굳은 표정으로 그 모습을 지켜
봤다. 한겸과 우범만은 아니었다. 경섭이 저 재미있어 하는 표정
만 봐도 지금 농담을 하고 있는 것을 알았다. 우범은 아예 이마
를 짚은 채 고개를 저었다.
그때, 무척이나 상기된 얼굴을 한 기자가 경섭을 밀어내더니
빠르게 주머니에 손을 넣어 경섭이 넣었던 물건을 뺐다. 그러고
는 손에 들린 물건을 멍한 표정으로 쳐다봤다.

"USB……? 이게 뭡니까?"
"기사에 도움 되라고 드리는 거라고 했잖습니까, 하하."
"네……?"
"3일 동안 공모전 심사한 거 거기에 다 담겨 있거든요. Y튜브에
도 올라가기는 하는데, 그건 대상부터 5개 팀만 나오거든요. 가서

한번 보세요. 그거 보시고도 제가 관여했다는 의문이 드시면 다시 찾아오세요. 참! 기자님이라서 말씀드리는데, 거기 나온 참가 팀 영상은 올리지 마시고요, 하하. 참가자한테 저작권이 있거든요."

경섭은 씨익 웃으며 한발 물러서며 기자에게 말했다.

"하하. 그럼 인터뷰는 여기까지 할까요?"

기자는 어리둥절한 표정으로 경섭을 쳐다봤다. 한겸도 아버지가 왜 저렇게까지 하면서 공개를 한 건지 알지 못했다. 혹시나 해서 우범을 보사 우범은 이미 알고 있다는 듯한 표정이었다.

*　　　*　　　*

기자가 돌아가자 강당에 있던 C AD 팀원들은 모두 숨을 크게 뱉었다. 우범마저 한숨을 크게 뱉고선 경섭에게 말했다.

"모든 걸 공개해서 공격할 거리를 사전에 없애겠다 이런 겁니까? 그래서 사회부 기자도 부르신 겁니까?"
"어? 사회부 기자인 건 어떻게 알았지?"
"계속 시큰둥하다가 가족인 걸 알자마자 달려드는데 모르는 게 더 이상하지 않습니까?"
"하하. 많이 컸어, 우리 성 대표."

옆에 있던 분트의 김 팀장도 놀랐다는 듯 혀를 내밀었다. 경섭은 진작부터 공모전 인터뷰를 진행할 기자로 사회부 기자를 부탁했다. 게다가 신입이 아닌 경력이 있는 기자를 부르라는 지시를 받았다. 왜 사회부 기자를 부르라는 건지 알 수 없었는데, C AD 대표의 말을 듣고서 이해가 됐다.

사실, 처음 가족이라는 말을 듣고 오해를 할 뻔했다. 생각해 보면 그럴 수가 없었다. 아들이 참가한다는 말을 한 적도 없었고, 심사에 참여한 적도 없었다. 게다가 대표로 취임한 뒤부터는 회사의 보안 사항을 제외하고는 모든 직원이 공유할 수 있도록 시스템을 바꾸고 있었다. 분트에 오게 된 이유도 F.F에 있을 때 투명하고 정직하게 경영한 덕분이라고 들었다. 예전에 자신에 대한 보도 자료를 내놓으라고 할 때 알아본 바로도 무척이나 투명한 사람이었다.

김 팀장은 순간 왜 뜬금없이 대표 본인의 보도 자료를 보내라고 한 건지 알 것 같았다. 항상 웃고 있어서 좋은 사람이라고만 생각했는데 행동 하나하나에 의미가 담겨 있었다. 김 팀장은 지금도 웃고 있는 경섭을 가만히 쳐다봤다.

"아, 여기까지 생각해서 자기 보도 자료 내라고 한 거야?"
"어? 내가 언제 김 팀장님 자기가 됐죠?"
"아! 아! 죄송합니다. 아! 저도 모르게 헛말이 나왔습니다."

그 모습을 보던 우범은 고개를 젓더니 입을 열었다.

"투명한 거 좋죠. 그런데 한 번 데이고서도 여전하시네요."

"그때는 불가항력이었으니까 그런 거고."

"아무튼 저희는 신경 안 쓰겠습니다. 분트에서 처리해 주시죠."

"처리할 게 뭐 있어. 내 아들이 대상 탔다고 다 공개했는데. 밥이나 먹자."

C AD 팀원들은 멍한 얼굴로 경섭을 바라봤다. 한겸의 아버지인데도, 평소에 항상 진지한 한겸과 너무 대조적이었다. 차라리 범찬의 아버지라고 하는 게 더 믿음이 갔다. 아니나 다를까, 범찬은 눈까지 반짝이며 입을 열려 했다. 하지만, 한겸이 먼저 나섰다.

"밥은 이따 먹어야 될 거 같아요."

"왜? 시상식도 끝나고 인터뷰도 다 끝났는데."

"저희가 준비한 게 아직 남아 있거든요."

경섭은 고개를 갸웃거렸고, 한겸은 경섭의 옆에 있던 김 팀장을 쳐다봤다.

"마케팅 팀장님이시죠?"

김 팀장은 어색하게 웃으며 고개를 끄덕였고, 경섭은 의아한 표정으로 입을 열었다.

"김 팀장님이 마케팅 팀인 건 어떻게 알았어? 아는 사이야?"

"아까 팀장이라고 하시길래 알았어요."

"마케팅 팀이라고는 안 했는데?"

"광고 만들면서 알아보니까 분트에 홍보 팀도 따로 없고 마케팅 팀이 다 하시더라고요. 시상식은 마케팅 팀이 하는 거니까, 그래서 안 거예요."

"이야, 셜록 홈즈 같네. 그래서 김 팀장은 왜 불러?"

"공모전 작품에 대해서 따로 설명드릴 게 있어서요. 회사 일이라서 순서를 지키는 게 맞는 거 같아요."

김 팀장은 짧은 대화를 듣고 유추하는 한겸을 신기하게 바라봤다. 대표와 다른 성격처럼 보이지만 한편으로는 닮은 듯한 느낌이었다.

"저한테 하실 말씀이시란 게 뭔가요?"

"분트 광고에 대해서 말씀드리려고 합니다."

"공모전 광고 말입니까?"

"공모전 광고의 연장선입니다. 분트가 기획한 브랜드이미지를 꾸준히 유지시킬 수 있는 광고 기획을 준비했습니다."

김 팀장은 일단 대표를 쳐다봤다. 대표도 생각하지 못했는지 의아한 표정을 짓고 있었다.

"분트 대표의 가족이 아닌, 광고 회사이며 공모전 대상 팀인 C AD로 부탁드립니다."

그 말을 들은 경섭이 어깨를 으쓱거리더니 한겸을 보며 피식 웃었다. 그러고는 김 팀장에게 말을 뱉었다.

"김 팀장님 담당이니 알아서 해요. 더 이상 있을 이유가 없네."

경섭은 손을 흔들며 강당을 나갔다. 한겸도 아버지와 함께 식사를 하지 못해 미안하긴 했지만, 그보다 그동안 준비한 것들을 꺼내는 것이 맞다고 판단했다.

"오래 걸리진 않을 겁니다. 부탁드립니다."
"음……."
"심사 위원분들의 평가가 좋은 걸로 알고 있습니다. 프레젠테이션도 그만큼 열심히 준비했습니다."

대표 아들이라는 점 때문에 수락을 해야 하는지 거절을 해야 하는지 판단이 서지 않았다. 그런데 한겸의 말처럼 심사 위원들의 평이 상당히 좋았으니 들어봐도 괜찮을 것 같았다.

"그럼 한번 들어보죠."

*   *   *

김 팀장의 안내로 C AD 팀은 회의실에 자리했다. 김 팀장이 잠시 자리를 비운 동안 한겸은 참고 있던 것들을 우범에게 물었다.

"아버지한테 한 번 데였다고 한 소리가 무슨 뜻이에요?"

"농담으로 한 거다. 너도 알 텐데?"

"모르겠어요."

"작년에 일본 제품 불매운동 한창일 때 대표님이 공개한 거 말하는 거야. 그때만 해도 우리 회사는 아무런 타격도 없었는데, 대표님이 소비자들이 알아차리기 전에 자진신고를 한 셈이지."

"아, 그거요."

"그래. 매출의 일부분이 일본으로 돌아가기도 하지만, 한국에서 기부도 상당히 많이 하는 편이었거든. 사실 나도 타격이 없을 줄 알았어. 기부 대부분이 위안부 어르신들이나 독립 유공자 후손들 그런 쪽이었으니까. F.F가 좌익 성향이기도 했지만, 대표님이 밀어붙였지. 그런데도 반일 감정이 너무 커져서 안 되더라고. 그나마 대표님 덕분에 아직 한국에 남아 있는 거고."

"그래서 잘리신 거였어요?"

"정확히 말하면 그만뒀지. 그만두고 한겸이 너 데리고 미국 갔었잖아."

수술했을 당시 자리를 지키고 계셨던 것도 이해되었고, 그동안 왜 집에만 계셨는지도 알았다. 물론 자신 때문에 퇴직하신 건 아니었지만, 그동안 모르고 있었다는 게 죄송했다. 색을 보게 된 것도 부모님 덕분이었는데 광고를 만든다고 제대로 감사하다는 말을 한 적도 없다 보니 미안한 마음이 생겼다.

"오히려 더 큰 곳으로 왔으니 잘된 셈이지. 네가 안다고 해도 할 수 있는 게 없었으니 미안해하지 마라. 대표님이 말씀하신 대로 할 수 있는 최선의 방법을 했음에도 불가항력이었으니까. 넌 그거보다 PPT 해야 하니 마음 정리나 해."

한겸은 알았다는 듯 고개를 끄덕였다. 그리고 잠시 뒤, 김 팀장이 다른 직원과 함께 회의실로 들어왔다. 간단한 대화를 나눈 뒤 한겸은 준비한 프레젠테이션을 진행했다. 김 팀장과 직원은 흥미로운 표정으로 발표를 들었다.

"브랜드이미지광고는 단발성으로 끝내는 경우가 드뭅니다. 대기업 중 GR이나 조흔그룹, 동양그룹만 보더라도 이미지광고를 멈추지 않고 내보내고 있습니다. 그리고 효과를 보고 있죠. 식품 회사인 GR 같은 경우는 5년 전부터 안전하다는 브랜드이미지를 구축하기 위해 힘을 쏟았고, 그 결과 음료나 식품 등 모든 부분에서 믿을 만한 먹거리라는 이미지를 얻게 되었습니다. 그렇기에 분트 역시 단발성으로 광고를 내보내기보다는 꾸준하게 홍보를 해야 한다고 생각해 준비했습니다."

프레젠테이션은 자세하게 조사한 자료를 바탕으로 이루어졌다. 김 팀장은 내색하지 않았지만 속으로 무척이나 놀랐다. 마치 광고 입찰공고를 내고 입찰된 회사의 PPT를 받는 것처럼 느껴졌다. 그 뒤로 한겸의 발표는 계속됐고, 김 팀장은 자신도 모르게 고개를 끄덕거렸다. 그러던 중 김 팀장은 아차 싶은 얼굴로 고개를 젓고는 입을 열었다.

"그럼 C AD의 광고가 큰 효과를 볼 수 없다는 뜻인가요?"

"그건 아닙니다. 분트에선 공모전 대상에 당선된 광고를 6개월 간 사용하게 된다고 알고 있습니다. 하지만 한국광고협회 저널에서 나온 자료를 보면, 실질적으로 효과를 보는 기간은 대개 3개월이라고 되어 있습니다. 실제로 조사한 결과도 그렇게 나왔고요. 물론 예산에 맞춰야겠지만, 저희는 총 5가지 버전의 광고를 준비한 상태입니다."

앞서 한참이나 했던 설명에서 진행 방향을 얘기했기에 어떤 식으로 광고가 나올지는 어느 정도 예상이 되었다. 하지만 당장 예산이 잡혀 있는 게 없었기에 진행하려고 해도 일이 복잡했다. 그래도 상당히 괜찮은 내용인지라 해볼 만한 가치는 있어 보였다.

"상당히 괜찮네요. 일단은 제가 회의 안건으로 올려보겠습니다. 하지만 당장은 어떤 대답도 해드릴 수 없다는 걸 알고 계셨으면 합니다."

"네, 알고 있습니다."

"지금 당장은 아직 광고를 내보낸 것이 아니니 여러분의 광고로 어떤 효과를 얻을지 예측할 수가 없죠. 그러니까 광고를 내보내고부터 한 달 뒤, 브랜드이미지를 조사해 변화가 생기면 그때 제대로 얘기하도록 하죠."

그 부분까지 예상한 한겸은 만족한 표정으로 고개를 돌렸다. 그러자 팀원들도 모두 만족해하는 표정으로 웃고 있었다. 광고효과만 제대로 나오면 오늘의 프레젠테이션이 효과를 볼 것이었다.

*   *   *

다음 날. 동아리실에 모인 팀원들은 공모전에 대한 기사를 보고 있었다. 처음 나온 기사의 제목은 그저 「분트 공모전 대상은 대학생들」이라는 제목이었다. 기사 내용에도 C AD에 대표의 가족 한 사람이 포함되어 있다고 소개한 게 다였다. 동영상을 언급하며 투명하게 진행됐다고 소개했지만, 그 이후로 퍼진 기사들은 그렇지 못했다.

「분트 광고 공모전 대상은 CEO의 가족에게로」
「전 F.F 대표이사, 현 분트의 대표이사로」
「가족 특혜 논란? 정치권으로 모자라 경제로?」

특혜 논란에 민감한 대중들을 자극시키기 위한 선정적인 기사 제목들이었다. 하지만 기사 내용은 특별한 것이 없었다. 아직 광고가 나오지 않아서 오히려 사람들의 궁금증만 유발시켰다. 그러다 보니 일부의 악플은 크게 신경 쓰이지 않았고, 신경 쓸 필요도 없었다. 기사를 본 사람들이 알아서 정정해 주고 있었다.

—헬조선답다. 가족이다 지인이다 해서 이딴 식으로 뽑아주면 어떻게 성공하라는 거냐.

—김경섭 대표 그런 사람 아님.

—네, 다음 김경섭.

—예전 뉴스도 안 봄? 위안부 할머니들께 기부도 하고 독립 유공자 후손 후원한 사람임.

—그걸 그 사람이 함? 태클 노노.

—태클이 아니라 진실임. 김경섭 대표 F.F 나가니까 기부나 후원 다 없어짐.

—박재진은 존재감 제로냐? 개불쌍하네ㅋㅋㅋ

한겸은 댓글을 보며 내심 뿌듯했다. 욕하는 사람들도 있지만, 알아봐 주는 사람도 있었다. 그 덕분에 아버지에 대한 기사까지 나오는 중이었다. 그때, 옆에 있던 우범이 입을 열었다.

"다 예상했을 거다. 이 기사 날짜 보면 우리가 대표님 댁에서 촬영한 날이거든."

"아버지 기사네요."

"그렇지. 우리가 대상 탈 줄은 몰랐겠지만, 그래도 미리 대비를 해둔 거겠지. 내가 걱정하지 말라고 한 것도 대표님이 이런 사람이라서지. 당분간은 시끄럽겠지만 대표님 이름이 나올수록 도움이 될 거다. 자신의 이름을 높여서 분트 경영자로서의 입지를 올리고, 분트까지 이미지 상승되고, 더불어 공모전까지 관심을 높이고. 우리 C AD 이름까지 언급되고 있지."

한겸은 아버지 칭찬에 머쓱하게 웃었다. 그때, 범찬이 박수를 치며 입을 열었다.

"역시 나의 두 번째 아버지! 누구 하나 피해 보는 일 없이 모두를 성공으로 이끄는 나의 아버지시여."

우범은 피식 웃더니 입을 열었다.

"모두 성공은 아니지. F.F는 지금 폭탄 맞은 기분일 거다."
"아!"
"뒤끝이 엄청난 사람이다. 조심들 해."

아버지라면 충분히 그럴 수 있다는 생각에 한겸은 피식 웃었다.

제5장

주일기획

    우범의 예상대로 경섭에 대한 기사는 계속 나왔고, C AD로도
확인을 위한 취재 요청이 들어오긴 했다. 다만 예상보다 너무 적
었다. 확인 전화 몇 통에 인터뷰 한 건이 전부였다. 인터뷰도 그
저 확인하고 돌아가 버렸다. 그 이유는 우범이 설명해 주었다.

    "이미 대표님이 증거들을 가지고 확인해 준 이상, 사실이 밝혀
졌는데 굳이 취재할 이유가 없어졌지. 나쁜 일이면 몰라도, 좋은
일이니까 잡지사나 신문사에서도 광고주들 눈치 봐야 하고."
    "분트는 광고를 안 하니까요?"
    "그렇지. 분트가 광고주라면 미친 듯이 기사를 쏟아냈겠지. 그
런데 아니거든. 그럼 다른 마트들이 달가워하지 않을 거란 말이
야. 계속 분트만 나오고 있으니까. 그런 이유도 있고, 확인이 된

이상 관심이 없어진 거지."

"그래도 얻을 건 얻었네요. 광고 나오면 우리가 만든 건지 다 알 거잖아요."

"그렇지. 그래서 대단한 거지. 대부분 광고가 나오면 회사명을 보지 만든 사람을 보진 않잖아."

한겸도 알고 있었기에 웃으며 고개를 끄덕거렸다. 사실 확인에 관계없이 악플을 다는 사람도 있었지만, 그보다 얻은 것이 훨씬 컸다.

"마라마라도 일반 경쟁 자격 된다!"

범찬의 외침에 한겸은 고개를 다시 끄덕거렸다. 비록 이름 있는 기업은 아니었지만, 중소기업의 광고 입찰공고에 참여할 수 있는 최소 자격을 갖추게 되었다. 물론 자격만 갖추었을 뿐 요구 조건이 맞지 않는 곳이 대부분이었다. 아직까진 협업 업체가 구해진 상태가 아니었기에 C AD의 힘만으로는 벅찬 곳이 많았다. 그래도 자격을 갖춘 것에 모두가 만족해했다.

게다가 아직 광고가 나오지 않았음에도 포스터 제작 문의가 상당히 많이 들어오고 있었다. 예전처럼 가격만 묻는 것이 아니라 자신들이 생각한 콘셉트를 꺼내가며 제작에 대해 물었다.

하지만 포스터를 만드는 건 우범이 반대했다. 기존 포스터 제작 회사들과 달리 한겸은 포스터를 만드는 데도 공을 들였기에 시간이 너무 많이 소비됐다. 그럴 바엔 지금 나와 있는 광고 입찰부터 알아보고, 입찰이 되지 않으면 그때 생각하자는 의견이었다.

그 때문에 모든 팀원이 공고를 보며 참여할 곳을 찾고 있었다. 모두가 각자 컴퓨터만 보고 있을 때, 수정이 한겸을 불렀다.

"동일식품에서 광고 제작 의뢰 왔어. 안 할 거지?"

그렇지 않아도 기사가 나간 직후 가장 먼저 연락이 온 곳이었다. 거듭 거절을 했음에도 미팅을 하고 싶다는 연락이 계속 왔다. 그 말을 들은 범찬이 혀를 차며 입을 열었다.

"상도덕이 있지. 뻔히 항아리 광고 우리가 만든 거 알면서 저러는 거 봐. 좋은 건 알아가지고. 하하하."

대화를 듣던 우범 역시 동의한다는 듯 고개를 끄덕거렸다.

"같은 계열 광고는 피하는 게 도리지. 다른 곳을 알아봐. 미디어 광고 위주로."

그때, 입찰공고를 찾던 종훈이 한겸을 불렀다.

"여기 어때? 우리하고 딱 맞는 거 같은데."
"박순정 김치요?"
"김치 회사인데 온라인용 광고 제작 및 게재 대행이거든. 우리는 제작만 하고 게재는 미디어렙사에 맡기면 되지 않을까 해서."

"예산은 부가세 포함 육천만 원이네요. 자유 입찰이니까 그보다 적게 입찰해야 될 거고. 그런데도 용역 관련 총괄비용 포함에 6개월이면 조금 곤란하네요. 어우, 등록 기간도 4일밖에 안 남았는데요?"

"힘들까? 잡혀 있는 예산은 괜찮은 거 같지 않아?"

한겸은 화면을 보며 잠시 생각한 뒤 입을 열었다.

"모든 비용 포함이라 모델을 구하게 되면 큰 예산은 아니에요. 6,000에서 우리 대행비를 15%로 잡고 900이죠? 모델비 제외라고 해도 원하는 게 6개월이잖아요. 그럼 제작비 빼고, 우리는 당장 플랫폼에 계약하기는 힘드니까 미디어렙사나 게재 대행사를 껴야 해요. 초콜릿하고 파이온 같은 거대 플랫폼과 파트너사를 맺은 곳하고."

"힘들겠네."

"그렇죠. 아마 한 4,000만 원 정도를 게재비로 잡는다고 치면, 온라인 광고다 보니 Y튜브, 파이온 TV, 개인 방송 플랫폼, SNS 등에서 전부 광고를 하게 될 거란 말이에요. 그럼 아무리 광고를 잘 만들었다 쳐도, 많은 곳에 올리려면 아주 뜨문뜨문 광고가 올라올 수밖에 없을 거예요. 만약에 미친 듯이 내보내면 시작하고 얼마 안 돼서 예산 바닥날 수가 있거든요."

"트루 뷰로 하면 적당하지 않을까?"

"그래도 적어요. 만약에 Y튜브로만 한다고 치면 배너 클릭은 아예 제외시키고 그냥 오로지 스킵 가능한 트루 뷰 인스트림으로 해야 해요. 그럼 또 광고가 30초 미만이면 손해예요."

"30초 미만 광고는 광고를 다 보는 즉시 요금이 나가니까?"

"네, 그렇죠. 더 길게 만들어야 되는데 그럼 또 제작비가 늘어나고요. 우리는 광고주가 원하는 대로 끝까지 볼 수 있는 재밌는 광고를 만들어야 되고. 무엇보다 30초 넘는 시간 동안 김치로 어떤 얘기를 해야 할지 막막할 거 같은데요."

"악순환의 반복이네. 그런데 여기 보니까 모델은 자기네 모델을 사용해 달라는데? 배추네."

"배추요? 아! 배추! 그 배추 나온 광고로 하면 길이도 맞고 제작비도 줄일 수 있겠네!"

한겸은 종훈이 보여준 화면을 보던 중 시상식장에서 봤던 광고가 떠올랐다.

"모찌! 주일기획 대표님 광고! 그거 김치 광고로 어울릴 거 같지 않아요?"

"난 잘 기억이 안 나네. 긴장해서 광고들 제대로 못 봤어."

"그 배추 나오는 거요."

"아! 스톱모션 광고!"

종훈은 한참을 생각하더니 기억이 난다고 했다. 그때, 대화를 듣던 수정이 입을 열었다.

"배추가 김치 돼서 마트로 가는 거 말하는 거야? 우리하고 인사했던 분이 만든 광고?"

"어! 그거 완전 좋지 않아?"

"본 거 같긴 한데."

한겸은 직접 보는 게 낫겠다는 생각에 노트북으로 공모전 참가 영상을 찾았다. 그러고는 자신이 생각한 게 맞는지 확인하기 위해 영상을 재생했다.

"회색, 회색, 회색. 공장이 언제 나오지."
"뭔 또 회색이야. 또 안 보이냐?"
"아니야. 기다려 봐."

한겸은 배추가 공장 앞에 서서 웃는 장면을 찾았다. 그 부분에서 배추가 노란색으로 보였던 것 같았다. 그리고 40초가 조금 지났을 때, 찾던 장면이 나왔다. 한겸은 그 장면을 가만히 바라봤다. 그래도 아직 확인이 필요했다.

한겸은 곧바로 박순정 김치의 캐릭터를 가져왔다. 그러고는 주일기획에서 만든 캐릭터를 지우고 그 자리에 박순정 김치의 캐릭터를 올렸다. 박순정 김치의 캐릭터도 손발이 있었기에 같은 포즈로 만들기 쉬웠다. 모든 것을 확인한 한겸은 옆에 있던 팀원들에게 입을 열었다.

"여기서 끊어서 이 장면을 마지막으로 광고를 쓰면 어때? 완전 어울리지 않아? 카피도 그거 그대로 가져와 써도 되겠다. 가장 좋은 것만! 이거 카피 꽤 좋은 거 같았거든."

한겸은 장면만 따로 빼 온 뒤 갑자기 편집을 시작했다. 캐릭터가 노랗게 보이다 보니 카피를 제대로 쓴다면 색이 보일 확률이 높았다. 영상 뒷부분에 있는 카피를 가져와 수정하면 될 것 같았다. 다들 의아한 표정으로 그 모습을 지켜볼 때 한겸이 엄청 환한 얼굴로 고개를 돌렸다.

"우리 이거로 꼭 하자. 음악하고 더빙만 잘하면 될 거 같아."
"확실히 좋긴 해. 그런데 그렇게 되면 우리가 만든 게 아니잖아. 아예 안 하면 몰라도 이미 나온 걸 쓰긴 좀 그렇지 않아?"
"나도 방수정 말이 맞는 거 같은데. 그럴 거면 주일기획한테 입찰하라고 그러지."
"나도 좀⋯⋯."

모두가 반대 의견을 뱉었음에도 한겸은 여전히 웃으며 입을 열었다.

"완성은 아니잖아. 협업해서 이 광고를 우리가 완성하는 거야."
"뭘 어떻게 완성해?"
"그건 생각해 봐야지. 일단은 이 광고가 잘 만든 거에 비해 지루하다는 게 문제거든. 그 부분을 해결하면 정말 김치 광고로 손색없을 거 같아. 배경은 기존 그대로에서 조금 재밌는 장면을 추가하고, 마지막 부분은 지금 이대로 고정!"

그때, 네 사람의 회의를 지켜보던 우범이 입을 열었다.

"확실히 좋다. 시간 절약까지 가능하고. 완성도도 괜찮고. 더 빙만 잘하면 당장 광고로 써도 되겠다."

"괜찮죠?"

"괜찮지. 다만 공모전에서 입상까지 했다는 점이 문제지. 상을 받은 이상 다른 곳에 광고할 순 없어. 그럼 상을 반납해야 하는데, 주일기획에서 입상 이력을 버리려 할까? 그것만 설득하면 문제없을 거 같아."

우범의 얘기를 듣고 나니 그럴 수도 있을 것 같았다. 한참을 생각하던 한겸은 갑자기 노트북을 가져오더니 주일기획 홈페이지에 접속했다. 그렇게 이리저리 살펴본 후에 다시 우범을 봤다.

"분트 입상 타이틀도 일 받으려고 하는 거 같은데, 안정적으로 일이 들어와도 안 할까요?"

"이 바닥에 안정적인 게 있을까?"

"물론 평생 안정적이지는 않겠지만, 우리한테 들어오는 포스터 의뢰를 주일기획에 맡긴다면 괜찮지 않을까요? 분트 광고 나오면 더 많이 들어올 것 같은데요. 여기 실력도 괜찮은 거 같아요."

"음, 인원이 둘뿐이라서 보류를 하긴 했는데."

"시상식에서는 엄청 반가워했잖아요. 그리고 우리도 안 하는 거보단 낫잖아요. 대신 마지막 확인은 제가 꼭 하는 거로요."

"아무리 협업이라고 해도 그건 싫어할 거 같다."

"우리 이름으로 나가는 건데 확인을 안 할 수는 없어요."

"그것도 그쪽에서 수락한 다음이고. 그럼 일단 한번 가보고 판단하는 게 낫겠지?"

한겸은 말이 끝난 즉시 일어섰고, 범찬도 따라나서려 했다.

"시간이 별로 없으니까 범찬이는 제안서 작성할 준비해."
"어? 유비 가는 곳엔 장비도 가야 되는데……."
"유비? 한겸이가 유비였어? 후후, 쓸데없는 소리 하지 말고 제안서나 준비해."

우범은 피식 웃고선 자리에서 일어났다.

*   *   *

한겸은 우범과 함께 의정부 범골역 근처에 도착했다.

"주소는 저기가 맞는데."
"1층 저기요?"
"맞아."

우범이 전에 갔던 곳은 비어 있었기에 통화를 한 뒤 주소를 받아 찾아왔다. 이사를 한 지 얼마 되지 않아서인지 간판도 달지 않아 부동산이라고 적혀 있었다. 포스터 전문 제작을 한다면 포스터라도 붙여놓으면 될 텐데, 유리 벽에는 부동산 시트지가 붙어 있었다. 한겸은 문을 밀고 안으로 들어갔다.

"안녕하세요."
"어서 오세요. 아! 오셨어요. 두 분이 같이 오셨네요."

우범에게 듣기로는 협업을 권유할 당시는 시큰둥했다고 들었는데 지금 주일기획 모 대표는 무척이나 반가워하는 얼굴이었다.

"누추하죠?"
"사무실 옮기신 겁니까?"
"하하, 아니요. 당분간 있는 겁니다. 저번에 있던 곳이 재개발 지역이라서 이사를 가야 했거든요."
"그렇군요."

그때, 문이 열리면서 한 여성이 들어왔다.

"어, 일찍 오셨네요."
"안녕하십니까."
"이렇게 빨리 오실 줄 모르고 도시락을 사 왔네요. 식사하셨어요?"
"먹었습니다."

한겸도 우범의 소개로 인사를 했다. C AD와 비슷하게 부부 둘이 직원이고, 둘 다 대표였다. C AD와 비슷한 상황이라 오히려 친근했다. 그때, 지 대표의 손에 들린 통이 눈에 들어왔다. 한 겸은 혼잣말처럼 말을 뱉었다.

"항아리인가?"

아무리 봐도 항아리에서 나온 제품이었다. 그러고 보니 의정부에도 지점이 있다는 말이 떠올랐다. 그때, 지 대표가 웃으며 입을 열었다.

"맞아요. 여기 포스터 C AD에서 만들었죠? 이곳으로 이사 와서 우연히 알게 됐는데 포스터가 너무 좋더라고요. 배치가 너무 좋았어요. 하늘과 잔디의 경계선에 샐러드를 놓으니까 전체가 어우러지면서도 샐러드가 살아나더라고요."

우범은 지 대표의 칭찬에 미소를 지으며 입을 열었다.

"여기 이 친구가 만든 겁니다."
"팀원들하고 같이 만든 거예요."

그러자 이번엔 모 대표가 웃으며 입을 열었다.

"안 그래도 시상식 날 물어보고 싶었던 걸 얼마나 참았는지. 아! 제가 그날 너무 갑작스러웠죠? 하하, 오갈 때마다 포스터 칭찬하다 보니까 너무 반갑더라고요."

한겸은 모 대표가 왜 그렇게 친근하게 대했는지 이제야 알았다. 그와 동시에 일이 생각보다 잘 풀릴 수 있을 것 같다는 생각이 들었다. 마침 모 대표가 입을 열었다.

"그런데 무슨 일로 보자고 하신 건가요?"

우범이 입을 열려 할 때, 한겸이 우범의 손을 잡아 제지했다. 그러자 우범이 알겠다는 듯 고개를 끄덕거렸고, 한겸은 그제야 입을 열었다.

"협업을 제안하기 위해 찾아왔습니다."
"협업이요? 음, 저번에 대표님이 말씀하신 그거죠?"
"조금 다를 겁니다."

부부 두 사람은 의아한 표정을 지었다. 그러자 한겸이 본격적으로 말을 꺼냈다.

"분트 공모전에 출품하신 '가장 좋은 것만'을 제대로 완성시키지 않으시겠습니까? 저희와 함께하시면 기존의 작품보다 훨씬 완성도 있는 광고가 될 겁니다."
"네……? 이미 출품해서 입상까지 한 광고를요?"
"네, 저희와 같이하게 되면 입상을 반납하셔야 할 겁니다."
"그게 무슨 말도 안 되는……."

"대신, 저희한테 들어오는 포스터 제작을 주일기획께 맡기겠습니다."

부부는 서로의 얼굴을 보기만 할 뿐 섣불리 대답하지 않았다. 기간이 얼마 남지 않아 빠른 대답을 들어야 했기에 한겸은 초조하게 기다렸다. 그때, 모 대표가 조심스럽게 입을 열었다.

"분트 광고가 방송되고 나면 일이 꽤 많이 들어올 텐데, 그걸 저희한테 맡기신다고요?"
"네, 협업 관계죠. 저희한테 주문이 들어오면 저희 C AD 이름으로 나가게 될 겁니다. 그때는 최종적으로 제가 확인을 하게 될 거고요. 물론 제가 확인하는 게 마음에 안 드실 겁니다. 그래서 제가 실력을 보여 드리고, 자격이 있다 생각하실 경우 수락해 주셨으면 합니다."

우범은 무척이나 놀란 얼굴이었다. 실력이 좋다는 건 알고 있었지만, 자신이 봐온 바로는 한겸은 광고를 만들 때 오랜 시간 공을 들이고 정성을 다해 만들었다. 그렇다 보니 무슨 생각으로 저런 말을 한 건지 쉽게 이해가 되지 않았다.

*   *   *

한겸은 놀란 얼굴의 우범을 보고는 자신을 믿으라는 듯 고개를 가볍게 한 번 끄덕였다. 한겸은 자신이 생각한 것을 그대로

말하면 부부가 기분이 나쁠 수도 있다는 생각에, 최대한 예의를
갖춰 말했다.

"실례가 안 된다면 두 분이 작업하신 것을 보여주실 수 있나요?"
"우리가 작업한 거요?"
"네, 그걸 보고 제가 괜찮은 포스터나 수정할 부분을 말씀드
리면 어떨까요? 지금 당장은 그렇게 하는 편이 가장 빠를 것 같
거든요."
"뭘 하자는 건지 모르겠네. 그러니까 그쪽이 우리가 작업한
걸 판단한다는 거예요?"
"그렇게 들렸다면 죄송합니다. 완성이 안 된 포스터도 괜찮습
니다. 보고 어떤 부분을 완성하지 못했는지, 어떻게 채워야 하는
지 말씀드리겠습니다."

부부는 약간 어이가 없었다. 포스터 일을 맡긴다는 말에 혹하
긴 했지만, 자신들의 작업물을 최종 확인 하겠다는 말은 상당히
거슬렸다. 게다가 초기 디자인만 잡혀 있다면, 포스터를 보고 지
적하는 건 자신들도 충분히 가능했다. 아무리 공모전에서 대상
을 탔다고 해도 자신들은 경력이 10년을 넘어가고 있었다. 그렇
다 보니 나이가 어려 보이는 한겸의 말이 달갑게 들리지 않았다.
그때, 갑자기 한겸의 휴대폰이 울렸다. 번호를 확인한 한겸은
소리를 줄이고는 주머니에 넣어두었다. 그러자 이번엔 우범의 휴
대폰이 울렸다. 우범은 전화를 받으러 밖으로 나갔고, 한겸은 부
부의 대답을 기다렸다. 서로에게 대답을 미루는 걸 봐서는 거절

할 것 같았다. 한겹이 다시 어떤 제안을 내놓아야 하나 생각할 때, 통화를 마친 우범이 들어왔다. 우범은 부부에게 가볍게 고개를 숙이고는 자리에 앉았다.

"바쁘시면 그만 가보시는 게 어떨까요?"

거절을 한다는 뜻이나 다름없었다. 우범도 알아차렸지만 일어나지 않고 입을 열었다.

"바쁜 건 아닙니다. 학교 홍보실에서 저희가 만든 광고를 사용하고 싶다는 연락입니다. 그러라고 했으니까 신경 쓰지 않으셔도 됩니다."
"학교? 학생이세요?"
"제가요? 전 아니고 다른 직원들은 전부 동인대 대학생입니다."
"직원들이 전부 학생들이었다고요? 젊어 보이기는 했는데 학생인지는 몰랐네."

한겹은 주제가 엇나가는 대화를 듣고 다시 방향을 틀기 위해 입을 열려 했다. 하지만 무척이나 재미있어하는 부부의 얼굴을 보고는 잠시 기다렸다.

"우리도 대학생 때부터 시작했거든요."
"하긴 생각해 보니까 우리는 저분보다 더했잖아."
"그런데 학교 홍보실이면 은근히 까다로울 텐데. 아, 분트 공모전 광고 말하는 건가요?"

한겸은 잘됐다는 얼굴로 대답 대신 휴대폰을 꺼냈다. 그러고
는 저장해 놓은 포스터를 불러와 부부에게 내밀었다.

"학교 수시모집 포스터를 저희가 만든 거예요."
"오, 좋다. 이거 직접 만든 거예요?"
"네, 카피는 기존의 카피를 사용했고요. 배경은 실제로 촬영
한 드론을 포토샵으로 늘린 거예요."

모 대표는 재밌다는 얼굴로 포스터를 이리저리 확대하며 살폈
다. 시상식에서 우범이 모 대표를 소개할 때 사진작가 출신이라
고 했던 것이 떠올랐다. 그래서인지 모 대표는 유독 관심 있게
사진을 살폈다. 그런 모 대표가 웃으며 입을 열었다.

"실사와 그래픽의 조화. 우리가 하는 거랑 비슷하네요. 항아
리 포스터도 잘 만들었는데 이건 더 좋네요."
"감사합니다."
"이렇게 잘 만드는데 우리가 왜 필요해요?"

한겸은 잠시 고민했지만, 솔직하게 얘기하기로 결정했다.

"다른 회사들과 다르게, 의뢰를 받으면 그 의뢰만 하거든요.
여러 가지 일을 동시에 받지 않고 있어요. 그러다 보니 포스터

제작으로는 회사를 꾸려 나갈 수가 없어요."

"오잉? 어떻게 한 가지 일만 받아서 해요. 학생이라서 가능한가?"

"하나를 만들더라도 제대로 만들려다 보니 그렇게 됐어요."

"마치 장인 같네요. 우리도 처음에는 그렇게 하자고 시작하긴 했는데, 현실적으로 어렵더라고요. 하하."

"현재까지는 저희한테 의뢰한 회사 모두 만족해했어요. 물론 계속 그렇게 할 순 없겠지만, 완벽에 가까운 광고를 만든다는 생각은 바뀌지 않을 거 같고요. 그래서 제가 최종 확인을 한다고 한 거예요."

"듣고 나니까 궁금해지네."

부부는 눈을 맞추더니 이내 고개를 끄덕거렸다. 지 대표가 컴퓨터 앞으로 가더니 한겸에게 말했다.

"실력 보여준다고 했죠? 한번 보여줘 봐요."

일단 한 고비를 넘었다. 이제 실력만 보여주면 되었다. 한겸은 손을 올려 눈을 가볍게 누르고선 컴퓨터 앞으로 갔다.

"넘기면서 봐도 될까요?"

"그래요."

한겸은 고개를 끄덕거리고는 모니터를 쳐다봤다. 이곳에 오기 전에 봤던 포스터도 있었지만, 처음 보는 포스터도 상당했다. 다른 광고들과 마찬가지로 대부분 회색이었고, 간혹 노란색으로 보이는 카피와 캐릭터, 모델도 있었다. 그중 한겸이 가장 자신 있고, 빠르게 확인할 수 있다고 판단한 건 카피였다. 빨갛게 보이는 카피는 새로 만들어야 했기에 제외했다. 한겸이 찾는 것은 회색이었다.

두레박 카피를 제작할 때 경험해 봤듯이, 회색으로 보이는 카피더라도 모양이나 글씨체를 바꾸거나 배열을 새롭게 하면 노란색으로 보이기도 했다. 그렇기에 한겸은 내용이 괜찮다고 느껴지는 카피를 찾고 있었다.

그러던 중 눈에 확 들어오는 포스터가 보였다. 이미 유명한 슬로건을 내세우고 있는 동물 단체에서 의뢰한 것 같은 포스터였다. 배경에는 강아지가 고개를 약간 숙인 채 앞을 응시하고 있었다. 얼굴은 굉장히 슬퍼 보이는데 혀를 내밀고 있는 강아지였다. 강아지 이미지는 의도하는 바와 어울렸는지 노랗게 보였다. 배경 윗부분에 적힌 카피도 회색으로 보이긴 했지만 상당히 마음에 와닿았다. 카피를 조금 변경하면 색이 보일 수도 있을 것 같았다.

「여기서 기다릴게요! 전 착한 아이니까요.」

모니터를 보던 한겸은 마우스를 내려놓고선 입을 열었다.

"유기 방지 포스터예요?"
"네, 잘 만들었다고 생각했는데 안 쓰더라고요."
"작업하시던 파일 저장되어 있을까요?"

지 대표가 파일을 불러주는 사이 한겸은 카피를 어떻게 바꿔야 하는지 생각했다. 지 대표가 작업 파일을 불러왔고, 한겸은 곧바로 카피를 옮기기 시작했다. 전체를 모두 옮겨보기도 하고 항아리 때처럼 나눠보기도 했다. 제작한 당사자가 옆에 있었지만, 실력을 보여준다고 했으니 물어보지 않는 편이 나을 것 같았다. 그렇게 한겸은 카피를 옮겨가며 생각에 잠겼다.

'슬픈 표정의 강아지… 음, 포스터 의도로 봐서 이 강아지는 자신이 버림받았다는 걸 알고 있다는 거고. 카피만 보면 강아지는 슬프면서도 주인을 안심시키려고 하는 거 같네.'

한겸은 계속해서 생각을 했고, 부부는 그런 한겸을 의아한 표정으로 지켜봤다. 한겸의 행동이 궁금했던 부부는 우범에게 물었다.

"왜 카피만 저렇게 옮기는 거죠?"
"잠시만 지켜봐 주시죠."

우범도 한겸이 무엇을 하는지 알 수가 없었다. 하지만 한겸이 허튼 말을 할 리가 없었기에 믿고 기다렸다. 그때, 한겸이 혼자 중얼거리는 소리가 들렸다.

"괜찮은데 왜 안 썼을까?"
"그건 우리도 모르죠."
"네? 아, 죄송해요. 혼자 생각하다가 그만."

한겹은 머쓱하게 웃었다. 그러고는 예전에 두레박 카피를 만들며 봤던 공익 포스터들을 떠올렸다. 두레박 카피 만들 때는 글자 모양까지 바꿨던 기억을 떠올리며 생각에 잠겼다.

'카피나 슬로건과 배경이 하나인 것처럼 만들어야 돼. 이 포스터 의도는 내 슬픔보다 주인의 마음이 우선이다, 반려견들이 이 정도로 주인을 좋아하는데 그래도 버릴 거냐, 라는 의도 같고. 카피 내용은 문제가 없는 거 같은데.'

한겹은 새 레이어에 카피만 따로 빼서 화면을 가만히 쳐다봤다.

'카피만 떼어내고 보면 조금 씩씩한 느낌이라서 회색으로 보이는 건가?'

한겹은 포스터 속 강아지 흉내까지 내며 어떻게 바꿀지 생각했다. 그러고는 수정을 시작했다. 물론 한 번으로 끝나는 것이 아니었다. 기다리던 부부도 조금 실망을 하고 있었다. 그때, 한참을 바꾸던 한겹이 고개를 돌리고 씨익 웃었다.

"한번 바꿔봤는데 어때요?"

한겹의 말에 부부는 화면을 봤고, 한겹은 기다리기 힘들었는지 곧바로 입을 열었다.

"괜찮죠? 카피가 강아지 입장을 적은 거죠? 주인을 너무 좋아한 나머지 버림받는다는 것을 알면서도 주인에게 나는 괜찮다, 라는 걸 보여주려는 거 같더라고요. 그래서 카피도 조금 씩씩한 느낌이고요."

부부가 화면만 보는데도 한겸은 열심히 설명을 이었다.

"그런데 이 포스터를 보는 대상은 강아지가 아니라 사람이잖아요. 그래서 보는 사람도 강아지의 슬픔을 더 확 느껴지도록 하는 게 맞다고 생각했어요."
"……."
"그래서 씩씩함을 나타내려고 '여기서 기다릴게요'를 위로 올리고, 밑부분은……."
"글자 크기를 점점 작아지게 해서 강아지 슬픔이 느껴지도록 만든 거네요."

지 대표가 한겸의 말을 이어서 마무리했다. 그때 옆에 있던 우범이 대화에 끼어들었다.

"주인에게서 멀어지는 느낌도 표현한 거죠. 점점 멀어질수록 목소리가 안 들리는 것처럼."

한겸은 우범을 멍하니 쳐다봤다. 자신의 생각대로 바꾸자 색이 보이긴 했지만, 거기까지 생각한 건 아니었다. 마치 분트 심사위원들처럼 자기 마음대로 해석하고 있었다. 그래도 우범의 해석이 꽤 그럴싸했기에 한겸은 웃으며 고개를 끄덕거렸다. 그때, 화면을 한참이나 보던 부부가 고개를 끄덕거리며 입을 열었다.

"이렇게 하는 게 확실히 전달력이 좋네요."
"와, 솔직히 모니터 보면서 뭐 하는 건가 싶었는데……."

모 대표는 하던 말을 멈추고 박수로 대신했다. 한겸은 얼굴 한가득 미소를 짓고는 입을 열었다.

"그럼 같이하실 건가요?"
"당장 대답해야 되는 건가요?"
"같이하시는 건 언제 대답해 주셔도 괜찮은데, 저희가 오늘 찾아뵌 건 '가장 좋은 것만' 때문이거든요. 시간이 많지가 않아서 늦어도 내일까지는 답변을 주셔야 해요."
"음, 알겠습니다."

모 대표가 고민하는 얼굴로 대답할 때, 옆에 있던 지 대표가 말했다.

"그냥 하지? 어차피 입상 그거 있다고 하루아침에 일거리가 쏟아지는 것도 아니잖아."
"그런가?"

"그리고 입상한 회사보다 대상 팀과 협업 회사가 더 낫지 않아?"

한겸은 속으로 지 대표를 향해 응원의 박수를 보냈다. 그러자 응원이 통했는지 모 대표도 고개를 끄덕거렸다.

"우리가 할 일은 정확히 뭐예요?"
"대표님들이 만들었던 그 배추 대신에, 저희가 맡을 회사의 캐릭터가 들어가게 해주시면 됩니다. 그 후에 들어가는 추가 내용은 저희가 작업하겠습니다."
"음… 힘들긴 해도 어려운 건 아니네요… 후, 그럼 일단 상 받은 거 반납이 먼저네."

그 말을 들은 한겸은 주먹을 불끈 쥐었다.

*　　　　*　　　　*

한겸을 학교까지 데려다준 뒤 다시 밖으로 나온 우범은 생각이 많아 보이는 얼굴이었다.

"대단하네."

오늘 한겸이 동아리실과 주일기획에서 보여준 실력이 상당히 충격적으로 다가왔다. 완성된 것들만 봤지 한겸이 작업하는 걸 실제로 본 적은 처음이었다. 수정이라고 했지만, 자신이 보기에는 수정이 아니었다. 아예 느낌이 달랐다. 글자의 배열과 크기만 변경했을 뿐인데도 전혀 새로운 포스터가 되어버렸다. 그 포스터가 준 인상이 너무 강해, 우범은 운전을 하면서도 계속 감탄을 연발했다.

얼마 전 한겸은 좋은 광고를 만드는 게 아니라, 좋은 광고만 만든다고 말했다. 그때는 아직 사회생활이 부족한 대학생의 패기라고 생각했는데 잘못된 판단이었다. 물론 지금까지 만든 광고들을 전부 확인했었지만, 제작 과정을 직접 보지 못한 탓에 노력으로 만들었다고 생각했다. 일이 들어오면 하나에만 매달리고 있으니 누구라도 그렇게 볼 것이었다. 그런데 노력만이 아니었다. 한겸이 자신하던 대로, 좋은 광고만 만들 수 있을 것 같았다.

우범은 C AD로 온 자신의 선택이 옳았다고 생각했다. 그러고는 설레는 표정으로 운전을 했다.

"후, 서둘러야겠다."

다른 것에 신경 쓰지 않고 좋은 광고만 만들 수 있게 해주는 것이 자신과 회사, 그리고 한겸까지 모두를 위한 것이었다. 그런 생각이 들자 우범은 서둘러 운전했다.

제6장

제안서 제출

　다음 날. 주일기획으로부터 상품과 상패를 반납했다는 얘기를 전달받았다. 잠음이 있지는 않을까 걱정했는데, 입상이어서인지 큰 문제는 없었다. 그 때문에 우범이 계약을 위해 주일기획으로 간 상태였고, 남아 있던 팀원들은 김치 회사에 보낼 제안서를 검토 중이었다. 제안서를 보던 한겸은 범찬을 보며 웃었다.

　"이야… 범찬이 너 엄청 잘했네? 좀 놀랐네……."
　"내가 한 거 아닌데?"
　"어? 어제 대표님이 너한테 하라고 하지 않았어?"
　"그랬는데, 내가 한 거 가져가더니 오늘 아침에 분트 공모전까지 추가해서 메일로 보냈다고 연락 왔거든. 완전 제안서 작성맨이야."

어제부터 지금까지 줄곧 외근 중인 우범이 많이 신경 쓴 것처럼 보였다. 한겸은 감사한 마음에 미소를 짓고는 제안서를 읽었다. 그런데 제안서 중에 비어 있는 곳이 있었다. 광고를 어떻게 게재한다는 계획이 빠져 있었다. 한겸은 제안서를 보며 입을 열었다.

"광고할 곳은 따로 분류 안 했지?"

"제작비가 얼마 정도 들어가는지부터 알아야 되니까 못 했지."

"그렇게 많이 들어가진 않을 거 같아. 5,900만 원으로 입찰하니까 대행료 885만 원 빼면 5,000만 원 정도야. 그럼 예상 제작비로 1,000만 정도에 광고비 4,000만 정도?"

"그럼 제작비는 전부 주일기획에 넘어가?"

"아니지. 우리가 제작하진 않았지만 수정에는 참여하고 계약 당사자니까 5 : 5 정도 될 거 같아. 그러니까 일단 어떻게 수정할지 계획해 보자."

"그거 방수정이 사전조사 다 했을걸?"

수정은 고개를 끄덕이며 입을 열었다.

"완제품 포장 김치 구매 연령대 중 40대가 36%, 30대 34%야. 30, 40대가 반을 넘게 차지하거든. 그래서 두 연령대에 어필할 수 있는 걸 찾아야 해서 알아봤어. 공통 관심사는 전체로 보면 자녀 교육, 재테크고 소비만 보면 여성은 인터넷 쇼핑, 남성은 차야."

수정은 조사한 자료를 설명했다. 생각보다 많은 양이었다. 다른 김치 회사의 키워드 조사부터 소비자의 소비 패턴은 물론이고 전략 방향까지 준비했다.

"이대로 진행해 줄 수 있는 미디어렙사 알아봐? 아니면 우리가 할 거야? 우리가 하면 엄청나게 고생은 하겠지만 수익은 늘 거야."

"플랫폼들을 뚫어놓긴 해야 될 건데. 음, 그래도 일단은 렙사에 알아보기라도 하자."

"그럼 일단 2,500으로 어디까지 가능한지 알아볼게. 그리고 예산을 조금씩 늘리는 게 낫지?"

회사나 팀원들이나 모두를 위해서라도 광고 게재를 전담으로 하는 직원이 필요할 것 같았다. 줄곧 생각해 왔지만 회사 수익이 없다 보니 망설였다. 지금도 수익이 많은 편은 아니었지만, 일이 생기고 있으니 직원을 구해도 되지 않을까 하는 생각이 들었다.

"우리 조금 이르지만 내가 전에 말했던 청년실업 자금 신청해 볼까? 1억 정도?"

그러자 범찬이 의아한 표정을 하며 물었다.

"1억? 아니, 우리 잘하고 있는 거 아니야? 지금도 일 잘하고 있는데 왜 갑자기 대출이야?"

"미디어 플래너를 구하는 게 어떨까 해서."

"직원 뽑아서 학교로 출근시키게?"

"하하, 뭐 어때. 대표님도 출근하시는데 뭐."

"왜 삼촌이라고 안 하고 자꾸 대표님이래?"

"회사니까 그렇지."

"아, 잠시 잊고 있었다. 겸쓰 네가 공과 사 구분이 철저한 걸."

"말 돌리지 말고 대표님 오시면 한번 얘기를 해보는 게 어떨까?"

회사가 커가려면 여유자금은 필수였지만, 대출이란 말은 언제나 거부감이 들었다. 때문에 팀원 모두가 대답은 하지 않고 고민하는 얼굴이었다. 그때, 한겸의 휴대폰이 울렸다.

"네, 대표님."

―어, 입찰 광고는 5 : 5로 포스터는 우리가 3, 주일이 7로 계약했다. 자세한 내용은 계약서 사진 찍어서 메일로 보냈다.

"오서서 보여주셔도 되는데 힘들게 그러셨어요."

―내일까지 못 가.

"어? 마감 이틀밖에 안 남았는데요?"

―그래서 전화한 거야. 제안서 봤지? 렙사를 알아보는 중이고, 혹시 몰라서 초콜릿이랑 파이온 TV도 알아봤는데 지금 우리로선 힘들더군. 그래도 개인 방송 플랫폼 유에이블하고 계약했다.

초콜릿이라면 모바일 메신저 회사로 대형 플랫폼으로 분류되는 곳이었고, 파이온 역시 큰 플랫폼 회사였다. 그곳에서 뭘 했길래 힘들다는 건지 곰곰이 생각하던 한겸은 순간 고개를 갸웃거리더니 이내 알아차렸다는 듯 큰 목소리로 말했다.

"초콜릿하고 광고 파트너 하려고 찾아가셨어요? 파트너사 맺자고?"

―그래. 실패했지만. 그래도 유에이블은 계약했다. 우리가 맡은 광고들이 크진 않아서 15%야. 자세한 건 메일 봐. 메일 보고 제안서 작성하고. 어느 플랫폼에 광고하겠다는 계획만 작성하면 돼. 지금 또 다른 곳으로 미팅 가야 되니까 중요한 말은 내일모레 만나서 하자.

"이거보다 중요한 말이……."

한겸은 멍한 표정으로 끊어진 전화를 쳐다봤다. 지금까지 자신들이 고민하고 있던 것을 우범이 해결하고 있었다. 한겸은 놀란 가슴을 진정시킨 뒤 팀원들을 쳐다봤다. 그러자 눈을 반짝이는 팀원들이 보였다.

"우리 미디어렙사 안 구해도 되겠어."
"왜? 초콜릿하고 계약했대?"
"아니, 그건 아니고. 그래도 유에이블하고는 계약했대. 렙사도 대표님이 알아보시는 중이야."

수정은 무척이나 놀란 얼굴로 물었다.

"아무리 유에이블이라고 해도 우린 아직 광고도 안 땄는데 무슨 수로?"
"파트너사래. 만약에 우리가 게재까지 하게 되면 광고 전략부터 관리까지 전부 우리가 해야 돼서 힘들 거야."

팀원들은 입을 벌린 채로 서로의 얼굴만 쳐다봤다.

*   *   *

며칠 뒤. 주일기획에서 만든 광고에 캐릭터를 바꾼 마지막 장면을 첨부해 제안서를 제출했다. 이제 발표를 기다리는 일만 남았다.

"5일 뒤에 제안서 평가하고, 가격 입찰서 개찰하고, 우선 협상 대상자 통보까지 같이 나와."
"플랫폼들하고 파트너사까지 맺었는데 잘되겠지?"
"김치 공장하고 안 돼도 파트너사는 어차피 필요했어요. 분트도 남았잖아요."
"아! 맞다! 내일부터 광고 나오는데."

분트의 광고가 일찍 나왔다면 박순정 김치의 입찰이 수월했

을 수도 있었다. 원하는 대로 될 수만은 없었기에 한겸은 이대
로도 만족했다. 한겸은 웃으며 입을 열었다.

"입찰 기다리는 동안 새로운 곳을 알아보는 게 좋을까?"
"그거 할 시간이 어디 있어. 홍보실장이 소개해 준 곳 포스터
만들어야지."

주일기획과 협업 계약을 맺은 날, 회의 끝에 홈페이지에 포스
터도 제작한다는 안내문을 올리기로 했다. 하지만 아무리 주일
기획이 있다고 하더라도 아직은 협업 업체가 한 곳뿐이라 너무
많은 양은 소화할 수 없었다. 그래서 3개씩만 의뢰를 받고, 하나
가 빠지면 다음 의뢰가 하나씩 차는 방식으로 운영을 하기로 결
정했다.
그런데 예상한 것보다 일이 너무 빨리 들어왔다. 의뢰를 하
는 곳 모두 학교 홍보실장과 연관이 있었다. 홍보실에서 기획하
는 비교과 프로그램 이벤트 포스터도 있었고, 학교와 금융감독
원이 주최하는 강연에 대한 포스터 의뢰도 있었다. 게다가 수시
모집 설명회에서 창업지원센터를 소개한다며 C AD가 만든 광고
도 소개한다고 알렸다.

"겸쓰, 혹시 홍보실장한테 돈 주냐?"
"돈을 왜 줘?"
"꼭 우리 영업 사원 같잖아. 일거리가 전부 홍보실장이 물어
온 거야."

"그냥 도와줄 사람은 아닌 거 같고, 그렇다고 우리가 손해 보거나 피해를 입는 건 아니니까 괜히 불안해하지들 마. 아마 우리가 유명해지면 자기도 얻는 게 있으니까 그런 거 같거든."

홍보실장과 첫 만남이 그다지 좋은 편은 아니었기에 순수한 호의라고 받아들이기엔 무리가 있었다. 그렇다고 안 할 수는 없었다. 홍보실장을 떠올리던 한겸은 고개를 젓고는 입을 열었다.

"가격 깎으려고 하면 해주지 마."
"크크. 뒤끝 쩌네. 역시 피는 못 속이는 건가."
"그런 거 아니거든? 주일기획하고 같이하니까 깎으면 안 돼서 그런 거야."
"암, 그렇고말고. 그래서 공명정대한 겸쓰가 승기 때는 영상 광고까지 만들어줬지."

한겸은 멋쩍은 표정으로 고개를 돌렸고, 그 모습을 본 팀원들은 큭큭거리며 웃었다. 그때, 우범이 오랜만에 동아리실로 출근했다.

"분위기 좋네. 뭐가 그렇게 재밌어?"
"오셨어요?"

범찬은 조금 전의 얘기를 아주 자세하게 설명했다. 그러자 우범도 한겸을 보며 피식 웃고는 팀원들을 불러 모았다.

"제안서 잘 봤다."

"대표님이 하신 거에 추가한 건데요. 그냥 제안서라서 이렇게 하겠다는 큰 틀만 적어놓은 거예요."

"그래도 잘했어."

제안서에 대한 얘기를 나누던 중 범찬이 궁금한 표정으로 입을 열었다.

"대표님! 유에이블하고는 어떻게 파트너 맺으셨나요?!"

"파트너? 별로 어렵지 않지. 우리의 비전을 말해주고 하자고 하는 것뿐이지."

"그냥 하잔다고 해줘요?"

"비전을 말해줬다고 한 거 같은데? 말해주고도 초콜릿하고 파이온은 거절했지만."

"비전이면… 분트요?"

"분트도 있지만, 앞으로 분트만 할 거 아니잖아. 그리고 내가 어디에서 일하다 왔는지 알 텐데."

"F.F요."

"그래. 대기업이지. 그간 쌓은 인맥과 대기업 임원 출신이 보장한다면 더 믿음이 가겠지. 중소기업에서 대기업 임원 출신을 영입하려는 이유가 이거다."

"아… 역시 대기업 파워……."

우범은 피식 웃었고, 한겸은 그런 우범을 물끄러미 바라봤다. 말은 어렵지 않다는 식으로 해도, 실제로는 발에 땀 나도록 돌아다녔을 것이 분명했다. 지금 우범의 입술만 봐도, 얼마나 말을 많이 했으면 입꼬리 양쪽이 다 헐어 있었다.

우범은 자신이 없는 동안 일어난 일에 대해 보고를 받았다. 통화로 대략적으로 들은 얘기들임에도 우범은 집중해서 얘기를 들었다. 모든 보고를 받은 우범은 한참이나 말없이 고개만 끄덕거렸다. 팀원들은 의아해하며 우범을 쳐다봤다.

"음, 이게 문제란 말이지."

"뭐가요?"

"지금 너희가 하는 것들 말이다. 일은 많아지는데 직원이 없다 보니까 그 일을 못 하고 있어. 게다가 자기 분야가 아닌 일을 하다 보니 시간도 오래 걸려."

한겸도 그 부분을 알고 있었기에 대출까지 생각한 것이었다.

"고민을 해봤는데 직원을 구해야겠다. 일단은 미디어 플래너 두 명을 구해서 하나의 부서를 꾸려야겠다. 이곳에서 하기는 힘드니 사무실까지 구하고."

"월급은 어떻게 하고요? 청년창업 지원이나 투자를 받아야 하나요?"

"전문경영인이 있는 곳에 청년 대출을 해줄까? 일반 대출을 받는다고 해도 담보가 없어서 얼마 안 되는 실적으로만 평가를 받아야 하지. 그럼 큰 금액은 안 될 거다. 그리고 투자는 패스. 우리가 현재 비상장이기도 하고, 무엇보다 남 배부를 일 하는 건 아니다. 그럴 바엔 내가 투자를 한다."

"그럼 어떻게요?"

"너희가 안 해도 될 부분에 신경 쓸 시간에 광고를 더 받아서 해결해야겠지. 그러니까 너희는 제작만 하는 게 회사로서도 도움이 된다."

한겸도 가장 원하는 상황이었다. 하지만 현실적으로 그럴 수가 없었던 탓에 지금까지 회사의 모든 일을 맡아서 할 수밖에 없었던 것이었다. 한겸은 팀원들의 의견이 궁금해 고개를 돌렸고, 팀원들도 자신의 의견이 궁금했는지 모두가 이쪽을 보고 있었다.

"그런데 그렇게 가능할까요?"

"가능하지. 모든 기업이 이런 식으로 운영이 되니까. 우리 회사의 자원은 너희라고 할 수 있어. 난 너희를 최고의 자원으로 봐."

우범의 칭찬에 팀원들은 조금 민망해하며 그의 말을 들었다.

"자원이 최고의 효율을 내려면 받쳐주는 역할이 필요한 법이지. 그럼으로써 자원이 최대 효율을 뽑을 수 있게 된다면 회사에 이익이 생기는 건 당연한 거고. 그러니까 너희들은 자원의 역할만 하라는 거다."

범찬은 우범의 말이 무척이나 만족스러운지 환하게 웃고 있었
다.

"그래서 요즘 얼굴에 빛이 났나?"

이번만큼은 우범도 받아줄 수 없었는지 못 들은 척 고개를
돌렸다. 그때, 우범의 휴대폰이 울렸다. 우범이 통화를 하는 사
이 종훈이 한겸에게 조용히 속삭였다.

"네가 자원이니까 건강 잘 챙겨."
"하하, 우리 다 같이 자원이죠."
"그래. 그래도 넌 좀 더 특별한 자원이잖아."

그때, 통화를 마친 우범이 한겸을 물끄러미 쳐다봤다. 그러고
는 이내 피식 웃으며 입을 열었다.

"주일기획인데, 네가 바꿔준 포스터 있지?"
"유기견 포스터요?"
"그래. 그거 의뢰했던 동물 보호 단체에 보내봤다고 하더라.
보내자마자 거기에서 사용하겠다며 대답 왔다고 하네."

종훈은 자신의 말이 맞았다는 얼굴로 한겸의 등을 두드렸고,

우범은 그런 한겸을 보며 입을 열었다.

"앞으로 인사 부분까지 내가 책임질 테니까 너희는 광고만 만들 수 있도록 해. 그게 우리 회사에 가장 어울리는 거 같다."

제7장

분트의 광고

　다음 날. 분트의 광고가 시작되자 상금이 입금되었고, 그와 동시에 파우스트에서 홍보지를 제작했던 비용까지 처리해 주었다. 범찬은 입금 내역을 확인하며 무척이나 기뻐했다.

　"이야, 생각보다 더 많아! 분트에서 왜 4,780만 원 보냈지? 제세공과금 떼고 준다고 했는데? 잘못 보낸 거 같은데 입 다물고 있어야겠지?"

　주일기획에서 1차로 보낸 작업물을 확인하던 한겸은 어이없다는 표정으로 입을 열었다.

　"필요경비 80% 인정하고 나머지 20%만 소득으로 봐서 제세

공과금 4.4%로 적용한다고 공모전 공지에도 적혀 있었잖아."

"오, 그랬냐? 크크. 이야, 아무튼 이렇게 돈 들어오니까 일할 맛 난다."

옆에 있던 종훈도 피식 웃으며 입을 열었다.

"우리 거기서 Do It에 나갈 돈도 많아. 그리고 박재진 씨한테 1,500만 원 추가로 줘야 되잖아."

"아! 그러네. 뭐 이렇게 많이 나가. 대표님 말대로 광고 열심히 만들어야겠네."

"지금 열심히 하고 있잖아, 하하. 너도 그거 그만 보고 일해."

"해야죠. 그런데 주일기획은 두 명이라면서 뭐 이렇게 막 보내. 안 그래요?"

"원래 저렇게 하는 게 정상이지."

"우린 비정상?"

"그건 아니고. 공을 많이 들이는 거지. 하하."

그때, 대화를 듣던 한겸이 웃으며 입을 열었다.

"계속 포스터만 만들었으니까 실력 있는 건 당연하지."

"인정. 진짜 이대로라면, 반복 작업이라 지겨워서 그렇지 포스터만 만들어도 떼돈 벌겠어."

한겸은 피식 웃더니 일하던 것들을 정리했다. 그러고는 범찬을 보며 말했다.

"떼돈 벌기 전에 돈부터 갚으러 가자."
"돈 갚으러? 어디 가게?"
"라온 스튜디오 가려고. 그동안 통화로만 결과 얘기 해줬잖
아. 라온에 돈을 보내더라도 감사 인사는 해야 할 거 같아서 가
보려고."
"음, 그런데 너 혹시 그냥 가는 건 아니지?"
"아니야. 아까 전화했어. 인터뷰 있어서 스튜디오에 계시다고
연락 왔어."
"음, 내표님이 그런 거 신경 쓰지 말라고 했잖아."
"하하, 그래도 인사는 해야지."

범찬은 가고 싶지 않은 것처럼 보였다. 그 이유를 정확히 알고
있는 한겸은 피식 웃으며 입을 열었다.

"너 좋아하는 걸 그룹 만날 수도 있잖아."
"그런가?"
"그리고 나보고 유비라며. 유비가 움직일 땐 적로가 필수잖
아."
"적로? 장비 아니고?"
"뭐면 어때. 가자."
"뭐, 내가 필요하다면 가야지. 레고!"

범찬도 작업하던 것들을 정리하고선 자리에서 일어났다. 한겸은 종훈과 수정에게 수고하라는 말을 하고선 동아리실을 나섰다.

한편 동아리실에 남은 수정은 종훈에게 질문을 했다.

"오빠, 적로가 뭐예요?"
"적로… 나도 모르겠네. 삼국지에 나오는 장수인가?"

수정은 고개를 갸웃하더니 인터넷에 적로를 검색했다. 검색 결과를 본 수정은 무척이나 큰 소리로 웃었다.

"푸하하! 최범찬 말이네."
"응?"
"유비가 타고 다니던 말이 적로래요."
"하하하, 범찬이하고 잘 어울리네."

두 사람은 기뻐하며 나가던 범찬을 떠올리며 다시 한번 크게 웃었다.

＊　　　＊　　　＊

라온에 도착한 한겸은 스튜디오 앞에서 잠시 멈칫했다. 그러자 범찬이 고개를 살짝 내밀어 안을 보더니 입을 열었다.

"넓지도 않은데 사람이 왜 이렇게 많아."

"아직 인터뷰 안 끝났나 본데. 일찍 끝난다고 하셨는데."

"들어가서 구경할까?"

"그러지 말고 잠깐 내려가서 커피숍에 있다가 오자."

그때, 안에 있던 강유가 한겸을 발견하고 밖으로 나왔다.

"들어오지 왜 그러고 서 있어요."

"인터뷰 중이신가 해서요."

"다 끝났어요. 지금 정리 중이니까 들어와요."

한겸은 강유의 안내로 스튜디오 안으로 들어갔다. 강유의 말처럼 인터뷰가 끝난 상태로 정리 중인 것이 보였다. 박재진은 리포터, 현장 PD와 인사를 나누고 있었기에 한겸은 강유와 함께 구석에 자리했다. 강유는 이미 자리하고 있던 매니저를 소개해 준 뒤 입을 열었다.

"참, 곡 하나 잘 받아서 반백 살인데도 연예프로그램에서 취재도 오고. 사람이 운때가 다 있는 거 같아요. 그렇죠?"

"노래 잘하시잖아요."

"하하, 그렇죠. 아, 그나저나 축하부터 해야죠. 정말 축하해요."

"감사합니다."

"얼마나 놀랐는지. 광고가 좋긴 했어도 진짜 대상 탈 줄은 몰랐어요. 하하, 축하해요."

"박재진 님이 잘해주신 덕분이죠. 선생님의 도움도 정말 컸고
요."

그때, 옆에 있던 박재진 매니저가 대화에 끼어들었다.

"아! 이분이 우리 재진 형님 광고 만든 분이셨군요. 분트 대표
아드님!"

"맞다. 내가 그 기사 보고 얼마나 놀랬는지."

"우리 형님 모델로 써주셔서 감사합니다! 잘 부탁드립니다!"

감사 인사를 하러 와서 감사를 받다 보니 조금 머쓱해졌다.
한겸은 미소를 지은 채 인사를 했다. 매니저는 물론이고 강유와
도 그다지 친분이 있던 것은 아니었기에 어색함을 유지한 채 박
재진을 기다렸다.

잠시 뒤 촬영 팀이 나가기 시작하자 옆에 있던 매니저가 인사
를 하려 자리에서 일어났다. 그리고 모두를 돌려보낸 뒤 박재진
과 함께 자리로 돌아왔다.

"아! 김 AE! 이거 호칭이 너무 어려워! 하하."

"편하게 부르셔도 돼요."

"어떻게 그럽니까? 그럴 순 없죠. 그런데 어떻게 여기까지 찾
아왔어요? 무슨 좋은 소식이라도 있어요?"

박재진은 돌려 말한다고 했지만, 표정만 봐도 어떤 대답을 원하는지가 보였다. 한겸은 가볍게 웃으며 입을 열었다.

"오늘부터 광고 나가기 시작했어요."

"봤죠. 하하, 아주 기가 막히더라고요. 축하해요."

"그래서 감사 인사 드리려고 찾아왔어요. 남은 모델비는 오늘 내로 라온에 보낼 겁니다. 그리고 분트에서 광고 반응을 보고 후속 광고에 대해 얘기하기로 했어요."

"오! 오! 그럼 모델은……?"

"저희가 맡게 되면 당연히 박재진 님이시고요."

박재진은 원하는 대답을 들었는지 활짝 미소를 보였다. 그 모습을 본 한겸도 뿌듯해하는 표정으로 웃었다. 그때, 옆에 있던 매니저가 입을 열었다.

"모델비가 얼만데요?"

"그건 분트 쪽에서 책정을 하게 될 거예요. 짧으면 몇 개월도 있지만 보통 계약서 보면 연 단위로 계약을 하거든요. 그 1년간 미디어 광고 몇 편이냐, 지면 광고 몇 장이냐에 따라서 금액은 달라지겠죠."

"아니요. 그거 말고, 우리 형님이 얼마에 하셨어요?"

박재진은 매니저의 어깨를 두드리며 어색하게 웃었다.

"용진 씨가 알아서 뭐 하게? 열심히 하려는 건 좋은데 잘못 배운 거 같아. 매니저 실장한테 가서 다시 배우고 올래? 휴, 김 AE, 미안해요."

"괜찮아요."

"우리 친구가 새로 온 지 얼마 안 돼서 그냥 의욕만 넘쳐요. 저를 무슨 아이돌로 보는지, 그러지 말라고 해도 음악 방송 스케줄도 잡으려고 하고 난리도 아니에요."

"하시면 좋죠."

"이제 차트에서 내려오고 있는데 나가서 뭐 해요. 아무튼 우리 용진 씨가 의욕이 넘쳐서 물어본 거니까 이해해 주세요."

한겸은 괜찮다는 듯 미소를 지었다. 그러자 매니저 용진이 고개를 꾸벅 숙여 사과를 했다.

"죄송합니다. 재벌 2세라서 모델비를 얼마나 주셨을까 궁금해서 물어본 건 아닙니다!"

그 부분이 궁금했던 것처럼 보였기에 한겸은 피식 웃었다. 경섭은 오너가 아닌 전문경영인이었기에 월급을 조금 많이 받는 회사원이나 다름없었다. 그럼에도 저렇게 오해하는 사람이 많았다. 옆에 있는 범찬만 하더라도 얼마 전까지는 오해를 했었다.

"재벌이 아니라서요. 많이 드리진 못했어요."

"아! 모델비를 적게 주셨다고 따지려고 물어본 것도 아닙니다.

아무튼 죄송합니다!"

"괜찮아요. 정말 괜찮아요."

연신 사과를 하는 모습에 한겸은 어색하게 웃었다. 물어볼 수
도 있는 것이었기에 기분이 상하지도 않았는데 매니저는 버릇처
럼 고개를 숙였다. 그때, 옆에 있던 범찬이 입을 열었다.

"그만 사과하세요. 차에 붙여놓은 인형 같네."

범찬의 말에 박재진과 강유의 입에서 동시에 웃음소리가 들려
왔다.

"푸흡, 딱이네. 안 그래도 어쩌나 고개를 숙이는지. 용진 씨,
남들도 이상하게 보잖아. 고만 숙여."

"아! 죄송합니다."

"또!"

"아, 그게, 그냥 형님한테 좀 더 좋은 방향을 생각하려다 보니
까 실수를 했습니다."

한겸은 매니저를 물끄러미 쳐다봤다. 박재진을 무척이나 위한
다고 했으니 분명 박재진에게 잘되는 방향을 생각했을 것이다.
한겸은 어떤 방향으로 생각했길래 모델비가 궁금했을지 생각했
다. 그러던 중 문득 떠오르는 생각이 있었다.

기간이 짧기는 했지만 인터넷에 공모전에 대한 얘기가 돌았

다. 전부 아버지에 대한 얘기와 자신에 대한 얘기들이었다. 박재진에 대한 얘기는 거의 없다시피 했다. 매니저가 그 부분에 대해서 얘기를 하는 것 같았다. 한겸은 생각이 정리되자 곧바로 매니저에게 물었다.

"혹시 광고에 박재진 님의 영향력이 없어서 그러신 건가요?"
"아! 네! 맞습니다. 기사에 실리는데도 분트 대표님 얘기만 잔뜩 있지 형님에 대한 얘기는 없더라고요. 나중에 김 AE님하고 분트 대표님의 일이 해결됐는데도 형님 얘기는 별로 없어서요."

박재진은 의욕적인 매니저의 모습에 두통이 오는지 한 손으로 이마를 짚었다. 하지만 한겸은 매니저의 얘기가 무척이나 흥미로웠다. 시간이 지날수록 반응이 나오긴 하겠지만, 박재진의 영향력이 올라간다면 반응이 더 빠르게 올 수도 있었다.

"어떤 방법을 생각해 보셨어요?"
"그건 아니고요. 다른 연예인들 보면 막 몇 년 계약에 10억이다, 그렇게 기사 나오길래 형님도 몇억 받았다고 기사 올리면 어떨까 해서……."
"헙… 죄송한데 공모전이라서 저희가 그렇게 많이 드리진 못했어요."

박재진은 매니저의 말이 부끄러운지 얼굴이 새빨갛게 변했다. 그러고는 매니저의 옆구리를 찔렀다.

"무슨 10억이야. 내가 A급 연예인이냐?"

"형님은 S급이시죠."

"아이고, 두야. 내가 20, 30대면 또 몰라!"

그러자 강유가 마구 웃으면서 입을 열었다.

"아니라고는 안 하네. 20, 30대였으면 몇억씩 받았겠어?"

"말이 그렇다는 거지."

범찬은 상황이 웃긴지 큭큭거리고 있었다. 하지만 한겸은 아니었다. 매니저의 말 덕분에 좋은 생각이 떠올랐다. 잠시 생각을 정리한 한겸은 대화 중인 사람들을 불렀다.

"혹시 라온에서 원하는 기사를 내보내실 수 있나요?"

"아무거나는 안 되고 우리 회사 연예인들 활동은 대부분 그렇게 기사를 내죠? 우리가 보도 자료 넘기면 그거로 기사 쓰고."

"괜찮네요. 박재진, 광고계에 발을 들인 회사에 도움을 주다. 이런 식으로 기사를 내보내는 게 어떨까요?"

"모델비를 받았는데 도움을 줬다는 건 조금 아니지 않나요?"

"금액을 따로 말하지 않으면 될 것 같은데요. 그래서 박재진 씨의 인지도가 올라가고 그러면 광고에 관심을 보일 것 같거든요. 그럼 후속 광고를 내보낼 확률이 올라가지 않을까요?"

그렇게만 된다면 C AD가 분트에게 아무런 도움을 받지 않았다는 것을 확인시켜 줄 수 있었다. 이미 그 얘기는 줄어들긴 했지만, 기회가 있을 때 확실하게 해두는 것도 좋을 것 같았다. 그 부분까지 지금 전부 얘기할 필요는 없었기에 한겸은 박재진에 대한 얘기만 꺼내놓았다.

그 얘기를 들은 박재진은 이미 혹한 표정이었다. 매니저 역시 마찬가지였고, 강유만이 멀쩡한 상태였다.

"괜히 대답하지 말고 종락이한테 물어보고 해."
"아? 그래야겠네. 그런데 돈을 받았는데… 정말 괜찮을까?"
"그럼 돌려주든가. 돈 돌려주고 공짜로 해줬다고 하면 더 좋겠네."

한겸도 처음에 생각한 건 강유의 생각과 같았다. 하지만 자신은 계약 당사자였기에 돈을 돌려달라는 말을 할 순 없었다. 그저 강유를 응원할 뿐이었다.

*   *   *

라온 엔터테인먼트의 이종락은 매니저 용진에게 들었던 내용을 뉴욕으로 출장 간 대표에게 곧바로 보고했다.

"괜찮아 보이는데 어떻게 할까요?"
─운영 팀 모아서 상의하지 왜 나한테 물어봐. 뉴욕에 있는

사람한테!

"만약에 하게 되면 아는 사람들이 적을수록 유리해지니까요. 만약에 일 잘되면 재진이 형은 인지도도 얻고 광고모델 할 가능성도 올라갑니다."

—그럼 그 광고 회사는?

"C AD도 광고를 따 오면 이득이죠. 대기업 광고인데."

—그거 때문에 누구 하나 피해 보면 하지 말라고 할 텐데 피해 보는 사람은 없네.

이종락은 웃으며 고개를 끄덕거렸다. 라온이라는 회사를 키워 온 일등 공신이 대표였다. 별의별 일이 다 있는 연예계에서 회사를 키우는 일이 쉬운 건 아니었다. 그럼에도 대표는 라온을 성공적으로 성장시켰다. 3층짜리 건물 옥상에서 시작해 소속 가수들 전용 공연장까지 만들 정도로 성공했고, 그 모든 걸 지켜봤다. 그렇다 보니 대표라면 해답을 줄 수 있을 것 같았다.

"합니까? 맙니까?"

—계약금 500만 원 받았지?

"네. 조금 전에 1,500만 보낸다고 연락 왔는데 제가 잠시만 기다려 달라고 했습니다."

—그럼 해. 대신 나머지는 받지 말고 500만 원은 그대로 받아.

"안 줘도 됩니까?"

—순전히 거짓말로 하다 걸리면 해결하는 데 골치 아파. 사실을 섞어서 해야지. 그러니까 계약금은 그대로 받고 잔금만 없던

거로 해. 재진이 형한테 말해서 계약금 기부하라고 그러고, 티
나니까 기사는 기자들한테 맡기지 마.

"역시……."

─너 사기꾼이라고 하려고 그러지. 헛소리하지 말고 할 거면
티 안 나게 잘해.

통화를 마친 종락은 피식 웃으며 곧바로 전화번호 목록에서
한겸을 찾았다.

"안녕하세요. 라온 이종락입니다. 재진이 형 얘기 때문에 뵙
고 싶은데 시간 괜찮으신가요?"

─네, 저 지금 라온 스튜디오에서 기다리고 있어요.

"스튜디오요? 아직도 스튜디오에 계시는 겁니까?"

─네, 전화 주실 거 같아서 기다렸어요.

전화할 줄 알고 기다렸다는 말에 종락은 휴대폰을 귀에서 떼
어낸 뒤 화면을 쳐다봤다. 그러고는 고개를 갸웃거리고선 입을
열었다.

"제가 전화할 줄 알고 계셨다고요?"

─아, 돈 때문에요. 저희도 일이 어떻게 진행되느냐에 따라서
비용을 드려야 하니까요.

"하하, 그런 거였군요. 그럼 제가 스튜디오로 지금 가겠습니다."

통화를 마친 종락은 서둘러 자리에서 일어났다.

한편, 라온 스튜디오에 있던 사람들은 한겸을 쳐다보느라 정신이 없었다. 옆에 있던 범찬은 익숙한지 별 반응이 없었지만 박재진과 강유는 무척이나 놀란 얼굴을 했다.

"이야, 정말 대학생 맞아요? 전문경영인 피를 이어받아서 그런가? 무슨 노련한 사업가 같은데……."
"동감. 종락이가 온다고 할지 어떻게 아는 거지? 진짜 종락이와서 남은 거만 땡 치차고 하는 거 아니야?"

두 사람의 반응에 한겸은 가볍게 웃으며 입을 열었다.

"광고가 나가기 시작한 이상 최대한 빨라야 효과가 있을 거 같았어요."
"그래도 종락이가 내일 올 수도 있잖아요."
"라온이 기획사 중에 최고라고 들었거든요. 그런 곳은 결정을 내렸으면 빠르게 움직이지 않을까 해서요. 그래도 이 부장님 오시면 말씀하지 말아주세요. 기분 나빠하실 수 있을 거 같아요."
"아, 신기하다. 잘되는 데는 이유가 있었어. 그럼 아까 용진이하고 대화할 때 계약금은 안 준다는 말은 무슨 뜻으로 한 거예요?"

한겸이 있는 자리에서 매니저가 종락에게 보고를 했다. 그래서 한껏도 숨길 게 없었기에 꺼낸 얘기였다.

"아무래도 광고 촬영 당시를 아는 사람이 있을 거 같거든요. 전에 촬영 때 숍도 다녀오고 그러셨잖아요. 알게 모르게 말씀하셨을 수도 있고."

"전 말 안 했죠. 아! 공모전이라서 말 안 한 건 아니고……."

"괜찮아요. 스태프분들이 지인들에게 박재진 님이 광고모델 됐다고 말했을 수도 있잖아요. 만약을 대비해서 완전히 안 드릴 순 없을 거 같아요. 금액이 처음하고 다른 건 당사자 문제니까 놔두고, 최소 비용은 드려야 안전할 거 같거든요. 그냥 그러지 않을까 싶어서 한 말이에요."

"그랬을 수도 있구나… 후우, 광고 회사 잘 안 되면 우리 회사에서 일해요."

"하하, 안 망하도록 열심히 해야죠."

두 사람의 감탄을 듣던 범찬은 지루한 표정으로 입을 열었다.

"대기업에서도 입사 제안 받아요. 한겸이 손바닥에는 세상만사가 다 있어요."

"그게 무슨 말이에요?"

"누가 되더라도 한겸이 손바닥 안에 있다는 소리예요. 얘가 원래 이 정도까지는 아니었는데 사람들 만나면서 계속 변하더라고요."

"그래요? 하하, 득도했나? 아! 부처님인가?"

한겹도 피식 웃었다. 처음 C AD란 이름을 달고 계약했던 DH 때부터 시작이었다. 말 한마디로 주와 부가 뒤집힐 수 있다는 걸 알고부터는 상대방의 행동을 상상해 봤다. 아버지만 하더라도 행동 하나하나에 의미가 있다 보니 자연스럽게 예측하게 되었다. 지금도 꼭 맞히겠다는 건 아니었다. 종락에게 말했듯이, 안 오면 돈을 보내고, 온다고 하면 얘기를 나누려 했을 뿐이었다.

대화를 나누는 동안 종락이 도착했다. 그러자 박재진이 환하게 웃으며 손을 흔들었다.

"손오공 왔어?"

한겹은 하지 말라는 듯 고개를 좌우로 살짝 흔들었고, 종락은 고개를 갸웃거리며 자리에 앉았다. 그러고는 잠시 인사를 나눈 뒤 기다리던 얘기를 꺼냈다.

"일단 모델비로 처음에 지급하셨던 500만 원은 그대로 두는 편이 좋겠습니다."

"네."

"음……? 안 물어보세요?"

"원래 드려야 하는 돈이니까요."

"하하, 그렇죠. 좀 편해지네요. 아무튼 1,500만은 없던 일로 합시다. 비밀 유지 비용이라고 생각하세요."

"네, 감사합니다."

"그럼 내일 제가 찾아가서 계약서 수정하는 거로 끝내는 걸로 하죠. 아, 만약에 취재 요청이 오면 금액은 얘기하지 말고, 말도 안 되는 금액에 모델 해줬다는 것만 말씀해 주시고요."

"알겠습니다."

"그럼 우리는 할 얘기가 있어서, 여기서 인사하죠."

종락과 C AD의 대화는 이걸로 끝이었다. 더 할 얘기도 없었고, 더 할 필요도 없었다. 한겸은 가벼운 마음으로 라온 스튜디오를 나섰다. 그러자 범찬이 한겸의 어깨에 손을 올리며 입을 열었다.

"걸 그룹은 개뿔. 그래도 한 건 해서 용서하마."

"하하, 박재진 씨도 연예인이잖아."

"자주 보니까 그냥 아저씨 같아. 그나저나 모델비 아낀 거 대박인데? 너 동대문 안 갈래?"

"동대문은 왜?"

"거기 가면, 말만 잘하면 공짜! 공짜! 막 이러잖아. 잠깐 말하고 1,500만 원 벌었는데 그거 못 하겠어? 가서 다 털어 오자."

"하하, 수정이 말대로 넌 진짜 미친 거 같아."

"야, 그거 배우지 말라고!"

한겸은 피식 웃으며 먼저 걸음을 옮겼다.

한편 스튜디오에 남아 있던 종락은 박재진에게 남은 계획에 대해 한참을 설명했다. 그 얘기를 듣던 박재진이 갑자기 종락에게 손을 내밀더니 손바닥을 펼쳤다.

"넌 이 정도쯤에서 놀고 있나 보네."
"생뚱맞게 뭔 소리예요."
"그런 게 있어. 흠, 어쩐지 네 얼굴에 털이 많다 싶었는데."
"자꾸 뭔 말이래. 자꾸 못 알아듣는 말 할 거면 저 가고요."
"하하, 그냥 헛소리야."

박재진은 재밌다는 듯 종락을 놀려댔다.

*   *   *

다음 날. 1,500만 원을 아꼈다는 소식에 모두들 무척이나 기뻐했다. 회사에 나온 우범까지 웃으며 칭찬했다. 모두가 좋아하다 보니 한겸 역시 웃음이 나왔다. 그리고 라온 엔터에서 어떤 방법으로 홍보를 할지 궁금해졌다. 하지만 주일기획에서 보내온 포스터를 확인하느라 여유가 없었다.

"이건 배경은 괜찮고요. 카피는 아예 새로 짜달라고 해주세요."

카피를 괜찮게 보내오면 수정은 C AD에서 했다. 하지만 아예 빨갛게 보이면 처음부터 다시였다. 수정을 하면 느낌이 완전히 달라지다 보니, 주일기획에서도 숙제 검사받는 기분이란 말을 하긴 했어도 못 하겠다는 말이나 힘들다는 말은 없었다.

한겸은 지금도 포스터를 수정하는 중이었다. 자신뿐만이 아니라, 모두가 모니터만 쳐다보느라 아무런 말도 하지 않았다. 조용하다 보니 키보드 두드리는 소리와 딸각거리는 마우스 소리만 들려왔다. 그때, 동아리실에 있던 우범이 노트북을 보며 피식 웃었다. 유난히 크게 들린 탓에 모두가 우범을 쳐다봤다.

"하하, 미안하다. 라온 홍보 방법을 보다가 재미있어서."

다들 궁금했는지 우범의 옆으로 다가왔다. 그러자 우범이 노트북을 돌려서 보여주었다. 그러자 화면에 라온 소속 보이 그룹이 올린 영상이 보였다.

—롤 모델이요? 음, 롤 모델은 딱히 없고요. 존경하는 분은 있죠. 박재진 선배님이요. 남들 모르게 착한 일도 많이 하시고요. 무엇보다 안목이 굉장하거든요. 미래를 보는 것 같다고 할까요?

그룹이다 보니 여러 명이 나와서 무척이나 시끄럽고 정신없었다. 게다가 박재진 홍보라고는 착한 일을 한다는 것밖에 없었다. 한겸은 어떤 식으로 홍보를 하는 건지 곰곰이 생각했고, 옆에 있던 범찬은 우범에게 직접 물어봤다.

"이게 뭔데요? 이런 영상 보고 계셨어요?"

"음? 어떻게 홍보하는지 궁금해서 찾다가 보게 된 거다."

"이게 홍보하고 무슨 상관 있어요? 우리 얘기는 아무것도 없는데."

"이것만 보면 그렇지."

우범은 노트북을 돌리더니 무언가를 찾기 시작했다. 잠시 뒤 우범이 노트북을 다시 돌렸다. 그러자 이번에는 라온 소속 가수의 SNS였다.

[가수 하면 박재진이지이이.]
#박재진 #기부맨 #미래를 보는 안목 #천리안

팀원들은 화면을 보며 무척이나 놀란 얼굴이었다. 그중 범찬은 완전 상기된 채였다.

"와, 이거 우리 여름 하면 발라드지이이! 내가 만든 거 따라한 거죠? 와! 대박인데?"

"그래. 이 사람뿐만이 아니지. 소속 연예인을 이용해서 홍보를 하고 있다."

그 얘기를 들은 한겸은 헛웃음을 뱉었다. 박재진을 제대로 이용하고 있었다. 박재진을 언급해 후배들에게 인정받는 가수라는 이미지를 심었다. 오랜 가수 활동으로 음악성을 인정받고 있는 박재진을 존경한다는 말로 소속 가수들 역시 음악성이 있다는 걸 알리는 건 덤이었다.

특히 해시태그가 눈에 들어왔다.

미래를 보는 안목.

안목이 좋은지 안 좋은지는 모르겠지만, 500만 원만 받고 광고를 선택했고, 그 광고가 대상을 탔다는 건 사실이었다. 게다가 그 금액을 기부까지 했다. 하나의 이야기에서 여러 줄기가 뻗어나가고 있었다. 한겸은 이렇게 기획한 사람을 향해 박수를 보내고 싶을 정도였다.

한겸은 자리로 돌아와 직접 찾아보기 시작했다. 음원차트에서 점점 내려가던 박재진의 노래가 소속 가수들의 지원 덕분인지 다시 상위권으로 도약했다. 한겸은 감탄하며 계속해서 검색했다.

라온 소속 가수들의 SNS에는 기본적으로 '마트 하면 분트지이이'를 따라 한 듯한 글들이 적혀 있었다. 그리고 그 밑에는 가수의 팬들이 적어놓은 댓글이 보였다.

—노래 하면 O. T. T지이이.
—얼굴 하면 에이토지이이.

"허……."

한겸은 자신도 모르게 헛웃음을 뱉었다. 놀랍기도 했지만 한편으로는 걱정도 됐다.

'저 사람들이 광고를 보고 따라 하는 건 아닌 거 같은데.'

광고는 잘 만들었으니 꾸준히 게재만 되면 눈에 띌 거라고 생각했다. 분트에서도 단기적으로 광고를 쏟아내기보다는 꾸준히 광고를 내보내겠다고 했다. 하지만 지금 도는 걸로 봐서, 방법을 바꿀 필요가 있어 보였다. 그때, 자리로 돌아가 인터넷을 검색하던 종훈이 입을 열었다.

"이상하네. 분트 광고 게재 맡은 곳에서 키워드를 엄청 늘렸나? 뭘 검색해도 영상에 우리 광고 나와. 이 정도면 키워드 등록하는 데만 해도 돈 엄청나게 쏟아부었겠다."

종훈의 말에 다른 팀원들도 각종 플랫폼에 아무 영상이나 재생했다.

"종훈 오빠 말이 정말인데? 이 정도면 잡아놓은 예산 단기로 쏟아붓는 거 아니야?"

한겸 역시 종훈의 말을 듣고 Y튜브를 보았다. 한겸의 화면에도 분트의 광고가 나오는 중이었다. 한겸은 화면을 보며 숨을 크게 몰아쉬었다.

"세상은 넓고 천재는 많구나."

멀리 떨어진 곳에서 많은 것을 배운 느낌이었다.

*   *   *

분트의 마케팅 팀은 모든 직원이 비상이었다. 어제 게재 대행
사가 각종 자료와 함께 제안서를 보내왔다. 광고에서 나온 카피
를 따라 하는 연예인과 일반인들의 SNS와 반응은 물론이고, 비
슷한 사례를 예로 들어 계약했던 광고 내용을 바꾸는 게 어떻겠
냐는 연락이었다. 그러면서 예산을 더 잡는 게 좋을 거라는 분
석까지 해왔다. 온라인에서만 광고를 하며 3개월간 2억을 편성했
다. 그 정도면 기업으로서 과하지도 않고 적지도 않은 평균적인
예산이었다. 그런데 그 예산을 15일 만에 다 써야 한다며 예산
을 더 잡으라고 했다.
김 팀장은 자신이 마음대로 결정할 사안이 아니었기에 곧바
로 경영 지원 팀에 보고했다. 대표에게까지 보고가 됐고, 곧바로
승인이 내려왔다. 때문에 어제부터 지금까지 광고 게재를 맡은
회사와 수시로 미팅을 하고 있었다.

"총 5억 편성해서 지금처럼 50일은 가능하죠?"
"사실 그 정도도 미친 듯이 쏟아부으면 금방 소진되죠."
"후우, 50일로 하시죠."
"네. 그런데 그 정도만 해도 효과가 엄청날 거 같습니다. 그 정
도면 '마트 하면 분트지이이', 그게 분트로부터 시작됐다는 걸 알
릴 수 있을 거 같습니다."

김 팀장은 그제야 안도의 한숨을 뱉었다.

"그런데 이 광고 정말 대학생들이 만든 거 맞아요?"
"그렇죠."
"이게 완성도가 장난이 아니에요. 저희가 진짜 셀 수도 없이 보는데 이건 대중성만큼은 손가락에 꼽을 수 있을 정도로 잘 만든 거 같아요. 공모전으로 이 정도 뽑았으면 분트도 대박이겠어요."
"네, 참가해 주신 분들한테 다 감사하고 있죠."

게재 대행사 직원의 말처럼 김 팀장도 보면 볼수록 잘 만든 광고라고 느꼈다. 그런 잘 만든 광고에 폭발적인 반응까지 더해지고 있었다. 공모전 당일에 기획을 짜 와 PPT를 하면서도 자신만만하던 한겸의 표정이 새삼스럽게 떠올랐다.

*　　　*　　　*

박순정 김치의 박순정 대표는 실망한 표정이 역력했다. 예상보다 많은 광고 회사가 입찰 제안서를 보내왔다. 하지만 대부분의 제안서가 자신들의 회사 소개였다. 제안서 어디에도 자신의 회사 캐릭터인 왕배추는 없었다. 광고 회사들은 일을 맡을지 확신할 수 없었는지 통상적으로 입찰에 사용하는 제안서를 보내왔다. 그러다 보니 제안서를 보낸 회사들이 어떤 광고를 맡았는지 확인하고 분류할 뿐이었다.

지자체 및 개인 등 수많은 김치 공장들이 생겨나는 통에 경쟁 업체가 늘어났다. 박순정 대표는 경쟁에서 살아남기 위해 경영 자문을 받았고, 공장 설비나 유통에는 아무런 문제가 없다는 진단을 받았다. 다만 홍보가 부족하다는 점을 지적했다. 그래서 없던 슬로건까지 제작해 지역신문에 기사까지 내봤지만, 효과는 없었다. 그러다 보니 최후의 수단으로 공개 광고 입찰을 진행했다. 비록 광고 예산이 적다고는 하나 성의 없어 보이는 제안서를 보니 실망할 수밖에 없었다.

거의 모든 분류를 마쳤을 때, 이상한 제안서가 보였다. 이건 일부분이지만 기획까지 잡아놓고 사용할 장면까지 보내왔다. 그리고 그 장면에 왕배추가 들어가 있었다. 박 대표는 평가위원으로 온 사람들과 직원들에게 제안서를 보여줬다.

"여기 회사 한번 보세요. C AD라는 곳인데, 진행했던 일들은 적은데 성의가 느껴지네요."
"오, 분트 공모전 대상까지 받았네요."
"분트 말입니까? 그 광고가 여기서 만든 건가?"

박 대표는 궁금하다는 표정으로 입을 연 직원을 쳐다봤다.

"그게 무슨 말이에요?"
"인터넷에 광고 엄청 나오더라고요. 지금도 아무거나 재생해도 앞에 광고 나올 겁니다."

"그래요? 최 부장님은 보셨어요?"

"그럼요. 제가 광고에 대해서 잘 아는 건 아닌데, 잘 만든 거 같더라고요. 한번 보시겠습니까?"

최 부장은 곧바로 휴대폰을 꺼내 분트의 광고를 찾았다. 그러고는 박 대표에게 내밀었다.

"광고 나온 지 얼마 안 됐는데도 '마트 하면 분트지', 그 말이 유행할 거 같더군요."

"좋네요."

광고를 다 본 박 대표는 다시 제안서를 쳐다봤다. 김치 공장을 보고 있는 배추의 사진으로 어떤 이야기를 할지 궁금해졌다. 박 대표는 평가위원들을 보며 물었다.

"입찰가 얼마로 놓았어요?"

"5,900만 원입니다. 입찰가는 보통인 편입니다. 근데 제안서에 대행료까지 적어놨네요. 대행료도 조금 싸고요. 다른 데는 보통 17% 이런데 여기는 15%네요. 그거까지 감안하면 입찰가는 괜찮은 편 같습니다."

"입찰가는 평가에서 20%를 본다고 공지했다고 하지 않았나요?"

"맞습니다. 제안서도 괜찮은 편입니다. 다만 플랫폼이 초콜릿 같은 메이저는 제외인 점이 약간 점수를 하락시키긴 합니다. 그리고 무엇보다 C AD 현황을 보면, 회사 인원이 상당히 적습니다. 이 정도라면 게재 대행사를 끼고 진행이 되겠군요."

박 대표는 다시 제안서를 봤다. 사진까지 들어간 제안서라 유독 신경이 쓰였다.

"게재 대행사를 끼면 문제가 있나요?"
"문제는 없습니다. 어차피 공개입찰 공고에도 모델비 제외 모든 용역비는 예산안에서 해결한다고 한 이상, C AD가 책임을 질 부분입니다."
"그럼 해도 된다는 건가요?"
"일단 우선 협상 대상자로 빼놓고 PPT를 받아보는 게 좋을 것 같습니다. 진행한 광고가 적고 직원 수가 적긴 해도 실력은 있어 보이는군요."
"그럼 PPT를 들어보고 계약을 결정해야겠네요. 다른 분들 생각은 어떠세요?"

박 대표는 다른 사람들의 의견까지 물은 뒤 C AD의 제안서를 한 곳으로 빼놓았다.

*   *   *

박순정 김치의 입찰 발표가 있는 날임에도 C AD 팀원들은 누구 하나 신경 쓰지 않고 있었다. 신경을 쓰고 싶어도 그럴 겨를

이 없었다. 갑자기 의뢰 연락이 쏟아졌다. 의뢰에 관한 것이나 의뢰를 받은 것 중 전문성이 필요한 것들은 홈페이지에 등록된 전문가들에게 자문을 구했다. 그 모든 일을 우범이 혼자 받고 있었고, 나머지 네 명은 기계처럼 포스터 작업만 하고 있었다.

"겸쓰! 카피 바꾼 거 확인해 줘. 이대로 됐어?"
"어, 괜찮다. 지 대표님한테는 카피본 보내주면서 완성했다고 알려줘. 다음 것도 바로 보내주고."
"미안남 때문에 난리도 아니네. 대표님 하루 종일 통화만 하고 있어."

일명 누리꾼 수사대라고 불리는 사람들이 박재진에 대한 것들을 인터넷에 올리기 시작했다. 그들은 박재진이 진행하는 프로그램에서 첫 무대를 섰던 가수들을 주욱 나열하고 있었다. 음악 프로그램이기에 가수가 나오는 건 당연했음에도 박재진의 안목이라며 어떻게 해서든지 끼워 맞췄다.

게다가 최근에 인기를 끌었던 곡을 선택한 이도 박재진이라고 밝히고, 분트 공모전 대상을 탄 광고에 모델을 한 것도 박재진의 안목이라는 게시물들이 계속 올라오는 중이었다. 계약금으로 받았던 500만 원 전부를 기부해 이미지까지 상승 중이었다. 덕분에 박재진에게 미래를 보는 안목이 있다며 미안남이라는 별명까지 생겨서, 광고효과까지 예상외로 폭발적이었다.

—미안남 하면 박재진이지이이.

—박재진 하면 발라드지이이.

라온 소속 연예인들이 올리던 유행어구가 팬들에게까지 옮겨
가고 있었다. 그렇게 된 원인에는 분트의 역할도 있었다. 잘못하
면 박재진만 돋보일 수 있었는데, 적절한 타이밍에 광고를 쏟아
내 동반성장 하고 있는 중이었다. 더불어 C AD까지 그 영향이
닿아서 일이 물밀듯이 들어왔다.

그리고 일이 많아진 덕분에, 종훈을 새롭게 보는 계기가 생겼
다. 수정과 범찬보다 속도는 느리지만, 종훈이 수정을 하면 색이
보일 확률이 올라갔다. 포스터의 전체적인 구도를 제대로 파악
하고 있었다. 한겸에게 색이 보이지 않았다면, 구도만큼은 자신
보다 훨씬 나을 것 같았다.

"한겸아, 이거 카피 위에 올리면 가운데 그림이 눌리는 느낌이
라 옆으로 세워봤는데 이게 낫지 않아?"

지금만 보더라도 수정한 포스터에서 색이 보였다. 물론 전체
적인 제작이야 주일기획에서 했다고 하지만, 완성은 종훈이 한
것이나 다름없었다.

"그것도 범찬이 거 보낼 때 같이 보내면 되겠어요."
"응. 휴, 하도 컴퓨터만 하고 있었더니 어깨가 다 아프다."
"괜찮으니까 조금 쉬면서 하세요."
"다들 열심히 하는데 어떻게 그래. 대표님만 봐도 지금 또 전

화 왔잖아."

한겸은 피식 웃으며 우범을 봤다. 우범은 휴대폰 충전기까지
연결해 통화하고 있었다.

"연예인이 대단하긴 대단한가 봐."
"그러게요."
"그래서 인기 있는 아이돌 쓰는 건가?"

한겸도 어깨를 으쓱하며 웃었다. 아이돌을 모델로 쓴 광고들
중 빨갛게 보이는 광고도 수두룩했고, 큰 효과를 얻지 못하는
것도 많았다. 아이돌보다는 제품에 맞고, 상황에 맞고, 타깃층에
어필할 수 있는 모델이 더 큰 효과를 얻을 수 있었다. 지금 박재
진처럼.

한편으로는 영상 광고 일부분이 아닌 전체에서 색이 보인다면
어떤 파급력을 몰고 올지 궁금하기도 했다. 한겸이 그런 생각을
하고 있을 때, 우범이 동아리실이 울릴 정도로 소리를 쳤다.

"아자!"

모두의 시선이 우범에게 향했다. 그중 범찬이 장난이 가득한
표정으로 입을 열었다.

"아자? 아… 대표님 나이가 느껴지네."

"크흠, 아무튼 다 모여봐."

"무슨 일인데요?"

모두가 모이자 우범이 한 명씩 쳐다보며 씨익 웃었다.

"박순정 김치 최종 협상 팀에 우리 뽑혔다."

순간 동아리실에 정적이 흘렀다. 팀원들은 놀란 얼굴로 서로를 쳐다보기만 했다. 한참을 그런 뒤에야 정신을 차리고 다들 소리를 질렀다.

"진짜요? 진짜 우리가 됐어요? 대박일세!"

"한겸이랑 하기 정말······."

"으이그, 오빠는 그런 말 좀 그만해요. 오빠도 지금 잘하잖아요."

한겸 역시 처음으로 참여한 공개입찰에서 C AD가 최종 협상 팀으로 뽑혔다는 사실이 무척이나 기뻤다. 하지만 아직 계약이 이루어진 상태는 아니었다. 그렇기에 확실히 계약이 된 뒤 기뻐해도 늦지 않았다.

"그럼 협상은 언제예요?"

"내일. 대전 유성구로 2시까지 오라고 했다."

"PPT는 제안서 보내면서 만든 거로 설명하고, 광고 내용이 수정될 수 있다는 점만 잘 얘기하면 되겠죠?"

"내가 갈 테니까 너희들은 여기 있어. 내가 하는 연락이나 잘 받아라."

"제가 가서 설명하는 게 낫지 않을까요?"

"내가 가는 게 낫다. 수정한 제안서 내용까지 다 머릿속에 있으니까 걱정하지 말고. 내일 오전에 면접 보고 곧바로 출발할 거다."

한겸은 우범을 물끄러미 바라봤다. 광고만 만들라는 말을 지키려는 우범의 모습에 한겸은 이내 고개를 끄덕거렸다.

*   *   *

다음 날. 우범은 플래너의 면접을 본 뒤 시간에 맞춰 박순정 김치 본사가 있는 대전에 도착했다. 그는 곧바로 전화를 걸어 도착했다고 알린 뒤 건물들을 둘러봤다. 본사와 공장이 따로 있는 형태였다. 마치 F.F처럼 이곳에서는 행정 업무만 하는 것처럼 보였다. 그사이 건물에서 사람이 나왔다.

"C AD에서 오셨습니까?"

"네, 맞습니다."

안내를 맡은 직원은 우범을 보며 고개를 갸웃거리고는 건물 안 작은 회의실로 안내했다. 회의실에서 잠시 기다리자 임직원으로 보이는 사람들이 나타났다.

 "반갑습니다. 대표 박순정이라고 해요."
 "네, 반갑습니다. C AD의 CEO 성우범입니다."

 인사를 나눈 뒤 우범은 곧바로 PPT를 시작했다. 우범은 마치 전부 외우기라도 한 듯 화면을 보지도 않고 설명했다. 잠시 뒤 우범의 설명이 끝났다. 그러자 박 대표가 불안한 표정으로 입을 열었다.

 "그럼 분트 공모전에 참여했던 작품으로 우리 광고를 하겠다는 건가요?"
 "알려지지 않은 작품입니다. 분트와는 어떤 마찰도 생기지 않을 겁니다. 그리고 저희가 의도한 대로 움직임을 수정하기 위해서 스톱모션을 사용해야 했습니다. 앞서 말씀드렸듯이 내용은 조금 수정될 것입니다."

 박 대표는 화면을 바라봤다. 자신이 봤던 부분을 아주 짧게 편집해 영상으로 가져왔다. 왕배추가 김치 공장을 보면서 웃는 모습이 상당히 인상적이었다.

 "그런데 진행하는 플랫폼이 좀 적은 편 같네요."
 "저희하고 파트너사를 맺은 곳이며 그 외 Y튜브에서도 진행됩니다. 일정 시간 광고를 봐야 광고비를 지불하는 방식이므로 단가가 낮은 곳을 선택한 겁니다."

"6개월은 가능한가요?"

우범은 천천히 고개를 저었다. 그 모습에 다들 의아한 표정으로 우범을 봤다.

"가능할 수도 있지만, 불가능할 확률이 큽니다."

"6개월 계약인 거 알고 참여하신 거 아닌가요?"

"알고 참여했습니다."

"그런데요?"

"저희가 광고를 잘 만들 예정입니다. 그럼 시청자가 광고를 끝까지 보게 될 테고, 그럼 예산이 줄어들게 됩니다. 그 부분에 대해서는 미리 죄송하다는 말씀을 드려야 할 것 같습니다."

우범은 당연하다는 표정으로 고개를 살짝 숙였다.

제8장

박순정 김치

　동아리실에서 연락을 기다리던 한겸은 우범을 믿고 배추 광고를 어떤 식으로 수정할지 구상했다. 다른 팀원들이 포스터에 대한 일들을 도맡아 하던 중이었기에 가능했다. 한겸은 계속해서 영상을 봤다. 너무 길어 지루하다고 느꼈던 부분을 어떻게 수정해야 좋을지 생각했지만, 좋은 아이디어가 떠오르지 않았다. 그때, 범찬이 마구 웃는 소리가 들렸다. 그곳을 보니 범찬이 종훈과 수정 뒤에서 웃고 있었다.

　"방수정 반칙 1회 누적! 내가 땅 하면 시작하라고."
　"자꾸 똥, 떵, 땡, 막 이런 거 하지 말라고!"
　"그건 심판 마음이지, 푸하하."
　"너 할 때 두고 봐."

뭘 하는지 종훈은 수정과 다르게 무척이나 긴장한 얼굴이었다. 그때, 범찬이 '땡'을 외쳤다. 그러자 두 사람이 동시에 포스터 수정을 시작했다. 같은 포스터로 몇 가지 수정을 하다 보니 누가 빨리 하는지 내기를 하는 듯 보였다. 그때, 범찬이 고개를 돌려 한겸을 봤다. 그러고는 피식 웃더니 입을 열었다.

"너 누구 편이냐."
"난 아무 편도 아닌데."
"하나 정해. 아이스크림 쏘기니까."
"난 그럼 이기는 편."
"그건 이미 내가 골랐어. 넌 다른 거 골라. 지는 편 남았다."

한겸은 못 말린다는 듯 피식 웃고선 입을 열었다.

"내기 같은 거 하지 마. 패가망신당하는 수가 있어."
"내기 아니고 경쟁이지. 선의의 경쟁!"
"하하, 그래."

한겸은 피식 웃고선 두 사람의 모니터를 번갈아 쳐다봤다. 회색으로 보이긴 했다. 그래도 두 사람의 속도는 무척이나 빨랐다. 계속 같은 작업을 해서인지 눈에 보일 정도로 실력이 올라갔다. 생각보다 재밌었기에 한겸은 두 사람의 모습을 넋 놓고 지켜봤다. 그때, 종훈이 큰 소리로 입을 열었다.

"끝!"

"아오, 또 졌어! 오빠! 왜 이렇게 빨라요?"

"네가 봐줘서 그렇지."

"그렇게 말하지 말라니까. 봐주긴 뭘 봐줘요. 손목에 통풍 오는 거 같은데."

그중 발군은 역시 종훈이었다. 한겸이 피식 웃을 때, 수정이 한겸에게 손을 내밀었다.

"뭐 줘?"

"돈 줘. 너 내 편이잖아. 그럼 반땅 해야지. 사는 건 내가 사올 테니까 돈 내놔."

그때, 범찬이 크게 웃더니 수정에게 놀리듯 입을 열었다.

"역시 종훈이 형한테 줄 서길 잘했지. 방수정, 어떻게 한판 더할래? 이번엔 계란 내기. 콜?"

"콜. 한판 더 해."

두 사람은 곧바로 또 내기를 내세워 작업을 시작했다. 한겸은 웃으며 그 모습을 지켜봤다. 보다 보니 자신도 모르게 수정을 응원하고 있었다. 한겸은 피식 웃고 고개를 저었다. 이럴 때가 아니었다. 다시 광고 영상을 보려던 중 좋은 아이디어가 떠올랐다.

한겸은 곧바로 메모지를 펼치고 생각을 정리하기 시작했다. 그 모습을 보던 범찬은 웃으며 입을 열었다.

"방수정, 네 편 사라졌다."
"그럼 이제 네가 내 편이야."
"뭔 개 풀 뜯어 먹는 소리야."
"개 풀 먹으니까 넌 내 편."

그때, 한겸이 고개를 번쩍 들고는 메모지를 보며 입을 열었다.

"내가 생각한 게 있는데 한번 들어봐. 원래 광고가 달리기였잖아."
"왕배추가 달리는 거지."
"응, 그걸 전부 수정하기에는 무리가 있잖아. 제작비부터 인원까지."
"본론만 말해. 궁금하다고."
"알았어. 중간중간에 다른 배추를 넣어놓는 거야. 그래서 원래 배추가 그걸 앞지르는 거지. 많이는 말고 몇 개만 넣어봐도 확 살 거 같지 않아? 달리기 보는 느낌도 들고."

한겸의 말을 들은 세 사람은 고개를 좌우로 저었다. 그중 종훈은 신기하단 얼굴로 입을 열었다.

"우리가 내기한 거 보고 그게 떠오른 거야? 아, 진짜 신기하다."

"하하, 좋은 아이디어는 문득 얻게 된다고 그러잖아요. 다들 괜찮아?"

"난 좋아. 찬성이야."

수정도 고개를 끄덕인 뒤 입을 열었다.

"그럼 스톱모션으로 계속하면서 중간만 추가하면 되는 거야?"

"그렇게 될 거 같아. 일단 주일 대표님들하고 얘기해 봐야지. 그 전에 좀 더 디테일하게 짜볼게. 어떤 부분에 넣는 게 좀 더 효과적인지."

한겸은 결과물을 빨리 보고 싶다는 생각에 미소가 한가득이었다. 그때, 마침 우범에게 전화가 걸려왔다. 한겸은 궁금한 나머지 인사도 하지 않고 결과부터 물었다.

"어떻게 됐어요?"

—뭐가 그렇게 급해. 계약했다.

"아무런 문제 없었어요?"

—문제없었다. 계약 내용만 사진 찍어서 보낼 테니까 한번 봐. 보름 후에 1차 컨펌이니까 그 전에 제작해야겠지. 그리고 문제가 없으면 곧바로 게재하게 될 거다.

"그렇게 빨리요? 그럼 음악하고 더빙하고 하려면 제작은 최소 일주일 안에 완성해야겠네요."

—분트에서 얘기 나왔을 때 겹치면 곤란하니까 내가 빨리하

겠다고 했어. 아무튼 내일은 오후에나 갈 거 같으니까 계약서 내용 잘 보고 수정 방향 최대한 빨리 짜. 주일기획하고 상의하고.

"스토리 방향은 이미 잡았어요."

─그래, 너희들을 믿고 있었다. 수고하고.

영상을 완성하고 수정 작업까지 하려면 일주일 전에는 완성해야 했다. 한겸은 마지막에서 색을 봤기에 큰 걱정이 없었다. 이제 우범의 일은 끝났으니 자신의 일만 남았다. 한겸은 씨익 웃고는 팀원들에게 말했다.

"우리 박순정 김치 맡았어."

"오케이! 대표님이라면 그럴 줄 알았지. 역시 믿음이 간단 말이야."

한겸은 다시 피식 웃었다. 우범도 마지막 말로 믿었다는 말을 했는데, 팀원들도 마찬가지였다. 이제 제작만 하면 되었기에 한겸은 서둘러 주일기획에 전화를 걸었다.

*   *   *

다음 날. 우범이 없었기에 한겸은 혼자 주일기획을 찾아갔다. 추가할 장면을 이미 정했기에 제작하기 전 주일기획에 확인해야 했다. 주일기획은 여전히 부동산 간판이 달려 있었다. 한겸은 간판을 한 번 쳐다본 뒤 안으로 들어갔다. 그래도 내부 정리를 했는지 컴퓨터가 여러 대 놓여 있었고, 부부가 작업 중이었다.

"하하, 김 오너! 왔어요?"
"오너요?"
"성 대표님이 그러시던데, 오너시라고."
"아, 하하. 그냥 AE라고 부르셔도 돼요. 그게 편해요."
"입이 꼬이니까 그렇죠. 그럼 일하는 거 프로니까 김 프로라고
부를게요."
"네, 괜찮네요. 프로."

프로리는 말이 생각보다 마음에 들었다. 동양기획만 하더라도
호칭을 전부 마에스트로라고 통일했고, 서로를 마에라고 불렀
다. 그렇지 않아도 AE의 발음이 이상했던 탓에 고민했는데 프로
라는 말이 마음에 들었다.

"그런데 뭘 어떻게 수정하자는 거예요? 전화로 들으니까 잘 못
알아듣겠더라고요. 설마 뭐 캐릭터 다시 바꾸고 그래야 되는 거
아니죠? 우리 어제부터 지금까지 쉬지도 않고 해서 겨우 교체했
는데."
"벌써 다 하셨어요?"
"캐릭터 정해져 있고 배경 있으니까 그대로 넣는 일인걸요. 그
래서 수정은 어떻게 하자는 거예요?"

한겸은 생각보다 빠른 속도에 놀란 얼굴로, 넣어야 할 부분을

알아볼 수 있을 정도로만 제작해 온 자료를 부부에게 건넸다.

"이런 식으로 조금 추가를 했으면 해서요."

"아! 이러니까 달리기 경주하는 거 같고 진짜 괜찮은데요? 1초에 다섯 컷 정도씩 3초 정도에 한 캐릭터 제치는 그림 나오려면 15컷은 있어야겠네."

"아직 그 정도까진 안 했어요. 일단 보여 드려야 해서 이렇게만 작업해 왔어요."

"음, 이거 보니까 너무 아쉽다."

"아직 완성한 상태가 아니라 조금 어색해 보여서 그럴 수 있어요."

"아! 오해예요. 그게 아니라 진즉에 이렇게 했으면 우리가 대상 탔을 수도 있었을 거 같아서. 하하하."

모 대표는 장난스럽게 웃었다.

"당신이 보기엔 어때?"

"추가된 캐릭터 표정이 조금 부자연스러워 보여서 그렇지 전체적으로는 훨씬 좋아. 가장 좋은 것만 경쟁 구도에서 살아남아 김치가 되는 이야기잖아. 카피를 살린 느낌이 확 들어. 김 프로는 매번 느끼는 거지만 정말 대단하네요."

"맞아. 우리 수정본 오는 거 보고 매번 놀라요. 우리끼리 광고 대가한테 수업받는 거 같다고 그랬다니까요. 포스터 받아 간 곳에서 좋아하죠?"

"네. 두 분 덕분에 만족해하시더라고요."

"무슨 우리 덕분이에요. 겸손하시네."

그렇지 않아도 홍보실장을 비롯해서 의뢰했던 곳들 전부 만족했다. 특히 홍보실장은 정말 영업이라도 뛰는 것처럼 이곳저곳에서 일감을 가져왔다. 한겸은 부부의 칭찬에 머쓱해하며 대화 주제를 바꿨다.

"그런데 스톱모션 배경은 따로 찍으신 다음에 배추만 따로 합성하신 거죠? 두 분 덕분에 정말 많이 배웠거든요."

"하하, 배우긴요. 배추에 머리띠랑 표정 같은 거 우리 아름이가 다 했죠. 그래픽디자인 전공이거든요. 특히 애니메이션을 좋아해서."

"그렇군요. 어쩐지 포스터도 그렇고 그림이 들어간 부분은 상당히 좋더라고요. 아, 사진도 물론 좋았고요."

"하하, 괜히 찔리시나 보네."

"아니에요. 정말 협업해 주셔서 감사하고 있어요."

"우리도요. 하하."

서로가 미소를 지었다. 한겸은 기분 좋은 미소를 짓고선 마저 입을 열었다.

"추가되는 캐릭터들은 전부 배추로 할 거예요. 그래야지 좋은 배추만 썼다는 걸 강조할 수 있거든요. 그 작업은 저희가 제작할 거고요. 대표님이 작업하셨던 배추 표정을 조금 건드려야 될 수도 있어요. 괜찮을까요?"

"마음대로 해도 돼요. 대신 자연스럽게 해야 돼요. 알았죠?"

"네, 걱정 마세요. 다른 채소들은 이파리 같은 부분을 약간 색이 바래 보이게 해서 기존의 배추를 부각시킬 거예요. 제작은 저희가 할 테니 수정만 봐주셨으면 해요."

"알았어요. 표정 같은 것도 하기 어려우면 말해요. 그 정도는 내가 그려줄 수 있어요."

"그래도 돼요?"

"그럼요. 어차피 나눠 갖는 건데. 김 프로 덕분에 우리는 가만히 앉아서 돈 번 거잖아요. 우리가 도리어 고맙죠. 일이 많긴 하지만 일 있을 때 벌어야죠, 품."

지 대표의 말에 한겸은 고개를 가볍게 숙여 고마움을 표현했다.

"확인하실 수 있게 늦어도 내일모레까지는 완성해서 보내 드릴게요."

"그렇게 빨리요?"

"보름 뒤에 광고 게재해야 되거든요."

"와, 일정이 너무 빡빡하네."

"그렇게 됐어요. 그럼 완성된 거는 메일로 보낼게요."

"알았어요. 조심히 가요."

부부와의 만남이 만족스러웠던 한겸은 밝은 표정으로 주일기
획을 나섰다.

　　　　　　*　　　　　　*　　　　　　*

　다음 날. 아침이 되자 학교 근처에서 자취하는 범찬이 가장
먼저 출근했다.

　"어? 겸쓰! 너 뭐야. 여태 집에 안 갔어?"
　"왔어?"
　"뭐야. 어제 조금만 하다 간다더니 여기서 잔 거냐? 센터장 알
면 난리 칠 건데?"
　"어제 들켜서 얘기했어. 휴, 잠깐만 이따 얘기하자. 조금만 더
하면 다 할 거 같거든."
　"어휴, 젊을 때 몸 막 쓰면 나이 먹어서 힘들어."
　"하하, 나이 먹어본 사람처럼 말하네. 아무튼 이것 좀 하고 얘
기해."

　주일기획에서 돌아온 한겸은 작업을 하느라 밤을 새웠다. 스
톱모션이다 보니 모션 연결이 중요해 혼자 작업하는 편이 낫다
는 이유도 있었고, 다른 팀원들은 포스터 작업을 하는 중이라
부담을 좀 줄여주고 싶었다. 양이 많지 않을 거라 생각하고 시작
했는데 전혀 그렇지 않았다. 스톱모션이 괜히 노가다라고 불리
는 게 아니었다.

한겹은 작업을 계속 이어나갔고, 팀원들이 모두 출근했다.

"한겹이 세수 안 했어? 얼굴이 반질반질하네."
"그래요? 조금 이따 세수해야죠."

밤새운 티가 많이 나는지 다들 한눈에 알아보고 있었다. 한겹은 개의치 않고 꿋꿋하게 작업을 이어나갔다. 작업을 하고 저장해서 영상으로 확인하는 일을 반복했다. 이미 마지막 장면은 인쇄물로 뽑을 때 온전한 색이 보였고, 영상은 온통 노란색이었다. 음악이나 더빙만 넣으면 됐다.

그럼에도 한겹은 이대로 만족하기보다, 중간에서도 색이 보일 수 있다는 생각에 최선을 다하는 중이었다. 잠시 뒤 한겹이 기지개를 켜며 입을 열었다.

"휴, 여기까지 해야겠다. 다들 한 번씩 봐줘."

한겹의 말에 모두가 몰려들었다. 한겹은 작업한 부분만 재생시켰다.

"일단 초반에 들어갈 배추만 넣어놨어. 하나는 왕배추를 크기만 작게 해서 넣어놨고, 두 번째는 이파리를 조금 너덜너덜하게 보이려다 보니까 힘들더라."
"이야, 잘했는데? 야, 이거 재밌다."

"정말 괜찮다. 정말 경주하는 거 같아. 한겸이 수고 많았네."

"이거 시간 엄청 걸렸겠네. 그래서 밤새운 거야?"

"응. 이제 두 개만 더 넣으면 될 거 같아. 오늘 내로 완성하고 주일기획에 확인하면 내일 더빙하면 되겠다."

한겸은 다시 기지개를 켜고는 수정을 보며 말했다.

"방 PD님이 성우 아시는 분들 있다고 했지?"

"원래 하던 분들 있어."

"왕배추 하나에 병든 배추 넷이면 몇 명을 섭외해야 해?"

"나도 잘 모르겠는데. 보통 2, 3명씩 담당하니까 두 명이면 되지 않을까? 그렇게 섭외해 달라고 할게. 내일 밤으로 잡는다?"

"낮에 가는 게 낫지 않을까?"

"너 그렇게 몸 쓰다가 몸 상해. 좀 쉬면서 해."

"범찬이랑 똑같은 말 하네."

"취소. 퉤."

한겸은 피식 웃고는 작업한 영상을 봤다. 우범이 말한 대로, 최소 제작비로 최대 효율을 뽑을 수 있을 것 같았다.

*   *   *

며칠 뒤. 한겸은 자신이 말했던 대로 스톱모션을 완성시켜 주일기획에 보냈다. 그러자 주일기획에서는 수정을 해 다시 보내왔고, 한겸은 최종적으로 완성된 영상을 강유에게 보냈다.

강유가 보내온 답변은 음악을 잘 모르는 한겸이 보더라도 방향이 제대로 잡힌 것 같았다. 강유는 유명한 OST를 예로 들었다. '불의 전차'에서 나온 Chariots Of Fire 같은 웅장한 느낌으로 한 악절을 반복해서 사용하면 된다고 했다.

그리고 이 곡을 사용하려면 저작권자에게 이용 허락을 받아야 하고, 그만큼 비용이 들어간다는 설명을 해주었다. 게다가 코미디 프로그램에서 자주 사용하기에 잘못하면 코미디처럼 보일 수 있다는 점도 지적해 주었다. 그 모든 의견을 종합해 BGM 작곡가에게 음악을 부탁했다.

작곡가는 웅장하게 들리기 위해 오케스트라를 추천했고, 제작비상 미디 프로그램으로 오케스트라를 대신하기로 했다. 결과물은 생각보다 마음에 들었다. 물론 자신의 생각이었기에 확인을 해야 했다. 영상에 넣어본 결과 특별히 이상함은 없었다. 음악을 넣어도 마지막 부분은 여전히 전체가 노랗게 보였다. 아직 남아 있는 것이 있었기에 한겸은 방 PD가 소개한 스튜디오에 자리한 상태였다.

방 PD는 노트북으로 광고를 보며 연신 감탄 중이었다.

"이거 정말 잘 만들었다. 진짜 괜찮네."

한겸은 기분 좋은 얼굴이었다. 주일기획에서 한 수정이 생각보다 마음에 들었다. 제치는 장면에서 이파리 색이 바랜 배추의 좌절하는 표정이 생동감 있게 느껴졌다. 배추들의 표정 덕분인지 좀 더 몰입되는 것 같았다. 무엇보다 광고 어디에서도 빨갛게 보이는 장면은 없었다는 점이 만족스러웠다.

방 PD와 대화를 나누던 중 섭외한 성우 두 명이 도착했다. 늦은 시간이었기에 인사를 간단하게 하고선 영상을 보여주며 만들어 온 대본을 주었다. 대본이라고는 대부분 숨 소리가 전부였지만 한겸은 자신이 생각한 그대로 담기 위해 최선을 다해 설명했다.

"왕배추는 계속 훅! 훅! 만 해주시면 돼요. 뒤는 신경도 안 쓰고 앞만 보고 달린다는 느낌으로요."

"훅! 웃! 훅! 이렇게 괜찮나요?"

"아, 괜찮네요. 그리고 뒤처지는 배추들이거든요. 표정에서 좌절이 느껴지잖아요. 그 느낌이 살게 해주시면 돼요."

성우들은 각자 숨 소리를 내며 연습했다. 그 모습을 본 한겸은 상당히 만족스러웠다. 전문 성우들이어서인지 확실히 느낌이 달랐다.

"가장 중요한 부분이 마지막에 '가장 좋은 것만'이거든요."

"가장 좋은 것만!"

"아, 그건 좀 너무 센 거 같아요. 어떤 느낌이냐면 1등 한 걸 당연하게 생각하면서 자부심이 있는 목소리예요. 그러면서도 너무 강하기보다는 포근한 느낌으로 해주세요."

"하하, 그게 무슨 목소리일까요?"

옆에 있던 방 PD는 한겸을 보며 헛웃음을 뱉고는 말했다.

"일단 전문가들인데 한번 맡겨봐. 일단 듣고 나서 느낌이 다르면 다시 하면 되니까."
"하하, 필요한 거 있으시면 요구하셔야죠. 저희도 사실 그게 더 편해요."

성우들의 웃음소리에 한겸은 조금 머쓱해졌다. 보통 제작자가 참여하는 경우는 적었지만, 한겸은 궁금한 나머지 현장까지 자리하고 있었다. 게다가 배우나 다름없는 사람들에게 연기 지도를 하고 있었다. 방 PD의 말대로 일단은 성우들에게 맡긴 뒤 부족한 부분을 채우는 게 맞는 것 같았다.
잠시 뒤, 성우들이 녹음실 부스 안으로 들어갔고, 곧바로 녹음이 시작되었다. 광고이다 보니 그리 오랜 시간이 걸리지 않았다. 몇 번을 더 녹음해 본 뒤 녹음실 엔지니어가 영상에 맞게 소리를 덮어씌웠다.

"확인 한번 하세요. 보시고 마음에 안 드시면 말씀하시고요."

더빙만 더해지면 제작은 끝이었기에 한겸은 어떤 색이 보이는지 기대하며 화면을 쳐다봤다. 그런데 같은 배추 캐릭터를 썼음에도 무언가가 맞지 않는 것인지 앞부분은 여전히 회색이었다. 온전한 색을 보려면 얼마나 많은 노력을 해야 하는지 알기에 이

해는 했지만, 그래도 아쉬운 마음을 지울 순 없었다.

그렇지만 계속 아쉬워하고 있을 수만은 없었다. 적어도 마지막 부분만큼은 꼭 색이 보여야 했다. 박재진이 분트 광고에서 더빙했을 때처럼 음악 없이 더빙만 들어간 부분은 색이 보일 확률이 높을 것 같았고, 성우들의 목소리도 좋았기에 기대를 하고 있었는데 결과물은 그렇지 못했다.

"아……."

아쉬움이 가득한 소리에 엔지니어가 입을 열었다.

"왜 그러세요? 뭐가 좀 이상한가요?"
"음… 마지막 '가장 좋은 것만'만 다시 해주실 수 있을까요?"
"괜찮은 거 같은데. 그래도 원하시니까 다시 해보죠."

성우들이 다시 부스로 들어갔고, 한겸은 묵묵히 그 모습을 지켜봤다. 더빙까지 완료했는데도 화면이 여전히 노란색이었다. 음악이 없는 부분이니 더빙이 잘못된 게 확실했다.

성우가 나오면 다시 확인하고, 또다시 더빙을 하는 일이 반복되었다. 한 번, 두 번이 넘어가더니 이제는 두 시간이나 지나 버렸다. 그러다 보니 성우들은 물론이고 엔지니어의 표정이 좋지 않았다.

"죄송합니다. 비용을 더 드릴 테니 부탁드립니다. 꼭 찾고 싶은 부분이 있어서 그래요."

"돈이 문제가 아니라 더 이상 할 게 없어요. 사투리라도 할까요? 쬐고로 좋은 굿만. 이렇게라도 해드려요?"

한겸도 미안한 마음이 없을 수가 없었다. 하지만 꼭 색을 봐야 했기에 미안함을 무릅쓰고 부탁했다. 그러던 중 성우의 사투리를 듣고 나니 예전에 박재진이 음을 넣었던 것이 떠올랐다.

"혹시 음을 넣어서 해주실 수 있을까요?"

"마음대로요? 우리가 성우지 무슨 작곡가는 아니잖아요."

"몇 번만 부탁드려요. 정말 죄송합니다."

성우들은 한숨을 쉬고는 다시 부스로 들어갔다. 그리고 성우들 마음대로 대사를 뱉어냈다. 음을 넣어보기도 하고, 사투리로 해보기도 했다. 하지만 아무런 소용이 없었다. 성우들만큼이나 한겸도 답답했다.

결국 아무런 소득 없이 더빙 작업을 마무리하고 스튜디오를 나서야 했다. 스튜디오를 나온 한겸은 답답함을 풀기 위해 숨을 크게 내뱉었다. 잠시 뒤 방 PD가 인사를 마치고 내려왔다.

"어휴, 내가 너 깐깐한 건 알았는데 더빙까지 그럴 줄은 몰랐네."

"잘될 거 같았는데 뭐가 좀 부족하네요."

"저 사람들 꽤 유명한 사람들인데 내가 민망해서 혼났네. 내가 말 잘했으니까 한 타임 비용만 줘."

"아니에요. 뭐가 좋은 건지 모른 상태에서 한 거니까 맞게 드려야죠."

제작비가 얼마 안 들어갈 거라고 생각했는데, 이상한 부분에서 제작비를 쓰게 생겼다. 그래도 이대로 만족하기에는 너무 아쉬운 마음이었다. 지금 성우들로 안 된다면 다른 성우들로도 해봐야 된다는 생각에 방 PD에게 말했다.

"저, 다른 성우분들하고 작업할 수 있을까요?"

"또 하게? 내 생각은 어떤 성우를 데려와도 비슷할 거 같거든. 그래서 그런데, 다른 부분을 수정하는 게 어때?"

"다른 부분은 고칠 부분이 없어요."

"그러지 말고, 네가 잘하는 거 있잖아. 막 카피 위치 옮기고 그런 거 말이야."

"지금 게 최종적으로 나온 거거든요."

"어휴, 뭐, 모르겠다. 그렇다고 더빙 위치를 옮길 수도 없고."

그 말을 들은 한겸은 고개를 천천히 돌렸다. 그러고는 방 PD를 보며 입을 열었다.

"스튜디오에 조금 전에 작업한 거 전부 있겠죠?"

"왜, 가져오게?"

"네. 가져와야 될 거 같아요. 그리고 방 PD님."

"왜? 왜 그렇게 봐."

"아직 퇴근 안 하시죠?"

방 PD는 시계를 한 번 보고는 헛웃음을 뱉었다. 계속 답답해하던 한겸이 무언가를 발견한 것 같은 모습이었기에 거절하기가 쉽지 않았다.

*　　　　*　　　　*

프로덕션으로 자리를 옮긴 방 PD는 소파에 앉아 한겸을 쳐다봤다. 갑자기 프로덕션으로 가자더니 더빙 위치를 이리저리 옮겨달라고 했다. 더빙 위치를 바꿔 가며 옮기는 작업을 하던 중, 한겸이 갑자기 다 됐다며 소리를 질렀다. 그런데, 다 됐다는 말과 다르게 새벽이 넘어가는 시간까지 영상을 반복해서 돌려보는 중이었다.

"너 이제 그만 가. 나 퇴근하게."

"가야죠. 그런데 이거 한 번만 봐주세요. 싱크를 밀어서 하는 게 확실하거든요. 그런데 그렇게 하니까 너무 생뚱맞게 끝나는 느낌이에요. '가장 좋은 것만' 하고 바로 끝나니까 조금 이상하지 않아요? 0.5초만이라도 늘려보는 게 어떨까요?"

"어휴, 참 너도 대단하다. 어느 정도 하면 됐다고 하지 누가 너처럼 그렇게 매달려."

"하하, 저희를 믿고 맡긴 건데 잘 만들어야죠."

"지금도 충분히 잘 만들었거든? 뭐더라? 이름도 기억 안 나네. 아무튼 김치 공장에서 상이라도 준대?"

"박순정 김치예요. 하하, 오른쪽 상단에 로고 있잖아요. 아… 어……?"

한겸은 방 PD의 얼굴을 보며 자신의 이마를 엄청 세게 때렸다. 방 PD는 흠칫 놀랐다. 보고만 있어도 아픔이 느껴질 정도의 강도였다. 그러더니 한겸이 혼자 웃기까지 했다.

"야, 왜 그래. 너 마빡에 손바닥 자국 그대로 났어."

"괜찮아요. 안 아파요. 아무튼! 제가 너무 멍청했어요. 광고를 보면 어떤 회사인지 알아야 되는데 로고만 붙여놓고 광고에 박순정 김치가 전혀 안 나왔어요."

방 PD는 모니터를 보더니 살짝 놀란 표정을 지었다.

"그러네. 영상이 재미있어서 몰랐네… 허, 참."

"하하, 감사해요. 마지막 장면으로 임팩트를 주고 곧바로 박순정 김치를 넣으면 될 거 같아요. 그럼 생뚱맞게 끝나는 느낌도 없을 것 같거든요."

한겸은 답답함이 모두 날아간 듯한 표정이었고, 방 PD는 그런 한겸을 보며 조심스럽게 말했다.

"너희 회사 가서 해라."

"그래야죠. 감사합니다! 작업 끝나면 다시 보낼 테니 BGM하고 더빙 마스터링 작업 좀 부탁드려요."

"알았어. 가. 훠이, 훠이."

한겸은 무척 밝은 표정으로 프로덕션을 나왔다.

*   *   *

다음 날. 어제 프로덕션에서 곧바로 동아리실로 돌아온 한겸은 책상에 엎드려 자고 있었다.

"야, 겸쓰! 일어나 봐."

"한겸이 또 집에 안 간 거야?"

"후우, 어제 아빠하고 늦게까지 작업했다고 하더니 곧바로 이리 왔나 봐요."

세 사람이 떠드는 소리에 한겸은 뒤척이며 고개를 들었다. 그러자 한겸의 얼굴을 본 세 사람이 화들짝 놀랐다. 범찬은 한겸의 얼굴을 잡더니 이리저리 살폈다.

"누구랑 싸웠어?"

한겸은 잠이 덜 깬 목소리로 입을 열었다.

"왔어?"

"왔으니까 말하고 있지. 너 얼굴 왜 그래? 누구한테 맞았어?"

"아니. 갑자기 뭔 소리야."

"너 이마 시퍼런데?"

한겹은 이마에 손을 올렸다. 순간 통증이 느껴졌고, 거울을 보니 범찬의 말대로 멍이 들어 있었다. 한겹은 민망하게 웃고는 입을 열었다.

"그냥 그런 일이 있었어. 나 양치만 좀 하고 올 테니까 그동안 영상 봐봐. 아직 마무리는 안 됐는데 거의 끝났어."

"벌써?"

"아직 남았다니까. 조금만 바꾸면 될 거 같아."

한겹은 하품을 하고는 동아리실을 나갔다. 동아리실에 남은 세 사람은 곧바로 한겹의 자리로 가 화면에 있는 영상을 재생했다. 확실히 소리가 들어가니 느낌이 달랐다. 세 사람은 집중하며 화면을 봤고, 어느덧 영상이 끝났다.

"원래도 괜찮았는데 소리까지 넣어놓으니까 너무 좋다. 마지막 카피는 적다 말았네. '맛있게' 뒤에 뭐가 나오려나."

"휴, 그런데 한겹이……."

"오빠 그만! 스톱모션이라서 모션 연결해야 하니까 혼자 할 수밖에 없었던 거잖아요. 그리고 우리도 그만큼 포스터 작업하니까 미안해하지 말아요. 그냥 수고했다고만 해요."

"그런 거 아니야. 한겸이가 슬로건을 잘못 적은 거 같아서."

범찬과 수정은 종훈을 쳐다봤고, 종훈은 어색한 표정으로 웃었다.

*   *   *

종훈은 시선이 집중되는 게 어색했는지 멋쩍게 웃으며 입을 열었다.

"우리 집이 대전이거든. 그래서 한겸이 도와줄 거 없나 해서 엄마한테 박순정 김치 아냐고 물어봤어."

"인지도 별로였잖아요."

"응. 광고 맡았다고 그랬더니 좋아하시면서 지역신문에 난 기사를 보내주셨더라고. 많지는 않고 몇 개 있었어. 그런데 최근에 난 기사 제목이 전부 똑같아서, 신기해서 찾아보니까 박순정 김치 슬로건이었어."

"박순정 김치에 슬로건이 있어요?"

"자료에 없어서 나도 몰랐는데 지역신문 기사에 있더라고."

"그런 걸 찾아봤어요?"

"그냥 같이하는 거니까 도움이 돼야 할 것 같아서 엄마한테 물어본 거지."

범찬과 수정은 자신들 나름대로 열심히 하고 있다고 생각했는데 종훈을 보니 약간 민망했다. 이제는 범찬이 어색한 표정을 지었다.

"슬로건이 뭔데요?"

"잠깐만. 마침 한겸이가 적어놓은 거 있으니까 여기다 적으면 되겠다. 이거, 말하는 거처럼 보이게 하려는 거겠지?"

"그런 거 같은데요? 왕배추가 로고 들고 소리치는 거 같은데."

마지막 장면에서는 머리띠를 하고 있는 배추가 박순정 김치의 로고를 들고 있었다. 기와집 지붕으로 보이는 곳 밑에 박순정 김치 카피가 적혀 있는 형태였다. 종훈은 한겸이 작업하던 것을 불러와 곧바로 추가 작업을 했다. 그사이 한겸이 양치를 하고 동아리실로 들어왔다. 세 사람이 머리를 맞대고 모니터를 보는 모습에 한겸도 궁금해져 머리를 들이밀었다. 그리고 모니터를 보는 순간 한겸이 소리쳤다.

"어? 뭐야? 왜 색이 보여!"

"아! 내 고막!"

"왜?! 뭐 했는데 색이 보이지?"

"얘 또 저러네. 너 뭐 빼놓았다고 종훈이 형이 추가했어. '어머니의 손맛을 담았습니다'가 슬로건이래."

"어머니의 손맛을 담았습니다……."

마지막 장면에 넣어놓은 왕배추가 노란색으로 보인 탓에 밤새 고민을 하다가 잠이 들었다. 색이 안 보였다면 모를까, 보인 이상 카피를 짜서 넣어보는 작업이라도 해야 할 것 같아 끙끙댔는데 따로 슬로건이 있다는 건 전혀 몰랐다. 한겸은 어떤 카피를 넣어도 색이 보이지 않던 이유를 이제야 알게 되었다.

"우리한테 준 자료에 슬로건 없던데 어떻게 알았어요?"
"지역신문에 나왔대. 이 정도면 종훈이 형 에이스 아니야?"
"그러게. 종훈이 형 덕분에 다 했네."

종훈은 민망하면서도 기분이 좋은지 미묘한 웃음을 짓고 있었다. 한겸은 그런 종훈에게 엄지를 내밀었다. 그러고는 씨익 웃으며 입을 열었다.

"형이랑 같이해서 정말 다행이에요."
"응……? 아……."

범찬은 못 들을 걸 들었다는 듯 얼굴을 찌푸리며 몸을 떨었다.

"아, 오글거리게 뭐 하는 짓들이야. 일이나 해! 돈 벌어야지!"

한겸은 피식 웃고는 입을 열었다.

"이제 대표님이 플래너 구하기만 하면 끝이다!"

$$* \qquad * \qquad *$$

우범은 학교에서 면접을 볼 수 없었기에 면접 기간 동안만이라도 사용할 사무실을 대여했다. 그리고 이곳에서 며칠 동안 면접을 보느라 모든 시간을 소비했다. 면접을 신청한 사람이 생각보다 많아 놀라기도 했다. 이제 대학교를 졸업한 사람부터 경력직까지 상당히 다양했다. 요새는 미디어렙사 같은 게재 대행사에서 하는 일을 광고 회사에서도 하다 보니, 이쪽 취업이 쉽지 않았을 것이다. 그러던 중 신기한 것을 발견했다.

"이 사람도 도날 대행사 사람이네. 경력은 도날뿐이고."

도날 대행사에서 근무했다는 사람이 지금 올 사람까지 3명째였다. 의아한 생각에 찾아보니 그다지 큰 회사는 아니었고, 이름마저 바뀌어 있었다. 그래도 그동안 대행했던 기획들을 보면 언론 쪽도 했고, 온라인은 물론이고 TV에까지 게재한 경력이 있었다. 앞서 면접을 봤던 두 명도 모두 따로 분류해 놓을 만큼 눈여겨본 사람들이었다. 그때, 기다리던 사람에게 연락이 왔다. 우범은 사무실을 알려주고 면접자를 기다렸다. 잠시 뒤, 사무실을 노크하는 소리가 들렸다.

"들어오세요."
"실례합니… 안녕하십니까."

텅 빈 사무실에 책상 하나만 딸랑 놓여 있으니 나오는 반응이었다. 지금까지 모두가 지금 들어온 사람처럼 놀라는 모습이었다. 우범은 미소를 짓고는 입을 열었다.

"면접을 보기 위해 임시로 임대한 겁니다. 면접 보러 오신 거면 이쪽에 앉으시죠."
"아, 네."
"연용환 씨 맞으시죠?"
"네, 맞습니다."
"면접하기 전에 제가 먼저 얘기를 할게요."

매번 그랬듯이 이곳에서 면접을 보는 이유와 함께, 회사에 대한 소개부터 해야 했다. 그러자 면접자는 누가 면접을 보는 건지 헷갈린다는 얼굴로 얘기를 듣고만 있었다. 설명을 끝낸 우범은 웃으며 입을 열었다.

"먼저 우리 회사에 대해서 궁금한 것부터 해결해야지 면접을 제대로 임할 각오가 생기겠죠? 궁금한 게 있으신가요?"
"회사가 인천이라고 들었는데 그럼 다른 직원분들은 인천에……."
"학교에 있죠. 아직은 학교 동아리실이 사무실입니다. 물론 플래너분들이 사용하실 사무실은 따로 구할 겁니다."

가만히 듣고 있던 연용환은 흠칫 놀랐다.

"그럼 대학생들이 일반 회사들과 경쟁해서 입찰을 따낸 겁니까?"

"그렇죠. 현재 광고를 제작 중이고, 그 광고를 게재할 플래너를 구하고 있는 겁니다."

연용환도 회사 정보를 보고 지원한 건 맞았다. 하지만 직원들이 대학생일 거라고는 생각하지 못했다. 그러다 보니 약간 불안한 마음이 생겼다.

"그럼 임시 계약직을 구하시는 거였나요?"

"플래너로 4대 보험, 정규직, 경력직 우대, 신입 무관까지 전부 공고했습니다. 확인하고 오신 거죠?"

"아… 네."

"그럼 궁금한 건 다 해결되신 겁니까?"

"네."

"그럼 이제 제가 물을 차례군요."

우범은 다른 면접자들에게 했던 질문을 던졌다.

"연용환 씨가 생각하기에 회사를 유지하기 위해서 가장 중요한 것은 어떤 요소라고 생각하십니까?"

연용환은 순간 당황했다. 일에 대해 물어볼 거라고 생각했는데 전혀 뜻밖의 질문이었다.

"괜히 꾸미지 마시고, 그동안 회사를 다니시면서 느꼈던 점을 말씀하시면 됩니다."
"네… 전 믿음이라고 생각합니다. 개인이 모여 집단을 이룬 이상 믿음이 없다면 와해가 됩니다."

메모를 하던 우범은 연용환의 눈을 가만히 바라봤다. 신기하게도 도날 출신의 나머지 두 사람도 내용은 다 달랐지만, 결론은 같았다. 그리고 그건 자신이 듣고 싶은 대답이었다. 그 뒤로도 우범은 계속해서 질문을 했다.
연용환은 질문을 받을 때마다 당황했다. 면접을 보러 온 건지 인성 검사를 받으러 온 건지 헷갈릴 정도로 됨됨이를 보려는 것 같았다. 인생관이나 좌우명부터 시작해 대인관계까지 물어왔다. 성향에 대해서 알아보려는 질문들이었다. 그런 질문들이 한참이나 계속되었다.

"그럼 마지막으로 한 가지만 더 질문하죠."
"네."
"동료하고 일 문제로 갈등이 있었던 적이 있습니까?"

연용환은 이번에도 당황했다. 지금 상황상 어떤 대답을 해야 할지 무척 난감했다. 한참을 머뭇거리던 끝에 사실대로 말하기로 결정했다.

"있습니다."

"그럼 해결은 어떻게 했습니까?"

"하지 못했습니다. 그 일로 회사에서 나오게 되었습니다."

"갈등이 생기면 피한다고 생각해도 됩니까?"

"피했다기보다… 해결할 수가 없었습니다."

"자세히 물어도 될까요?"

"대표와 대립이 좀 있었습니다. 대표는 다른 회사와 합병하길 원했고, 저는 이대로 남길 바랐습니다. 남길 바란 이유는 저희 팀원이 주식회사 두립의 미디어 게재를 맡을 기회가 왔거든요. 그 일만 맡게 되면 회사가 커갈 수 있었는데, 대표는 생각이 달랐습니다."

"두립의 광고를 하지 않고 TX에 흡수 합병을 진행했겠군요. 개인사업자인 도날은 그대로 흡수가 되었겠고요. 그럼 존속 가능한 상태로 진행됐을 텐데 왜 함께 가지 않았습니까?"

"갈 수가 없었습니다. 전 반대했었거든요."

"왜 반대했죠?"

"도날이 작긴 해도 계약직 직원들이 두 명 있었습니다. 그런데 합병을 하게 되면 유지되는 직원 수가 있어서, 그 친구들을 전부 내쳐야 했거든요. 말만 계약직이지 직원이나 다름없었습니다. 일도 잘했고요. 두립의 게재 대행을 따 올 때도 함께 일했던 친구들인데, 어떻게 그 친구들을 버리고 갈 수가 있겠습니까. 그래서 반대했고 결국 나오게 됐습니다."

우범은 연용환의 얼굴을 물끄러미 바라봤다. 좀 미련해 보이기는 했지만, 팀원들과 상당히 잘 어울릴 것 같은 사람이었다. 면접을 보며 사람을 본 것도 전부 한겸과 아이들을 위해서였다. 비록 부서가 다르긴 해도 최대한 융화될 수 있는 사람을 우선적으로 뽑는 중이었다. 그리고 연용환은 성향이나 이상 모두 상당히 괜찮다는 사람이라 느끼는 중이었다. 그때, 문득 전에 봤던 사람들이 떠올랐다.

연용환은 씁쓸하게 웃었다. 자신이 면접관이라면 자신을 뽑지 않을 것 같았다. 어찌 됐든 대표와 대립했다는 건 회사로서 좋아할 얘기가 아니었다. 그때, 서류를 뒤적거리던 우범이 입을 열었다.

"김찬용 씨, 박기정 씨 아십니까?"

"어……?"

"아시나 보네요."

"그 친구들이 계약직 친구들입니다. 그 친구들도 면접을 본 건가요……?"

"그렇죠."

우범은 그제야 알았다는 듯 고개를 끄덕거렸다. 그때, 한겸에게서 메시지가 도착했다.

[광고 완성해서 메일로 보냈어요.]

우범은 피식 웃고는 다시 연용환을 처다봤다. 이제야 처음으로 업무에 대해서 물어도 될 사람이 나타났다. 우범은 옆에 놓아둔 노트북을 열더니 입을 열었다.

"그럼 실무 면접을 할까요?"
"네!"
"일단 이 자료를 먼저 보시죠. 그리고 제가 보여 드리는 광고를 보신 뒤 어떻게 광고하는 게 가장 적절할지 말씀해 보세요. 기본 자료에 한해서 계획을 짜주시면 됩니다."

우범은 미리 준비한 자료를 건넨 뒤 가만히 기다렸다. 잠시 뒤 연용환이 자료를 보고 고개를 들자, 우범은 노트북을 연용환 쪽으로 돌리고는 광고를 재생시켰다. 연용환은 평소보다 더욱 집중했다. 앞서 망친 대답을 만회할 수 있는 기회라고 생각했다.

—헛! 헛! 헛!
—같이 가… 데리고 가줘…….
—헛! 헛!

"와……."

용환은 감탄하며 광고를 봤다. 잘 만들기도 했는데 몰입도가 엄청났다. 최대한 객관적으로 보기 위해 빠져들지 않으려고 노력했는데도 배추에만 시선이 고정됐다. 그리고 광고가 끝났다.

"가장 좋은 것만… 정말 좋네요."
"이번에 제작한 광고입니다. 일주일이 채 안 걸렸습니다."
"허……."
"어떻게 플랜을 짜시겠습니까?"
"한 번 더 봐도 될까요?"

우범은 웃으며 고개를 끄덕거렸다. 제대로 된 답을 주기 위해 파악하려는 모습이 마음에 들었다. 용환은 몇 번 더 광고를 돌려보더니 눈을 심하게 깜빡거렸다. 속도가 얼마나 빠른지 아무것도 보이지 않을 것 같았다.

"괜찮으십니까?"
"아! 제가 생각할 때 눈 깜박이는 게 버릇이라서. 좀 심하죠?"
"괜찮다면 다행입니다. 이제 대답해 주시겠습니까?"

용환은 다시 눈을 심하게 깜빡거렸다. 그러고는 이번엔 휴대폰으로 무언가를 검색했다. 잠시 뒤 용환이 눈 깜빡임을 멈추고는 입을 열었다.

"타깃층은 30, 40대가 70% 이상을 차지하고 있군요. 제가 플

랜을 짠다면 어린이들에게 집중할 것 같습니다. 예를 들어 뽀뽀
뽀를 검색해도 이 광고가 나올 수 있도록, 등록 키워드도 대부
분 어린이들이 관심을 갖는 걸 조사해서 넣겠습니다."

"이유를 들어보고 싶네요."

"정확히 말하면 아이가 있는 가정을 노리는 겁니다. 일찍 결혼
할 수도 있지만, 통계청을 보니까 결혼 연령대가 25세부터 33세
에 집중 분포되어 있습니다. 남성의 경우 평균이 33세, 여성의 경
우 31세로 비슷하죠. 그럼 그 사람들이 아이를 낳게 되면, 아이
도 휴대폰을 보게 됩니다."

"어떻게 아시죠?"

"저도 그랬거든요. 아이한테 휴대폰을 안 주면 밥을 먹을 수
가 없어요. 그렇다고 아무거나 보도록 방치할 수도 없으니까, 방
송을 틀어주는 사람은 부모거든요. 그럼 자연스럽게 광고를 볼
수 있게 되는 거죠. 그래서 제가 플랜을 짜면 그렇게 할 것 같습
니다."

우범은 매우 만족했다. 인성도 좋고, 무엇보다 짧은 시간 내에
상당히 괜찮게 들리는 계획을 내놨다. 이 사람을 놓치게 된다면
아무래도 후회를 할 것 같았다.

*　　　　*　　　　*

우범은 더 이상 면접을 볼 필요도 없을 것 같았기에 대뜸 손
을 내밀었다.

"같이 일하시죠."

연용환은 무척이나 당황한 표정이었지만, 일단 우범의 손부터
잡았다.

"그런데 곧바로 합격 통보를 해주시는 건가요……?"

우범은 씨익 웃고는 입을 열었다.

"제가 대표입니다. 회사가 이제 시작하는 단계라서 채워가는
중입니다."

용환은 얼떨떨한 표정이었다. 우범이 대표라는 걸 알아서가
아니었다. 작은 기업은 이런 경우가 상당히 많으니 놀라진 않았
다. 다만 아무리 작은 회사라고 해도 분트 공모전에서 대상을 탔
고, 중소기업의 광고를 입찰받은 곳이라면 지원자가 생각보다 많
았을 것이다. 옆에 놓아둔 서류만 봐도 한 뭉치였다. 그런데 면
접을 망쳤다고 생각한 자신이 뽑혔다는 게 신기해 얼떨떨했다.

"출근은 일주일 뒤부터 하시면 됩니다."
"그런데 사무실은—"
"걱정하지 않으셔도 됩니다. 제가 주소를 보내 드리겠습니다.
그리고 미디어 플랜 팀원은 총 세 명이고 경력은 인정하되 직급

은 없습니다. 회사 내에 직급이 있는 사람은 저뿐이고, 직원 간 모든 호칭은 프로가 될 예정입니다. 이런 말을 먼저 하는 이유는 아직 합격 통보를 하지 않았지만 나머지 두 분이 김찬용 씨, 박기정 씨가 될 예정이라서 말씀드리는 겁니다."

"아! 찬용이하고 기정이요? 정말입니까?"

연용환은 자신이 합격했다는 말을 들을 때보다 더 기뻐했다. 그 모습을 보고 있는 우범마저 기분이 좋아졌다. 이제 나머지 두 사람에게 통보를 해주면 면접은 끝이었다. 그래도 아직 할 일이 많았기에 면접을 마무리하기 위해 연용환에게 손을 내밀었다.

"그럼 다음 주에 뵙죠. 연 프로님."
"네! 열심히 하겠습니다!"

우범은 씨익 웃고는 맞잡은 손을 흔들었다.

＊　　　　＊　　　　＊

며칠 뒤. 한겸은 우범에게서 직원들과 사무실을 구했다는 연락을 받았다. Do It 프로덕션이 있는 부평역에서 조금 떨어진 곳이었다. 한겸은 어떤 사무실을 구했을지 궁금한 마음에 서둘러 일을 마치고 팀원들과 함께 사무실 앞에 도착했다. 그때, 종훈이 고개를 갸웃거리며 입을 열었다.

"대표님은 왜 이렇게 멀리 구하셨지?"

"진짜 왜 이렇게 멀리 구했지? 방 PD님 만나러 갈 때도 힘든데. 메일로 보내면 되나?"

"난 매일 여기서 학교까지 가는데?"

한겸은 우범이 이곳에 사무실을 구한 이유를 알 것 같았다. 메일로 일을 하거나 부서가 다르다고 해도, 만나서 회의를 해야 할 때가 분명히 있었다. 거기에다 제작을 하게 되면 프로덕션과도 만나야 하니, 프로덕션과 가까운 곳에 사무실을 구해 동선을 최소화한 것 같았다.

한겸은 고개를 들어 건물을 쳐다봤다. 4층 건물 중 2층이었고, 12평 사무실이었다. 보증금 천 만 원에 월세 50만 원이라고 들었는데 외관상 큰 문제는 없어 보였다. 한겸은 고생했을 우범을 생각하며 사무실로 올라갔다. 문이 활짝 열려 있었고, 안으로 들어가자 쪼그리고 앉아 무언가를 하고 있는 우범이 보였다.

"안녕하세요."

"와, 대표님. 그렇게 입으니까 또 달라 보이시는데요?"

우범은 작업을 하고 있었는지 티셔츠에 트레이닝복 바지를 입고 있었다. 티셔츠는 땀을 얼마나 흘렸는지 몸에 달라붙어 있었다.

"아직 작업 중이라고 다 되면 오라고 했잖아."

"혼자 바닥 타일 붙이고 계셨던 거예요? 하실 거면 에어컨 좀 틀고 하시지."

"에어컨 내일 오기로 했다."

한겸은 고개를 들어 천장을 봤다. 가격이 싸서인지 사무실이면 보통 달려 있는 천장형 에어컨이 없었다. 가만있어도 더운데 작업까지 했을 우범을 생각하니 미안한 마음이었다. 한겸은 지금이라도 도울 생각에 서둘러 우범의 옆으로 갔다.

"어떻게 하면 돼요?"

"그냥 떼서 스티커처럼 붙이면 된다."

한겸이 우범의 옆에 자리하자 팀원들도 자신들이 할 만한 일이 있는지 주변을 둘러봤다.

"이거 책상이죠? 조립할까요?"

"그래. 의자까지 다 해."

"네. 그런데 하지 말라고 하실 줄 알았는데, 크크."

"온 김에 하고 가라."

팀원들은 피식거리며 한쪽에서 상자를 뜯기 시작했고, 한겸은 우범을 도와 바닥에 타일을 붙이기 시작했다. 한참을 작업하던 중 우범이 입을 열었다.

"내일모레 플랜 팀하고 미팅하자. 그날 서로 인사도 하고, 계획도 들어보고 해야 하니까 5시쯤 와."

"네. 그런데 어떤 분들이세요?"

"면접만 봐서는 좋은 사람들. 같은 회사에서 일한 만큼 팀워크는 문제가 없겠지. 아니더라도 팀워크야 만들면 되니까."

"대표님이 그러시니까 궁금하네요. 그런데 이번에는 저희가 미디어 플랜 짜야겠죠?"

우범은 피식 웃고는 말을 이었다.

"지금처럼 하던 일이나 하면 된다. 플래너들이 맡아서 할 테니까. 큰 가닥은 잡혔으니까 오래 안 걸릴 거다."

"큰 가닥이 뭔데요?"

우범은 타일을 붙이며 면접에서 들었던 내용을 얘기해 주었다. 한참을 듣던 한겸은 약간 놀랐다. 소비자를 바라보는 시각이 조금 달랐다. 소비하는 당사자만 보지 않고 소비자의 모든 면을 고려한 계획이었다.

"그렇게 어필할 수도 있네요."

"아이가 있다 보니 그런 생각이 가능했던 거지."

"삶의 경험이네요."

우범의 말을 듣고 나니 플래너들이 더욱 궁금했다.

*   *   *

며칠 뒤. 용환은 떨리는 마음으로 사무실 앞에 도착했다. 새로운 직장이기도 했고, 함께 일했던 동료들을 볼 생각에 약간 설레었다. 며칠 전 대표가 주소를 알려주며 두 사람은 아직 자신이 함께한다는 사실을 모른다고 했다. 그리고 처음 한 업무 지시가 그 두 사람과 극적인 만남을 통해 공동체적 유대감을 끈끈하게 만들라는 것이었다. 처음 들었을 때는 장난하는 줄 알았는데, 가만히 생각해 보니 이쪽 일을 하는 데 소통만큼 중요한 게 없었다. 그렇기에 그런 지시를 내린 것 같았다.

용환은 놀랄 두 사람을 생각하며 사무실 문을 열었다. 그러자 아직 맡은 일이 없어서인지 대화 중인 두 사람이 보였다.

"안녕하… 연 팀장님?"
"연 팀장님! 여기 어떻게 오셨어요?!"
"일들 안 하고 뭐 하고 있는 거야? 놀고 있었던 거야?"

용환은 두 사람의 표정을 보자 무척 재미있었다. 이래서 이벤트를 하는구나 생각이 들 정도로 즐거웠다.

"정말 어떻게 오신 거예요?"
"어떻게 오기는, 일하러 왔지."

"일이요? 무슨 일이요? 저희 오늘부터 출근한 거라서… TX에서 뭘 맡기는 건가요?"

"TX? 웬 TX. 박순정 김치 플랜 짜야 할 거 아니야."

두 사람은 서로의 얼굴을 보더니 이내 입을 크게 벌리며 놀랐다.

"연 팀장님도 C AD로 옮기신 거예요? 왜요? TX는 어쩌고요?"

"TX 나오신 거예요?"

"천천히들 물어봐."

용환은 연신 미소가 가득한 얼굴이었다.

"TX는 별로더라고."

"하긴 처음부터 반대하셨었죠… 저희 때문에. 안 그래도 팀장님께는 연락드리려고 했는데."

"뭘 너희 때문이야. 그냥 그 쥐새끼 같은 대표가 싫어서 그랬지. 하하, 아무튼 반가워. 다시 같이 일하게 됐네."

두 사람도 그제야 무척이나 기뻐하는 얼굴로 변했다. 그것도 잠시, 김찬용이 갑자기 움찔거렸다. 그러고는 무언가 알았다는 듯 입을 열었다.

"아! 그래서 면접 됐다고 연락 왔을 때 들었던 얘기만큼만 해

달라고 한 건가?"

"너도 그랬어? 나도 그랬는데? 어디서 뭘 들었다는 건지 이상한 말을 하더라고."

서로 대화를 나누던 두 사람의 고개가 동시에 용환에게로 향했다.

"혹시 팀장님이 저희 둘 뽑아주신 거예요?"

"내가? 설마. 나도 면접 보고 온 건데."

"그렇잖아요. 저희 둘 모두 뽑히는 게 이상하더라고요. 그런데 팀장님이 계신 걸 보니까 이해가 되네요. 도닐에서도 그렇게 챙겨주시더니… 정말 감사합니다."

"팀장님, 정말 감사합니다."

"나 아니라니까? 하하……."

두 사람은 상기된 얼굴로 연신 감사 인사를 했고, 용환은 이 상황이 상당히 어색했다. 도닐을 나온 이후 자신도 먹고살기 위해 두 사람을 신경 쓰지 못했기에 감사 인사가 상당히 부담스러웠다. 아무리 아니라고 해도 두 사람은 확신하는 듯 보였다.

그때, 사무실 문이 열리며 우범이 들어왔다. 우범은 세 사람을 가만히 살펴보더니 만족한다는 얼굴로 웃으며 다가왔다.

"연 프로님, 오후에 기획 팀하고 미팅 있으니까 준비해 주세요."

"저번에 말씀드린 대로 진행하면 될까요?"

"네. 그게 좋을 거 같으니 자세히는 아니더라도 설명할 수 있게 준비해 주세요."

"네!"

"김 프로, 박 프로한테도 설명 좀 부탁드립니다."

"네."

대표의 말이 끝나자마자 두 사람이 아까보다 더 확신에 차 있는 표정으로 용환을 바라봤다. 용환은 민망해하며 대표를 봤다. 그러자 대표의 얼굴에서 희미하게 미소가 보였다. 아무래도 지금 모습을 전부 계획하고 있었던 것은 아닐까 하는 생각이 들었다.

*   *   *

분트의 광고가 계속될수록 들어오는 일거리가 늘어났다. 영상 광고 제작 의뢰도 있었지만, 박순정 김치와 컨펌을 앞두고 있었기에 따로 여력이 없었다. 그래서 대부분 포스터 작업을 하는 중이었다. 주일기획만으로는 버거웠기에 C AD 팀원들까지 제작에 합세했고, 그 때문에 플랜 팀과의 미팅에는 한겸 혼자만 자리했다.

"고정 타깃층은 만 2세부터 11세까지입니다. 그리고 그들이 가장 많이 사용하는 플랫폼이 Y튜브와 유에이블입니다. 그래서 이 두 곳을 주력으로 사용해야 합니다. 영상 제작도 트루 뷰 인스트림을 염두하고 제작한 길이라고 판단했습니다. Y튜브는 이대로 트루 뷰 인스트림으로 진행할 예정입니다. 어린이들이 모바일로 주로 시청하다 보니, PC는 제외하고 모바일로만 광고를 해야 합니다. 어린이들은 보통 휴대폰으로 영상을 보거든요. 다만 유에이블은 조금 다릅니다."

한겸은 흥미로운 얼굴로 설명을 들었다. 자신의 생각과 비슷했지만, 좀 더 추가된 계획이었다.

"유에이블은 인스트림 개념이 아닌 CPM으로 진행될 예정입니다. 얼마나 광고를 노출시키냐에 따라 달라지겠지만, 기본 비용은 천 번 노출당 6,000원입니다. 클릭률도 1%로서 괜찮은 편입니다."

그 뒤로도 용환은 한참을 설명했다. 질문할 것이 없을 정도로 괜찮은 설명이었다. 게다가 같은 회사 출신이어서인지 PPT를 하며 보여주는 모두의 모습이 상당히 매끄러웠다. 전체적으로는 용환이 이끌고 나갔지만, Y튜브와 유에이블은 다른 두 사람이 설명했다. 그럼에도 정신없기는커녕 더 귀에 잘 들어왔다.

"확실히 괜찮네요. 광고가 스톱모션 형식이라 아이들의 시선도 끌 수 있을 것 같고요."
"그렇습니다. 아이들이 봐도 무방한 광고라서 타깃층을 정하기가 쉬웠습니다. 만약에 아이들에게 폭발적인 인기를 끈다면 모를까, 6개월은 무난하게 진행될 것 같습니다. 아이들 눈에 차기가 쉬운 게 아니거든요."

그 얘기를 듣던 한겸도 동의한다는 의미로 고개를 끄덕였다. 그때, 갑자기 라온에서 다른 방법으로 광고에 이목을 집중시켰던 일이 떠올랐다. 한겸은 곧바로 앞에 놓인 자료를 뒤집은 뒤 그 위에 생각을 정리했다.

발표를 하던 용환은 갑작스러운 한겸의 행동을 신기한 듯 바라봤다. 그러자 우범이 웃으며 입을 열었다.

"연 프로가 눈 깜빡이는 것하고 비슷한 겁니다. 좋은 아이디어가 떠올랐나 보군요."

한겸은 계속해서 생각을 정리했다. 한참이 지나서야 한겸은 자신이 적은 내용을 보더니 입을 열었다.

"광고가 나가는 동시에, 김치를 판매할 때 왕배추를 조그만 인형으로 만들어서 주는 거예요."

"음? 더 말해봐."

"구매자도 대부분 30, 40대니까 아이가 있다면 아이한테 주겠죠. 아이가 관심을 가질 수도 있지만 아닐 수도 있겠죠. 그런데 광고에서 배추가 나오는 걸 본다면 더 많이 관심을 갖게 되지 않을까요?"

"반대일 수도 있겠네."

"맞아요. 영상을 보고 김치를 시켰는데 배추 인형도 오는 거죠. 대신 돈을 받고 팔면 역풍을 맞을 수도 있어요. 아이를 대상으로 장사한다는 느낌을 주면 안 되거든요. 서비스 느낌으로요."

가만히 생각하던 우범은 이내 고개를 끄덕거렸다.

"경영 컨설팅이 아니고 홍보니까 컨설팅비를 받을 순 없고. 음, 내일까지 정리해서 보내. 박 대표와 인연을 만들어두자."

*　　　*　　　*

대전 박순정 김치에 온 우범은 광고의 모든 부분을 완성해 온 덕분에 편안한 표정으로 설명했다. 박순정 김치 쪽에서도 딱히 지적할 만한 것이 없었는지 회의실에는 우범의 말소리만 들렸다.

"그럼 제작한 광고 영상부터 보시죠."

박 대표는 고개를 끄덕이며 화면을 바라봤다. 첫 만남에서 우범이 보여줬던 자신감 때문에 상당히 기대하고 있었다. 그리고 화면에 광고 영상이 나오기 시작했다. 영상에서 왕배추가 경주를 하는 모습에 박 대표는 미소를 지으며 직원들에게 말했다.

"우리 왕배추가 잘 뛰네요."

"하하, 그러게요. 재미있네요."

"이러면 확실히 성 대표님이 말씀하신 대로 아이들에게도 어필할 수 있겠습니다."

마지막으로 박순정 김치의 로고가 나오며 영상이 끝났다. 그러자 박 대표가 조용히 박수를 보냈다.

"어머니의 손맛을 담았습니다. 좋네요. 저희 슬로건까지 넣어주시고. 세심한 배려가 느껴지네요."

"열심히 제작했습니다."

"그런 거 같아요. 생각보다 더 좋아서 놀랐어요."

우범은 살포시 미소를 지었다. 좋은 광고에 좋은 계획을 들고 온 이상 박 대표가 만족할 거라고 확신했다. 그리고 예상대로 박 대표는 무척이나 만족했다.

"그럼 이대로 진행하는 걸로 하겠습니다."

"잘 부탁드립니다."

"최선을 다하겠습니다."

박 대표가 악수를 하려고 일어나려 하자 우범이 웃으며 입을 열었다.

"저희가 따로 준비한 게 있습니다."

"또 있나요?"

"광고를 제작하며 좋은 아이디어가 있어 컨설팅을 준비했습니다. 저희 회사에 유능한 컨설턴트가 계획한 것이니 만족하실 겁니다. 들어보고 판단하시겠습니까?"

광고가 만족스럽다 보니 컨설팅에 대해 궁금해할 것이었다. 우범의 예상대로 박 대표는 기대된다는 표정이었다.

"들어보고 싶네요."

"알겠습니다. 저희가 준비한 건 인형입니다."

"인형이요?"

"네. 아이들에게 적극 어필할 수 있는 것이죠. 캐릭터 머천다이징에서 완구의 위치가 단연 톱입니다. 그만큼 하나의 캐릭터로 나오는 여러 가지 상품 중, 완구가 가장 어필이 된다는 말입니다."

"인형을 만들어서 팔라는 말은 아닌 거 같네요."

"맞습니다. 인형은 어린아이들을 위한 서비스 상품이죠. 앞선 설명에서 어린아이들을 타깃으로 잡은 이유를 설명했었습니다. 그 연장선이라고 보시면 됩니다. 아이를 가진 부모라면 자신의 아이가 예쁨받을 때 기분 좋지 않겠습니까?"

"그렇죠."

"인형이 별거 아닌 것처럼 보이지만 마음을 표현할 수 있는 방법이죠. 그리고 무엇보다 광고와 서로 시너지 작용을 할 수 있습니다. 마치 애니메이션과 인형처럼 말이죠."

"아, 우리 광고가 애니메이션 느낌이니까요."

우범은 환하게 웃으며 고개를 끄덕거렸다.

"맞습니다. 인형 제작 예산을 미리 준비했습니다. 저희가 알아본 바로는 샘플 제작비를 제외하고 10㎝ 인형 만 개 제작 시 오백만 원입니다. 개별 포장 시는 팔백오십만 원입니다. 아무래도 직접 하시는 것보다 개별 포장이 된 제품을 주문하시는 게 낫습니다. 인건비 절감이 되겠죠."

"아까 컨설팅이라고 하셨죠? 그럼 우리가 한다고 하면 컨설팅 비용은요?"

"경영 컨설팅이 아니고 홍보에 관한 컨설팅이니 제작비 내에 포함했습니다."

"정말인가요?"

"당연합니다. 박순정 김치가 잘되길 바라는 마음에서 준비한 것입니다."

우범은 가볍게 미소를 지으며 말했고, 그 말을 들은 박 대표와 옆에 있던 직원들은 무척이나 기뻐했다.

"인형을 제작하시려면 빠른 시일에 결정하시는 게 좋을 겁니다. 샘플 제작까지 해야 하다 보니 시간이 조금 걸릴 겁니다. 생각해 보시고, 저희가 알아본 제작 회사 목록은 따로 드릴 테니 연락해 보시길 바랍니다."

박 대표는 일어나 우범에게 손을 내밀었다. 그러고는 그 손을 힘차게 흔들었다.

"고마워요. 앞으로도 잘 부탁합니다."

*   *   *

며칠 뒤. 포스터 작업을 하던 한겸이 여유로운 표정으로 팀원들을 살폈다. 팀원들도 자신과 마찬가지로 여유로워 보였다. 그렇다고 일이 줄어든 것은 아니었다. 일은 계속하고 있었지만, 하면 할수록 손에 익어 여유가 생겼다. 게다가 게재에 대해서 신경 쓰지 않아도 되니 마음이 편했다. 그때, 부평 사무실에 가 있던 우범에게서 메시지가 왔다.

[광고 등록 다 했다. 바로 나오니까 확인 바람.]

메시지를 확인한 한겸은 이미 셀 수 없이 본 영상이지만 정식으로 풀린 영상을 보는 것은 처음이었기에, 곧바로 팀원들을 불러 모았다. 그러고는 광고를 찾아 재생했다.

"잘 나왔네. 다른 영상에 붙은 거 확인해 보자."

30, 40대 맞춤 광고였지만, 한겸이 사용한 컴퓨터에 저장된 쿠키가 전부 배추나 김치에 관련된 것들이었기에 오래 찾을 필요도 없었다. 한겸은 광고 건너뛰기 위에 마우스를 올려두고 광고를 봤다. 그리고 29초가 되었을 때 버튼을 눌러 버렸다. 그러자 범찬이 어이없다는 표정으로 입을 열었다.

"뭐 하냐? 뒤에 확인해야지!"
"하하, 돈 나가잖아. 다른 사람 많이 봐야 할 거 아니야."
"박순정 김치 직원이야?"

한겸은 피식 웃고는 입을 열었다.

"다들 수고했어. 이제 우리가 할 일은 끝이다!"
"응, 한겸이도 수고했어. 그런데 일은 계속 진행되는데 우리는 끝이라고 하니까 조금 어색하다."
"플랜 팀 분들 전부 잘하니까 걱정 안 해도 될 거예요. 대표님이 제대로 뽑으셨더라고요."

플랜 팀에서 작성한 계획서를 보며 만족한 팀원 모두가 동의한다는 듯 고개를 끄덕거렸다. 그러던 중 수정이 입을 열었다.

"그럼 우리 다른 입찰 알아봐야 하는 거 아니야? 계속 포스터만 할 건 아니지?"
"응, 그래야지. 분트에서 연락이 오면 좋겠지만 그건 확실치가 않으니까."

"그런데 정말 왜 연락이 없지?"

"기간이 한 달이라고 했으니까. 그래도 확실치 않으니까 다른 곳도 알아보자."

"우리 광고로 이미지 엄청 상승했는데 아무런 대답이 없는 것도 이상해."

수정의 말처럼 광고의 효과가 상당히 좋았다. 효과를 알아보는 법은 무척이나 쉬웠다. 분트와 제휴 사업자를 맺은 동양카드에서 쉴 새 없이 홍보를 하고 있었다. 분트 혜택이 있는 카드 발급 신청이 늘어났다. 더불어 프로모션까지 진행한다는 내용의 기사가 쏟아지고 있었다.

그뿐만이 아니라 카피가 굉장히 유행이었다. 박재진과 라온 소속 연예인들로 시작되었지만, 분트에서 광고 예산을 대폭 늘린 덕분이었다. 그 덕분에 인지도 1위였던 캐리 올을 누르고 인지도를 포함한 모든 부분에서 1위에 자리했다. 그럼에도 아직까지 연락이 없었다. 약속한 기간이 안 돼서일 수도 있지만, 지금 이대로 만족할 수도 있었다. 그동안 광고를 안 했던 분트라면 충분히 그럴 수 있었다.

수정에게 말했듯이 이대로 기다릴 수 없었기에 한겸은 입을 열었다.

"박순정 김치 광고 반응 보면서 다른 공개입찰 준비하자. OT 참여할 수 있게 기업들한테 우리 회사 소개 자료도 돌리고."

다들 알았다는 듯 고개를 끄덕였다. 그 모습을 본 한겸은 자신도 모르게 피식 웃었다. 예전 같았으면 분트에서 연락이 안 온다며 길길이 날뛰었을 사람들이, 이제는 직접 광고를 따 올 수 있다는 자신감이 생겨서인지 상당히 차분했다.

*   *   *

며칠 뒤. 분트의 마케팅 팀 김 팀장은 어머니의 생신을 맞이해 중식당에 자리했다. 여동생 가족까지 함께하니 인원이 상당했다. 회사 일이 너무 바빠서 겨우 시간을 내 자리하고 있었다. 그래서인지 어머니가 걱정하는 얼굴이었다.

"아유, 바쁘면 그냥 넘어가지. 주말마다 보는데 힘들게 왔어. 얼굴 봐."
"당신은 참! 당연히 참석해야지. 일이 있을 때 하는 게 좋은 거야. 그래야 인정받는 거다."

보다 안정적이길 바라는 마음에서 한 말이었기에 김 팀장은 웃어넘기고는 대답 없이 딸에게 밥을 먹였다. 그러자 옆에 있던 아내가 웃으며 대신 말을 했다.

"그래도 오빠, 회사에서 인정받고 있더라고요. 기사에 나왔던 오빠 회사 대표 있죠?"

"그 좋은 일 한다는 사람?"

"네! 그분이 오빠 고생한다고 좋은 영양제도 보내주셨어요."

"그래? 그럼 다행이고."

김 팀장은 머쓱해하며 웃었다. 대표가 영양제 같은 걸 보내는 통에 열심히 안 할 수가 없었다. 그러다 보니 영양제가 그리 고맙기만 한 것은 아니었다. 그래도 가족이 좋아하니 내심 뿌듯하기도 했다. 김 팀장은 웃으며 딸에게 짜장면을 주었다.

"우리 소영이 오늘 웬일로 이렇게 얌전할까?"

그러자 여동생이 신기해하며 입을 열었다.

"그러게, 신기하네. 소영이 다 컸네. 우리 동일이도 누나 좀 보고 배웠으면 좋겠다."

아닌 게 아니라 평소에는 둘이 난리를 부렸는데 오늘은 동생의 아들만 혼자 활개를 치고 다니는 중이었다. 때문에 외식할 때면 꼭 혼나고 울었는데, 지금은 아니었다. 김 팀장은 신기한 마음에 딸아이를 물끄러미 바라봤다.

그럼에도 딸은 대꾸도 없이 휴대폰만 보고 있었다. 휴대폰을 자주 주는 편은 아니었지만, 외식을 할 때만큼은 휴대폰을 보여주지 않으면 식사를 할 수 없었기 때문에 어쩔 수 없이 보여주곤 했다. 그래서 조용한 건가 생각할 때, 아버지가 웃으며 입을 열었다.

"소영아, 김치 먹을까? 할아버지가 물에 씻었어. 하나 줄까?"

평소에 김치라고는 입에 대지도 않는 딸이었다. 평일에는 부모
님이 소영이를 봐주셨는데, 김치를 안 먹는다는 걸 아시면서도
꾸준히 김치를 먹이려고 노력하셨다. 김 팀장이 웃으며 그 모습
을 지켜볼 때, 소영이가 갑자기 입을 벌렸다.

"아이고, 우리 소영이 잘 먹네."
"어? 소영아, 김치 먹어? 맛있어?"

딸아이는 맛이 없는지 인상을 쓰면서도 김치를 씹으며 고개
를 끄덕였다. 김 팀장은 딸의 모습이 귀여워 크게 웃었다.

"어머, 김치를 어쩜 저렇게 잘 먹어."

동생의 말을 들은 아버지가 웃으며 입을 열었다.

"동일이도 할아버지한테 와봐."
"싫어."
"할아버지가 너 좋아하는, 그 뭐야. 플라스틱 들어 있는 초콜
릿. 그거 사줄 테니까 와봐."

그제야 동일이가 아버지께 갔고, 아버지는 피식 웃으며 무릎에 아이를 앉혔다. 그러고는 어머니의 휴대폰을 가져가더니 한참을 만진 뒤 동일에게 보여줬다. 그러자 시끄럽던 동일이 조용해졌다. 그리고 잠시 뒤, 동일이 소리쳤다.

"다시, 다시! 할아버지 다시 해줘."
"하하, 기다려 봐. 너희는 밥 먹어. 내가 동일이 볼 테니까."

김 팀장은 그 모습을 보며 신기해했다. 그러고는 딸아이가 보고 있는 휴대폰 화면을 쳐다봤다. 딸아이는 새로고침을 하려는지 손가락으로 연신 스크롤을 끌었다. 한참을 그러던 중 화면에 광고가 나왔다. 그런데 그 광고가 익숙했다.

"어? 입상 반납했던 광고잖아. 조금 달라진 거 같은데."

김 팀장은 딸아이와 머리를 맞대고 화면을 쳐다봤다. 확실히 예전에 봤던 그 광고였는데, 배추 모양이 달라지고, 전보다 훨씬 생동감이 느껴졌다. 그때 자신이 상 반납 처리를 하느라 고생했기에 기억하고 있었다.

"오빠 아는 광고야?"
"응, 그렇긴 한데. 아! C AD하고 같이 일한다고 그러더니… 이것도 C AD 작품인가?"
"C AD가 뭔데?"

"우리 회사 광고 만든 회사야."

김 팀장은 멍한 표정으로 딸을 바라봤다. 딸은 광고가 끝나자 또다시 손가락으로 화면을 내렸다. 그 모습을 보던 김 팀장은 헛웃음을 지었다. 광고로 인해 딸이 김치를 먹는 걸 봤기에, 효과가 있다는 걸 직접 눈으로 확인한 셈이었다. 그때, 아버지가 하는 말이 들렸다.

"동일이도 김치 먹을까?"
"싫어."
"그래야 달리기 1등 하는데 싫어?"
"나 달리기 싫어!"

물론 취향도 타긴 했지만, 이 정도라면 확실히 효과가 있는 광고였다. 안 그래도 회의에서 분트 광고에 대한 얘기가 나오는 중이었다. 미국 본사에 광고를 이어나가야 한다고 꾸준히 기획서를 보냈음에도, 본사에서는 지금으로도 충분할 것 같다는 의견을 보내왔다. 분트 자체가 광고를 많이 하지 않는 곳이었기에 나온 답이었다. 하지만 이익이 점점 커지고 있으니 생각은 바뀌게 될 것이었다.

하지만 만약 광고를 이어나가게 되더라도 한국 본사에도 문제가 있었다. 임직원 회의에서 이미지광고를 이어가자는 의견은 일치했지만, 다른 대행사를 알아보자는 의견과 하던 대로 분트 공모전 대상자인 C AD에게 맡기자는 의견으로 나뉘었다.

이상하게도 대표는 광고에 관심이 보이지 않으며 중립 상태를 유지했다. 광고보다 신규 회원이 늘어난 것에 대비해 직원을 늘려야 한다는 의견만 내놓고 있었다. 가족이다 보니 객관성을 유지하고 싶어 하는 것처럼 보였다.

대표와 마찬가지로 자신도 중립이었는데, 이 광고를 보니 마음이 기울어지고 있었다. 이 김치 광고를 대표나, 반대하는 사람들이 본다면 어떻게 반응할지 궁금했다.

*　　　　*　　　　*

오랜만에 주말을 집에서 보낸 한겸은 기분 좋은 얼굴로 출근했다. 집에서도 간간히 포스터 확인을 하긴 했지만, 잠을 많이 잔 덕분에 피로가 조금 풀렸다. 자리에 앉은 한겸은 가장 먼저 박순정 김치의 광고부터 살폈다. 한참을 보고 있을 때, 범찬이 출근했다.

"오자마자 광고 보는 거냐?"
"어. 반응이 좀 궁금해서."
"플랜 팀에 연락해 보면 되잖아."
"연 프로님한테 연락해 보려다가 주말이라서 안 했어."
"올, 배려남."

범찬은 자리에 앉고선 말을 이었다.

"주말에 업무 연락하면 얼마나 짜증 나겠어. 안 그래?"

"안 했다니까?"

"그러니까 나중에도 하지 말라고. 중요한 일 있으면 먼저 연락해 주겠지."

한겸이 피식 웃을 때, 누군가 문을 두드렸다.

"성우범 씨! 택배입니다! 성우범 씨!"

우범을 부르는 소리에 서둘러 나가자 마침 출근하던 수정과 종훈이 박스를 받고 있었다. 한겸은 하얀색 스티로폼으로 된 박스를 받아 들고 붙어 있던 송장을 확인했다. 옆에 있던 종훈도 궁금했는지 송장을 쳐다봤다.

"박순정 김치에서 보낸 거네."

"김치겠죠?"

"스티로폼에 넣은 거 보니까 김치 같은데. 그런데 우리 냉장고도 없어서 쉴 거 같네."

한겸은 고개를 끄덕이고는 안으로 들어갔다. 그러고는 곧바로 우범에게 전화를 걸었다.

"왜 안 받으시지? 어디 미팅하시나?"

"이 아침에? 기다려, 기다리면 오겠지."

몇 번을 더 걸었지만, 연락이 되지 않았다. 시간관념이 철저한 사람이었기에 의아했다. 한겸은 고개를 갸웃거리며 다른 번호로 전화를 걸었다.

"연 프로님, 안녕하세요."

—네… 안녕하세요…….

"목소리가 왜 그러세요? 출근하신 거 아니에요?"

—네, 출근했죠.

"죄송한데 대표님 출근하셨어요? 전화를 해도 안 받으셔서요."

—대표님이요? 지금 잠깐 눈 붙이고 계신 거 같은데.

한겸은 고개를 갸웃거리고는 입을 열었다.

"어디 아프신 거예요?"

—아니요. 좀 전까지 일하시다가 지금 잠깐 눈 붙이고 계세요. 그런데… 저, 죄송합니다…….

"네?"

—아, 대표님 일어나셨네요. 연락해 보세요.

한겸은 끊어진 휴대폰을 쳐다본 뒤 우범에게 연락을 했고, 전화 너머의 우범이 어떤지 상상되는 목소리가 들렸다. 상당히 가라앉은 목소리만 들어도 무척이나 피곤한 게 느껴졌다.

"주말인데 출근하셨어요?"

—어. 일이 있어서 출근했다. 그런데 왜 전화했어?

"김치가 와서요."

—김치? 음, 인형 보내면서 김치도 보내셨나 보다. 안에 보면 인형 있을 거니까 한번 보고 김치는 너희들 먹어라.

"네. 그런데 주말에도 출근하시고, 무슨 일 있으세요?"

—왕배추가 인기가 너무 많다.

왕배추라고 말했지만, 인형 때문은 아닐 것이었다. 그럼 우범이 출근을 했을 리가 없었다. 남은 건 광고뿐이었다. 한겸은 기대되는 얼굴로 우범의 말을 기다렸다.

—연 프로가 게재 방법 바꿨다.

"왜요? 광고를 그 정도로 많이 봐요?"

—그래. 광고를 너무 많이 봐서 이대로라면 한 달도 못 간다고 그러더라. Y튜브 30초 이상 봐야지 돈 낸다고 했지.

"최저로 등록해서 75원이잖아요."

—그래. 그 Y튜브에서만 트루 뷰로 1,800만 원이다. 약 이십사만 번을 봤다는 거지. 그리고 유에이블에서도 천 번에 6,000원인데 일주일 사이에 500만 원이 나갔다. 노출이 적더라도 기간 보장형으로 변경해서 대신하기로 했다.

한겸은 너무 놀란 나머지 아무런 말도 할 수가 없었다. 한참을 멍하니 있자 팀원들이 심상치 않음을 느꼈는지 옆으로 몰려들었다.

　ㅡ박순정 김치하고 얘기해서 바꾼 거니까 그렇게 알고만 있어라.

　"그럼 인형은요? 인형은 보내기 시작했어요?"
　ㅡ금요일부터 보냈다고 하더라.

　한겸은 소리가 들릴 정도로 침을 삼켰다. 광고가 너무 인기 있어도 난감했다. 물론 자신이 만든 광고가 반응이 좋다는데 싫지 않았다. 하지만 그것보단 약속한 6개월을 제대로 지킬 수 없게 된다는 점이 컸다. 아무리 박순정 김치에 얘기를 했다고 해도, 한 달도 안 돼서 게재가 끝나는 건 아니라고 생각했고, 그래서도 안 됐다. 이렇게 반짝하고 말면, 당장은 매출이 오르겠지만 효과는 금방 사라질 수 있었다.

　ㅡ연 프로가 자기 판단이 잘못됐다고 자책하더군.

　한겸은 그제야 연 프로가 죄송하다고 한 말의 의미를 알았다. 하지만 연 프로를 탓할 생각은 없었다. 연 프로가 계획한 게재 방법은 자신이 생각했던 것과 같은 방법이었다. 한겸은 지금 사태를 파악하기 위해서는 사람들의 반응부터 알아보는 게 맞는 것 같았다.

"잠시만요. 제가 다시 전화할게요."

한겸은 통화를 마치고 곧바로 팀원들에게 지금 일어난 일을 설명했다. 그러자 모두가 자신과 같은 반응이었다. 한겸은 마음이 급했기에 팀원들이 정신 차리도록 박수를 치고선 입을 열었다.

"각자 박순정 김치 반응 찾아보고 다시 얘기하자."
"그런데 광고가 인기 있는 게 문제야?"
"일단 찾아보고 다시 얘기할게."
"주말에 가끔 검색해 보긴 했는데, 그때까지만 해도 없었는데. 기사가 나가지 않는 이상 없지 않을까? 카페 같은 데 글 써도 사생활이라고 검색 안 되게 하잖아."

그때, 수정이 입을 열었다.

"맘 카페 가면 되겠네. 종훈 오빠, 저번에 맘 카페 가입했지?"
"응."
"형이 왜 거길 가입해요?"
"플랜 팀 계획서 보고 맘 카페 반응 어떤가 해서 봤는데 글을 못 보더라고. 공구도 팔고, 이런저런 정보 있는 곳이라서 그런지 가입이 쉬워서 그냥 해봤어."

종훈은 자리로 가더니 인터넷을 검색하기 시작했다. 그러고는 모니터를 가리키며 입을 열었다.

"이 정도로 대박이었어……?"
"왜요?"
"꽤 많아."
"지역이 어딘데요?"
"여기 전국 네트워크라서 일상 공유 채널은 공용이야."

팀원들은 전부 종훈의 옆으로 이동했다. 범찬은 화면에 뜬 글을 읽어 내려갔다.

"애가 그 광고를 엄청 좋아한데. 그래서 김치도 먹는단다. 푸하하, 그런데 이건 뭐야. 나오던 광고가 갑자기 안 나온다고? Y튜브 박순정 김치 채널에서 보면 되잖아."
"유에이블이나 다른 플랫폼에서 봤나 보지."
"그 광고가 언제 나올 줄 알고? 그 정도로 인기 있다는 거야?"
"댓글 보면 Y튜브로 보라고 알려주네."

한겸은 헛웃음을 지었다. 바이럴의 뜻처럼, 감염되고 있는 것처럼 광고가 번져갔다. 광고를 보지 못했던 사람들은 호기심을 갖고 직접 찾아보게 만들었다. 이보다 더 좋은 홍보 효과는 없었다. 일부 기업에서는 불법 바이럴마케팅으로 벌금을 내면서까지 진행하기도 했는데, 박순정 김치 광고는 광고를 본 사람들이 저절로 감염되고 있었다.

한겸은 카페에 올라온 글들을 보자 걱정이 조금 가셨다. 이 정도라면 광고가 뜨문뜨문 나오더라도 문제가 아니었다. 가장 중요한 판매량 또한 늘어날 게 확실해 보였다. 한겸은 그제야 숨을 크게 몰아쉬었다. 그러자 옆에 있던 팀원들이 피식거렸다.

"겸쓰 좀 전에 얼굴 허옇게 질리더니 이제야 돌아왔네, 크크."
"휴… 진짜 너무 놀랐어."
"뭘 놀라. 인기 많으면 좋지."
"그건 좋은데 잘못하면 약속한 기간대로 광고 못 하잖아."
"대표님이 이미 거기다 말했잖아."
"그래도 한 달도 안 돼서 끝나면 문제가 있지. 만약에 반짝하고 끝나면 매출도 반짝하고 끝날 거란 말이야. 그럼 우리 나중에 다른 회사 입찰할 때 불리할 수 있잖아."

세 사람은 약간 놀란 얼굴로 한겸을 봤다. 자신들은 광고의 인기를 보며 놀라고 기뻐할 때 한겸은 더 멀리 보고 있었다. 그러다 보니 민망하기도 했고, 한겸이 듬직하기도 했다. 다들 같은 생각을 하고 있는지 세 사람은 한겸만 가만히 쳐다봤다. 그러자 한겸이 고개를 갸웃거리며 입을 열었다.

"다들 왜 그렇게 봐? 아직도 얼굴 하얘?"

한겸은 자신의 얼굴을 쓰다듬었고, 세 사람은 그런 한겸을 보며 웃었다. 마음이 편해지니 이제야 김치가 담겨 있는 박스가 눈에 들어왔는지, 종훈이 박스를 보며 입을 열었다.

"저 김치, 범찬이 가져가라고 하는 게 어때? 우리 냉장고도 없잖아. 범찬이 자취하니까 먹으라고 주자."
"나 김치 안 먹는데요? 냉장고 작아서 넣지도 못해요."
"좀 먹어. 애들도 먹는다는데."

그 모습을 보던 한겸은 피식 웃었다. 그러고는 박스에 인형이 들었다는 우범의 말이 떠올랐다.

"거기 인형 있는데! 아……."
"왜?"

한겸은 박스를 가리키다 말고 잠시 생각에 빠졌다. 아주 잠시 뒤, 한겸은 종훈을 보며 물었다.

"형, 맘 카페에 글 쓸 수 있어요?"
"쓸 순 있지……."

종훈은 말을 하다 말고 놀란 얼굴로 한겸을 쳐다봤다.

"너 혹시… 인형 사진 올려놓으려고 하는 거야? 우리 광고 퍼진 거처럼 바이럴마케팅 하려고? 그거 공정거래위원회에 걸리는 거야."

"C AD 직원이라고 밝히고, 인형에 대해선 아무 말도 안 할 거라서 상관없을 거 같은데요."

"응? 그게 무슨 말이야?"

"그냥 우리 C AD가 제작한 광고를 너무 좋아해 주셔서 고맙다고 인사처럼 하는 거죠. 건전한 광고, 건강한 광고, 기발한 광고로 여러분의 성원에 보답하겠습니다, 이런 식으로요. 그리고 그 밑에 인형 사진만 올려놓는 거죠."

종훈은 고개를 갸웃거리더니 이내 알았다는 듯 입을 열었다.

"사람들이 직접 질문하게 만드는 거야?"

"그렇죠."

"겸쓰, 꼼수 봐라. 어? 겸쓰 꼼쑤! 와, 내 라임 쩔었다."

범찬의 농담에 한겸은 피식 웃고는 박스부터 뜯었다. 그러고는 곧바로 인형을 꺼내 들었다. 열쇠고리 인형 정도 크기로, 팔다리만 없을 뿐이지 광고에 나온 왕배추 그대로였다.

"찍어서 올린다?"

"내가 찍을게."

"올, 프로덕션집 딸내미."

수정은 휴대폰으로 사진을 찍더니 한겸이 말했던 대로 맘 카페에 곧바로 등록했다. 그리고 아주 잠시 뒤, 댓글이 하나씩 달리기 시작했다.

　—광고 재밌어요.
　—저 배추 인형 뭐예요? 파는 건가요?
　—우리 아이가 좋아해서 그런데, 배추 인형 어디서 구해야 하나
요?
　—저게 뭔데요?
　—광고에 나오는 인형이네요.

　한겸의 예상대로 사람들이 인형에 대해 관심을 보였다. 한겸
은 만족한 듯 피식 웃고선 키보드를 가져와 댓글을 달았다.

　—박순정 김치 홈페이지 가시면 나와 있을 거예요.

"와! 겸쓰, 얼굴색 하나도 안 변하고 거짓말하는 거 봐."
"사실이잖아. 홈페이지에 나와 있는데?"
"어? 그러네?"
"우리가 홍보 맡았으니까 끝까지 맡아야지."

　한겸은 피식 웃으며 댓글들을 살폈다.

　　　　　*　　　　　*　　　　　*

　박순정 김치의 박 대표는 정신이 하나도 없었다. 광고 하나로

인해 지금 일어나는 일이 현실인가 싶을 정도로 많은 일이 벌어
지고 있었다.

"작년 8월 매출보다 4배나 늘었습니다."
"괴산 공장은 괜찮나요?"
"아무래도 힘들죠. 그래서 괴산군청에 도움을 요청해서 지역
주민들 위주로 계약직을 더 뽑아야 할 것 같습니다."
"대단하네요."
"그리고 지금 고객들한테 조금 항의가 들어오고 있습니다."

잘나가고 있을 때일수록 조심해야 하는데 항의가 있다는 말
에 박 대표는 화들짝 놀란 나머지 자리에서 일어났다.

"무슨 문제가 있나요? 이물질이 들어갔나요?"
"아닙니다. 품질에는 아무런 문제가 없습니다. 그게, 우리 왕배
추 인형 때문입니다."
"왜요? 불량품이라도 있나요?"
"불량품은 아니고, 기존에 주문하셨던 고객들이 왜 자신들은
안 주냐고……."
"인형을요?"
"네. 그런 분들이 생각보다 많습니다. 손주 준다고 달라고 하
는 분도 계시고."

박 대표는 생각지도 못한 얘기에 아무런 생각도 들지 않았다.

그저 멍한 상태로 보고를 하던 직원만 쳐다봤다. 그러자 직원이 남은 말을 마저 했다.

"저희 Y튜브 채널에 올린 영상이 조회수가 엄청납니다. 구독자는… 여전히 그대로인데 광고임에도 조회수는 말도 못 하게 올라가고 있습니다. 아까 확인했을 때 2백만이 넘었습니다."
"우리 광고 맞죠?"
"왕배추 광고 맞습니다."

박 대표는 몸이 떨릴 정도로 온몸에 소름이 돋았다. C AD에게 광고를 맡긴 게 인생에 두 번 없을 최고의 선택 같았다.

"C AD에 김치 좀 더 보내줘요."

제9장

분트에서 온 연락 I

　며칠 뒤. 김 팀장은 본사에 이미지광고를 이어나가야 한다며 강력하게 주장했다. 예전 한겸이 준비했던 자료를 바탕으로 광고로 인해 얻을 수 있는 이익을 예측하는 것은 물론이고, 실질적으로 눈에 보이는 매출 상승, 신규 회원 가입 등, 광고로 인해 얻은 것들을 서류로 작성해 보냈다. 그 결과 본사에서도 긍정적으로 검토하겠다는 대답을 했고, 오늘에서야 광고를 하자는 대답을 보내왔다.

　그로 인해 임직원 회의가 열렸고, 김 팀장은 또다시 광고효과에 대해 설명을 해야 했다. 설명을 끝으로 반반으로 나뉘어 설전을 펼치고 있는 중이었다. 다른 회의라면 모르겠지만 광고에 관한 일이다 보니 그도 마케팅 팀장으로서 의견을 냈다.

"전 C AD가 적합하다고 생각합니다. 아까 박순정 김치의 광고를 보여 드렸죠. 그 광고가 이제 열흘이 좀 넘어가는데, 파급력이 어마어마합니다. 그 광고뿐만이 아닙니다. 우리 분트의 광고 역시 상당히 잘 만든 광고죠."

김 팀장은 자료를 바탕으로 의견을 주장했다.

"광고정보센터 보이시죠? 광고 조회수와 추천 수 기준으로 선정한 순위입니다. 저희 광고가 처음 나온 날부터 7일 전까지 인터넷 부분에서 1위에 자리했죠. 그런데 7일 전에 처음으로 내려왔습니다. 그 광고가 바로 박순정 김치로, C AD에서 만든 광고죠."

"그래도 너무 불안정합니다. 자료 보시면 TV 광고를 해본 경험도 없죠. 그리고 성공률이 높다고 보기에는 진행한 광고가 너무 적어서, 이거로 수치를 내기에는 무리 같습니다."

"저도 김 이사님 의견과 같습니다. 분명 C AD가 만든 이번 광고는 좋다고 생각합니다. 하지만 이제 새로 생긴 회사라서 안전하지 않다고 생각해요. 시장에 좋은 광고대행사들이 얼마나 많은데 도박을 할 필요는 없지 않을까요?"

김 팀장은 속이 부글부글 끓었다. 준비한 자료 하나 없으면서 자신들의 생각만을 말하고 있었다. 게다가 마케팅은 자신의 담당이었다. 경영 지원 부서는 그나마 이해를 하겠는데 고객 관리 부서까지 반대하자 화가 치밀어 올랐다. 게다가 대표는 무슨 생각을 하는지 회의를 열어놓고는, 계속 주장하던 정규직 직원을 추가 채용하자는 의견을 끝으로 입을 다물고 있는 중이었다. 김 팀장은 들리지 않을 정도로 숨을 뱉고는 입을 열었다.

"C AD가 제작한 광고와 같은 콘셉트로 진행되어야 합니다. 그런데 C AD에서 백번 양보한다고 해도 다른 대행사에서 그대로 해주겠습니까?"

"광고주는 우리인데 당연하죠."

"김 이사님은 아까 C AD가 작은 곳이라고 하셨죠. 그럼 분트에서 동네 마트의 영업 방식을 따라 하는 경우가 있습니까?"

"그건 완전 다른 경우죠."

"잠시만요. 원조가 있으니 그걸 따라 했다는 꼬리표를 다는데 하겠습니까? 원조가 있으면 원조를 써야 하는 게 맞는 것 같습니다. 그리고 만에 하나라도 소비자들이 알게 되면 C AD의 광고를 빼앗은 파렴치한 기업이 됩니다."

반대 의견을 내놓던 김 이사는 잠시 대표를 쳐다본 뒤 입을 열었다.

"소비자들은 이미 C AD의 오너가 대표님 가족이라는 걸 알고 있죠. 공모전이야 잘 넘어갔다 쳐도 대행사 선정은 아니라고 봅니다. 그리고 C AD의 성 대표라는 사람도 대표님과 함께 일했던 분이라는 걸 알게 됐습니다."

김 팀장은 모르던 사실이었기에 대표를 쳐다봤다. 그러자 대표가 웃으며 고개를 끄덕거렸다. 김 이사 말대로 대표와 관련 있는 사람이 많을수록 소비자들은 의심의 눈초리로 볼 것이 분명했다. C AD의 실력을 보지 못했더라면 자신도 의심할 수 있는 상황이었다. 하지만 이미 실력을 본 김 팀장은 C AD가 가장 적합해 보였다. 때문에 김 팀장은 굽히지 않고 의견을 강력하게 주장했다.

계속된 의견 대립 때문에 회의는 한참이나 계속되었다. 그러던 중 대표가 웃으며 입을 열었다.

"좀처럼 의견이 좁혀지지 않네요. 종합해 보면 이쪽은 내 아들, 내 동생이 있는 게 문제네요. 그리고 실력 좋은 회사가 많다는 것도 이유고요. 그렇죠?"

반대 의견을 내놓은 사람들도 대표를 싫어하는 건 아니었다. 대표처럼 직원을 생각하는 사람이 없다 보니 싫어할 수가 없었다. 그저 회사가 걱정되어서 내놓은 의견이었기에, 대표의 직접적인 질문에 머쓱해했다. 대표는 피식 웃고는 말을 이었다.

"이쪽은 C AD가 그만한 실력이 있으니 의리를 지키자, 그 의견이고요."
"맞습니다. 기업! 마트라면 신뢰가 생명이라고 생각합니다."

김 팀장은 마지막으로 자신의 의견을 주장했다. 대표는 다시 한번 웃고는 입을 열었다.

"그럼. 친인척 관계 빼고 의리 빼면 시체지. 이건 농담이고, 하하. 둘을 빼고 보면 공통된 의견은 실력이잖아요."

"그렇습니다."

"그럼 대행사들 불러서 OT를 하죠. 이미지광고를 하겠다고 하면 대행사 쪽에서도 준비를 해 올 테고, 우리는 마음에 드는 걸 선택하면 되죠. 그 전에 우리가 광고를 이어나가기 위해 대행사들을 인바이트했다는 걸 기사로 내보내면 되겠네요."

"그건……."

"돈 버는 일인데 자신 있으면 참가하겠죠. 만약에 내 아들도 참가한다는 의사를 밝히면 그 내용도 기사로 내보내고요. 어차피 사람들 다 알고 있는데 괜히 숨기다가 의심받는 것보다, 미리 공개해서 대중들에게 당신들이 판단하라고 하는 식이 나을 것 같죠? 실력 없으면 떨어지는 거고."

대표가 먼저 나서서 가족 상관없이 실력으로 판단하자는 말을 한 덕분에, 임직원들은 대표의 의견에 동의했다. 김 팀장은 두말할 것 없이 찬성했다. 자신이 믿고 있는 것만큼 대표도 한겸의 실력을 믿고 있는 것처럼 보였다.

*　　　　*　　　　*

동아리실에 있던 한겸은 모니터를 보며 연신 감탄하던 중이었다. 모니터에는 박순정 김치 광고가 나오는 중이었다. 예산 때문에 뜨문뜨문 하던 광고를 아예 하지 않아도 될 정도로, 많은 사람들이 박순정 김치 채널에 방문해 광고를 시청했다.

"또 봐? 조회수 천만 중에 네가 1%는 봤을 듯."
"그렇게 많이 안 봤어."
"됐고, 포스터나 확인해. 대표님 오기 전에 주일기획에 다 보내야 해."

한겸은 피식 웃으며 자리에서 일어났다. 그러고는 범찬의 모니터를 보고선 고개를 끄덕거렸다.

"이대로 보낸다?"
"아니, 배경 새로 해야 해. 이거 아니야. 음, 문학의 밤 행사 포스터니까 책을 그리는 것보다는 별이 떠 있는 밤하늘이 더 나을 거 같은데. 그렇게 해달라고 해줘."
"아오, 또? 지 대표님 다시 해달라고 하면 아무 말도 안 해서 섬뜩한데."

범찬은 몸까지 부르르 떨었다. 그 모습을 보던 종훈은 범찬의 어깨를 두드려 위로해 준 뒤 한겸에게 말을 했다.

"그런데 왜 대표님이 우리 입찰공고 자격 안 되는 것도 추려놓으라고 하셨어?"

"직접 가보신다는 거 같아요. 그리고 아마 입찰 전부 낸다고 하실 거 같고요. 그래서 오시는 거 같던데요."

"인바이트 받은 곳까지 해서 4곳 중에 하나는 되겠지?"

"열심히 하면 되겠죠."

"그나저나 대표님이 가장 고생하신다."

그 말을 들은 수정이 고개도 돌리지 않고 대화에 끼어들었다.

"사무실하고 가까워서 그런가, 시도 때도 없이 아빠한테 찾아간다고 그러던데."

"왜?"

"우리 프로덕션에서 안 되는 거 조사하고, 장비들 이것저것 물어보고 다닌대요."

한겸은 우범이 왜 그랬는지 알 것 같았다. 광고 일을 하던 사람이 아니었으니, 업계를 알기 위해 노력하고 공부하기 위해서일 터였다. 플랜 팀과의 회의 때만 봐도 우범은 아무런 문제 없이 회의를 진행했다. 그만큼 우범이 열심히 하고 있는 것이라고 느껴졌다.

그때, 마침 우범이 도착했다. 우범은 사무실에 들어오자마자 팀원들을 불러 모았다.

"서류는 봤어. 자격 되는 두 곳은 바로 제안서 준비해. 그리고 내가 봤을 때는, 자격은 안 되지만 장애인복지협회가 가장 적당해 보인다."

"신문광고 제작에 지하철 포스터 광고네요."

"너희들이 포스터를 잘 만드니까 가장 적당해 보여. 되기만 하면 주요 일간지는 내가 뚫어놓을 테니까, 이것도 제안서 준비해."

그때, 종훈이 번쩍 손을 들더니 매우 진지한 얼굴로 입을 열었다.

"그거 좋은 거 같아요. 그거 해요."

"형은 또 찬성이네."

우범은 피식 웃고는 회의를 이어나갔다. 한참이나 회의를 진행 중일 때, 우범의 휴대폰이 울렸다.

"네, C AD 성우범입니다. 네, 그렇군요. 네. 알겠습니다."

누구와 통화하는지, 대답을 하는 우범의 표정이 좋지 않았다. 상당히 불쾌해하는 표정이었지만, 목소리만큼은 아무렇지도 않았다. 잠시 뒤 우범이 통화를 마치자, 팀원들은 우범을 바라봤다. 그러자 우범이 깊은 한숨을 뱉으며 입을 열었다.

"분트에서 온 연락이다."

우범의 표정만 봐도 좋지 않은 소식이라는 걸 느낀 팀원들은 불안한 표정으로 우범의 말을 기다렸다.

"OT에 참여 여부를 묻는 전화다."
"어? 우리가 광고 맡는 게 아니라요?"
"아니다."

팀원들은 물론 한겸마저 얼굴이 일그러졌다. 자신들의 광고로 효과를 봤으니 광고를 이어가게 된다면 당연히 C AD라고 생각했다. 그 때문에 팀원들이 받은 충격은 커 보였다.

"기업이라면 그럴 수 있다. 최고의 선택을 해야 하니까. 그래도 우리를 초대한 것을 보면 최소한의 의리는 지키겠다는 것으로 보인다."
"아오, 그게 뭐예요. 우리가 만든 것처럼 광고 계속 이어나갈 거 아니에요."
"맞아요. 우리 고소해요."
"한겸이 아버님 있는 회사잖아. 다들 좀 참아……."

종훈의 말에 팀원들은 한겸을 쳐다봤다. 한겸은 여전히 심각한 표정이었다. 한참을 생각하던 한겸은 우범에게 질문을 했다.

"그럼 다른 대행사들과 조건은 똑같은 건가요?"
"똑같다. 다만 OT에 참여한다는 대행사 목록을 기사로 내보내겠다고 해. 아마 대표님 아이디어겠지. 그것만으로도 분트에

이목이 집중되니까. 또 다른 이유로는 우리가 광고를 맡았을 때 생기는 잡음을 줄이려는 것이지."

그 부분은 전에 한 번 겪었던 일이기에 한겸도 예상이 됐다. 하지만 대행사 목록을 왜 기사로 내보낸다는 건지 쉽게 이해할 수가 없었다. 그만큼 투명하게 진행하겠다는 건지, 아니면 다른 이유가 있는 건지 의아했다.

"그럼 아직 어떤 대행사가 참가하는지 알 수 없네요."
"동양기획, TX기획은 확실하다. 나머지는 모른다."

그 말을 들은 한겸은 아버지의 의도를 파악하기 위해 생각에 잠겼고, 다른 팀원들은 놀란 얼굴로 침을 꿀꺽 삼켰다. 그러다 두 대행사의 이름 때문인지 곧바로 걱정하는 표정으로 변했다. 그때, 우범이 입을 열었다.

"비지니스로만 보면 해보는 게 좋을 것 같다. 지금 우리로서는 되도록 많은 곳에 참여하는 편이 좋아. 하지만 너희들이 판단하는 게 맞겠지. 억지로 하다 보면 결과가 좋지 않을 테니까."

팀원들은 아무런 대답도 하지 않고, 무언가를 생각하고 있는 한겸의 대답을 기다렸다. 그때, 한겸이 무언가를 알아차렸다는 듯 헛웃음을 짓더니 고개를 들었다.

"결과가 실망스럽기는 해도 한번 해보자."

"괜찮을까? 대형 대행사들 다 몰려들 거 같은데."

"따든 못 따든 해야 해."

우범은 한겸을 쳐다봤다. 확실하지 않은 상황이다 보니 조심 스러웠는데 한겸은 꼭 해야 한다고 말했다.

"못 따면 시간 낭비잖아."

"그래도 해야 해."

"왜? 가뜩이나 일도 많은데."

"동양기획과 TX기획, 그리고 그 외에 어떤 회사가 올지 모르 지만 대형 대행사들이 참가하겠지. 그럼 기사가 나올 때 여러 대 형 대행사들과 우리 이름이 같이 있게 돼."

그 말을 들은 우범은 헛웃음을 뱉고는 한겸의 말을 이었다.

"결과가 어떻게 됐든 우리의 지금 위치를 순식간에 끌어올릴 수 있게 된다?"

한겸은 씨익 웃더니 입을 열었다.

"결과도 중요하죠. 우리가 시작한 거니까 남들보다 우리가 더 잘할 수 있어요."

우범은 자신도 모르게 고개를 끄덕거렸다. 참여만 하게 되도 얻는 것이 있는데, 만약에 대형 대행사들을 제치고 광고를 맡게 된다면 지금처럼 입찰공고를 알아보고 다니지 않아도 될 정도로 많은 곳에서 의뢰가 들어올 것이었다. 그걸 노린 대표나, 그걸 알아차린 한겸이나 대단하다고 느껴졌다. 그때, 한겸이 참가를 결정한 듯 일정을 물어왔다.

"OT 언제래요?"
"내일모레."
"빠르네요. 이번엔 저도 같이 갈게요. 저도 듣는 게 나을 것 같아서요."

한겸은 꼭 광고를 맡겠다는 눈빛으로 말을 했다.

『눈으로 보는 광고 천재』 4권에 계속…